Adelbert von Chamisso
Peter Schlemihls
wundersame Geschichte

Mit einem Kommentar
von Thomas Betz und Lutz Hagestedt

Suhrkamp

Der vorliegende Text folgt der Ausgabe: Adelbert von Chamisso: *Werke in zwei Bänden*. Zweiter Band: *Prosa*. Herausgegeben von Werner Feudel und Christel Laufer. Insel-Verlag Leipzig 1981, S. 15–79.

Originalausgabe
Suhrkamp BasisBibliothek 37
Erste Auflage 2003
Text: © 1980 Insel-Verlag Anton Kippenberg, Leipzig
Kommentar: © Suhrkamp Verlag Frankfurt am Main 2003.

Satz: pagina GmbH, Tübingen
Druck: Ebner & Spiegel, Ulm
Umschlagabbildung: Archiv für Kunst und Geschichte, Berlin
Umschlaggestaltung: Hermann Michels
Printed in Germany
ISBN 3-518-18837-2

1 2 3 4 5 6 – 08 07 06 05 04 03

Inhalt

Peter Schlemihls wundersame Geschichte

mitgeteilt von Adelbert von Chamisso

An ⌐Julius Eduard Hitzig⌐ von Adelbert von Chamisso

Du vergissest niemanden, Du wirst Dich noch eines ⌐gewissen Peter Schlemihls⌐ erinnern, den Du in früheren Jahren ein paar Mal bei mir gesehen hast, ein langbeiniger
5 Bursch, den man ungeschickt glaubte, weil er linkisch war, und der wegen seiner Trägheit für faul galt. Ich hatte ihn lieb, – Du kannst nicht vergessen haben, Eduard, wie er uns einmal ⌐in unserer grünen Zeit durch die Sonette* lief⌐, ich brachte ihn mit auf einen der poetischen Tees*, wo er mir
10 noch während des Schreibens einschlief, ohne das Lesen abzuwarten. Nun erinnere ich mich auch eines Witzes, den Du auf ihn machtest. Du hattest ihn nämlich schon, Gott weiß wo und wann, in einer alten ⌐schwarzen Kurtka⌐ gesehen, die er freilich damals noch immer trug, und sagtest:
15 »der ganze Kerl wäre glücklich zu schätzen, wenn seine Seele nur halb so unsterblich wäre, als seine Kurtka.« – So wenig galt er bei Euch. – Ich hatte ihn lieb. – Von diesem Schlemihl nun, den ich seit langen Jahren aus dem Gesicht verloren hatte, rührt das Heft her, das ich Dir mitteilen
20 will. – Dir nur, Eduard, meinem nächsten, innigsten Freunde, meinem beßren Ich, vor dem ich kein Geheimnis verwahren kann, teil ich es mit, nur Dir und, es versteht sich von selbst, unserm ⌐Fouqué⌐, gleich Dir in meiner Seele eingewurzelt – aber in ihm teil ich es bloß dem Freunde mit,
25 nicht dem Dichter. – Ihr werdet einsehen, wie unangenehm es mir sein würde, wenn etwa die Beichte, die ein ehrlicher Mann im Vertrauen auf meine Freundschaft und Redlichkeit an meiner Brust abgelegt, ⌐in einem Dichterwerke an den Pranger geheftet⌐ würde, oder nur wenn überhaupt
30 unheilig verfahren würde, wie mit einem Erzeugnis schlechten Witzes*, mit einer Sache, die das nicht ist und sein darf. Freilich muß ich selbst gestehen, daß es um die Geschichte Schad ist, die unter des guten Mannes Feder nur albern geworden, daß sie nicht von einer geschickteren

Gedichtform; gewinnt in der Romantik wieder an Bedeutung

Literarisch-gesellige Zusammenkünfte

Verstand, Geist, Erfindungsgabe

fremden Hand in ihrer ganzen komischen Kraft dargestellt
werden kann. – Was würde nicht ⌐Jean Paul⌐ daraus gemacht haben! – Übrigens, lieber Freund, ⌐mögen hier manche genannt sein, die noch leben⌐; auch das will beachtet
sein. –

Noch ein Wort über die Art, wie diese Blätter an mich ge-
langt sind. Gestern früh bei meinem Erwachen gab man sie
mir ab, – ⌐ein wunderlicher* Mann, der einen langen grau-
en Bart trug, eine ganz abgenützte schwarze Kurtka an-
hatte, eine botanische Kapsel* darüber umgehangen, und
bei dem feuchten, regnichten* Wetter Pantoffeln über seine
Stiefel⌐, hatte sich nach mir erkundigt und dieses für mich
hinterlassen; er hatte, aus Berlin zu kommen, vorgege-
ben. – – –

⌐Kunersdorf, den 27. Sept. 1813.⌐

Adelbert von Chamisso.

P.S. Ich lege Dir eine Zeichnung bei, die ⌐der kunstreiche
Leopold⌐, der eben an seinem Fenster stand, von der auffallenden Erscheinung entworfen hat. Als er den Wert, den
ich auf diese Skizze legte, gesehen hat, hat er sie mir gerne
geschenkt.[1]

An Ebendenselben von Fouqué

Bewahren, lieber Eduard, sollen wir die Geschichte des armen Schlemihl, dergestalt bewahren, daß sie vor Augen,
die nicht hineinzusehen haben, beschirmt bleibe. Das ist
eine schlimme Aufgabe. Es gibt solcher Augen eine ganze
Menge, und welcher Sterbliche kann die Schicksale eines
Manuskriptes bestimmen, eines Dinges, das beinah noch

---

[1] Das hier erwähnte Bild befand sich bei den ersten Ausgaben des
›Schlemihls‹.

Vgl. Erl. zu
17.1
Botanisier-
trommel zum
Pflanzensam-
meln
regnerischen

schlimmer zu hüten ist, als ein gesprochenes Wort. Da mach ichs denn wie ein Schwindelnder*, der in der Angst lieber gleich in den Abgrund springt: ⌜ich lasse die ganze Geschichte drucken⌝.

Vgl. Erl. zu 23.27

Und doch, Eduard, es gibt ernstere und bessere Gründe für mein Benehmen. Es trügt mich alles, oder in unserm lieben Deutschlande schlagen der Herzen viel, die den armen Schlemihl zu verstehen fähig sind und auch wert, und über manch eines ächten Landsmannes Gesicht wird bei dem herben Scherz, den das Leben mit ihm, und bei dem arglosen, den er mit sich selbst treibt, ein gerührtes Lächeln ziehn. Und Du, mein Eduard, wenn Du das grundehrliche Buch ansiehst, und dabei denkst, daß viele unbekannte Herzensverwandte es mit uns lieben lernen, fühlst auch vielleicht einen ⌜Balsamtropfen in die heiße Wunde fallen, die Dir und allen, die Dich lieben, der Tod⌝ geschlagen hat.

Und endlich: es gibt – ich habe mich durch mannichfache Erfahrung davon überzeugt – es gibt für die gedruckten Bücher einen Genius*, der sie in die rechten Hände bringt, und, wenn nicht immer, doch sehr oft die unrechten davon abhält. Auf allen Fall hat er ein unsichtbares Vorhängschloß vor jedwedem ächten Geistes- und Gemütswerke, und weiß mit einer ganz untrüglichen Geschicklichkeit auf- und zuzuschließen.

Schutzgeist

Diesem Genius, mein sehr lieber Schlemihl, vertraue ich Dein Lächeln und Deine Tränen an, und somit Gott befohlen!

⌜Nennhausen, Ende Mai 1814.⌝

Fouqué.

An Fouqué von Hitzig

Da haben wir denn nun die Folgen Deines verzweifelten Entschlusses, die Schlemihlshistorie, die wir als ein bloß *uns* anvertrautes Geheimnis bewahren sollten, drucken zu lassen, daß sie nicht allein ⌜Franzosen und Engländer, Holländer und Spanier übersetzt, Amerikaner aber den Engländern nachgedruckt⌝, wie ich dies alles in meinem ⌜gelehrten Berlin⌝ des Breiteren gemeldet; sondern, daß auch ⌜für unser liebes Deutschland eine neue Ausgabe⌝, ⌜mit den Zeichnungen der englischen, die der berühmte Cruikshank nach dem Leben entworfen, veranstaltet wird⌝, wodurch die Sache unstreitig noch viel mehr herum kommt. Hielte ich Dich nicht für ⌜Dein eigenmächtiges Verfahren (denn mir hast Du 1814 ja kein Wort von der Herausgabe des Manuskripts gesagt)⌝ hinlänglich dadurch bestraft, daß unser Chamisso bei seiner ⌜Weltumsegelei, in den Jahren 1815 bis 1818⌝, sich gewiß in Chili* und Kamtschatka*, und wohl gar bei seinem Freunde, ⌜dem seligen Tameiameia auf O-Wahu⌝ darüber beklagt haben wird, so forderte ich noch jetzt öffentlich Rechenschaft darüber von Dir.

Indes – auch hievon abgesehen – geschehn ist geschehn, und Recht hast Du auch darin gehabt, daß viele, viele Befreundete in den dreizehn verhängnisvollen Jahren, seit es das Licht der Welt erblickte, das Büchlein mit uns lieb gewonnen. Nie werde ich die Stunde vergessen, in welcher ich es ⌜Hoffmann⌝ zuerst vorlas. Außer sich vor Vergnügen und Spannung, hing er an meinen Lippen, bis ich vollendet hatte; nicht erwarten konnte er, die persönliche Bekanntschaft des Dichters zu machen, und, sonst jeder Nachahmung so abhold, widerstand er doch der Versuchung nicht, ⌜die Idee des verlornen Schattens in seiner Erzählung: ›Die Abenteuer der Sylvesternacht‹⌝, durch das verlorne Spiegelbild des Erasmus Spikher, ziemlich unglücklich zu va-

Chile
Nordöstl. von Japan gelegene russ. Halbinsel

riieren⌐. Ja – unter die Kinder hat sich unsre wundersame* Vgl. Erl. zu 17.1
Historie ihre Bahn zu brechen gewußt; denn als ich einst,
an einem hellen Winterabend, mit ihrem Erzähler die Burg- Im Zentrum Berlins am rechten Spree- ufer
straße* hinaufging, und er einen über ihn lachenden, auf
5 der Glitschbahn* beschäftigten Jungen unter seinen Dir
wohlbekannten Bärenmantel nahm und fortschleppte, Eisbahn
hielt dieser ganz stille; da er aber wieder auf den Boden
niedergesetzt war, und in gehöriger Ferne von den, als ob
nichts geschehen wäre, weiter Gegangenen, rief er mit lau-
10 ter Stimme seinem Räuber nach: warte nur, ⌐Peter Schlemihl!

So, denke ich, wird der chrliche Kauz auch in seinem neu-
en, zierlichen Gewande viele erfreuen, die ihn in der einfachen Kurtka von 1814⌐ nicht gesehen; diesen und jenen
15 aber es außerdem noch überraschend sein, in dem botani-
sierenden, weltumschiffenden, ehemals wohlbestallten
Königlich Preußischen Offizier, auch Historiographen* Geschichts- schreiber
des berühmten Peter Schlemihl, nebenher einen Lyriker
kennen zu lernen,[2] der, er möge ⌐malaysische oder litauische
20 Weisen⌐ anstimmen, überall dartut, daß er das poetische
Herz auf der rechten Stelle hat.

Darum, lieber Fouqué, sei Dir am Ende denn doch noch
herzlich gedankt für die Veranstaltung der ersten Ausgabe,
und empfange mit unsern Freunden meinen Glückwunsch
25 zu dieser zweiten.

⌐Berlin, im Januar 1827.⌐

Eduard Hitzig.

[1] Fantasiestücke in Callots Manier, im letzten Teil. Vergl. auch: Aus
Hoffmann's Leben und Nachlaß. Bd. II. S. 112.
[2] ⌐Die zweite Ausgabe des ›Peter Schlemihl‹ hatte einen Anhang von Anmerkung Hitzigs
Liedern und Balladen des Dichters, worauf sich dies bezog.⌐

An meinen alten Freund Peter Schlemihl

Da fällt nun deine Schrift nach vielen Jahren
Mir wieder in die Hand, und – wundersam! –
Der Zeit gedenk ich, wo wir Freunde waren,
Als erst die Welt uns in die Schule nahm.   5
Ich bin ein alter Mann in grauen Haaren,
Ich überwinde schon die falsche Scham,
Ich will mich deinen Freund wie ehmals nennen
Und mich als solchen vor der Welt bekennen.

    Mein armer, armer Freund, es hat der Schlaue   10
Mir nicht, wie dir, so übel mitgespielt;
Gestrebet hab ich und gehofft ins Blaue,
Und gar am Ende wenig nur erzielt;
Doch schwerlich wird berühmen sich der Graue,
Daß er mich jemals fest am Schatten hielt;   15
Den Schatten hab ich, der mir angeboren,
Ich habe meinen Schatten nie verloren.

    Mich traf, obgleich unschuldig wie das Kind,
Der Hohn, den sie für deine Blöße hatten. –
⌐Ob wir einander denn so ähnlich sind?! –⌐   20
Sie schrien mir nach: Schlemihl, wo ist dein Schatten?
Und zeigt ich den, so stellten sie sich blind
Und konnten gar zu lachen nicht ermatten.
Was hilft es denn! man trägt es in Geduld,
Und ist noch froh, fühlt man sich ohne Schuld.   25

    ⌐Und was ist denn der Schatten?⌐ möcht ich fragen,
Wie man so oft mich selber schon gefragt,
So überschwänglich hoch es anzuschlagen,
Wie sich die arge Welt es nicht versagt?
Das gibt sich schon nach neunzehn Tausend Tagen*,   30
Die, Weisheit bringend, über uns getagt;

Entspricht
52 Jahren,
dem Alter
Chamissos

Die wir dem Schatten *Wesen* sonst verliehen,
Sehn Wesen jetzt als *Schatten* sich verziehen.

Wir geben uns die Hand darauf, Schlemihl,
Wir schreiten zu, und lassen es beim alten;
5   Wir kümmern uns um alle Welt nicht viel,
Es desto fester mit uns selbst zu halten;
Wir gleiten so schon näher unserm Ziel,
Ob jene lachten, ob die andern schalten,
Nach allen Stürmen wollen wir im Hafen
10   Doch ungestört gesunden Schlafes schlafen.

⌈Berlin, August 1834.⌉

Adelbert von Chamisso.

Peter Schlemihls ⌈wundersame Geschichte⌉

I

Nach einer glücklichen, jedoch für mich sehr beschwerlichen Seefahrt, erreichten wir endlich den Hafen. Sobald ich
5 mit dem Boote ans Land kam, belud ich mich selbst mit meiner kleinen Habseligkeit*, und durch das wimmelnde Volk mich drängend, ging ich in das nächste, geringste* Haus hinein, vor welchem ich ein Schild hängen sah. Ich begehrte ein Zimmer, der Hausknecht maß mich mit einem
10 Blick und führte mich unters Dach*. Ich ließ mir frisches Wasser geben, und genau beschreiben, wo ich den Herrn ⌈Thomas John⌉ aufzusuchen habe: – »Vor dem ⌈Nordertor⌉, das erste Landhaus zur rechten Hand, ein großes, neues Haus, von rot und weißem Marmor mit vielen Säulen.«
15 Gut. – Es war noch früh an der Zeit, ich schnürte sogleich mein Bündel* auf, nahm meinen ⌈neu gewandten schwarzen Rock⌉ heraus, zog mich reinlich an in meine besten Kleider, steckte das Empfehlungsschreiben zu mir, und setzte mich alsbald auf den Weg zu dem Manne, der mir bei
20 meinen bescheidenen Hoffnungen förderlich* sein sollte. Nachdem ich die lange Norderstraße hinaufgestiegen, und das Tor erreicht, sah ich bald die Säulen durch das Grüne schimmern – »also hier«, dacht ich. Ich wischte den ⌈Staub von meinen Füßen⌉ mit meinem Schnupftuch* ab, setzte
25 mein Halstuch in Ordnung, und ⌈zog in Gottes Namen die Klingel⌉. Die Tür sprang auf. Auf dem Flur hatt ich ein Verhör zu bestehn, der Portier* ließ mich aber anmelden, und ⌈ich hatte die Ehre⌉, in den Park gerufen zu werden, wo Herr John – mit einer kleinen Gesellschaft sich erging*. Ich
30 erkannte gleich den Mann am Glanze seiner wohlbeleibten ⌈Selbstzufriedenheit⌉. Er empfing mich sehr gut, – wie ein Reicher einen armen Teufel*, wandte sich sogar gegen

Marginalien:

Gesamter Besitz; heute im Plural gebräuchlich

schlechteste, billigste

ins billigste Mansardenzimmer, auf den Dachboden

Reisebündel, das Gepäck armer Leute

behilflich

Taschentuch

Pförtner, Türhüter

lustwandelte, spazieren ging

Vgl. 49.27–28

mich, ohne sich jedoch von der übrigen Gesellschaft ab-
zuwenden, und nahm mir den dargehaltenen Brief aus der
Hand. – »So, so! von meinem Bruder, ich habe lange nichts
von ihm gehört. Er ist doch gesund? – Dort«, fuhr er gegen
die Gesellschaft fort, ohne die Antwort zu erwarten, und   5
wies mit dem Brief auf einen Hügel, »dort laß ich das neue
Gebäude aufführen*.« ⌐Er brach das Siegel* auf und das
Gespräch nicht ab¬, das sich auf den Reichtum lenkte.
»Wer nicht Herr ist wenigstens einer Million«, warf er hinein, »der ist, man verzeihe mir das Wort, ein Schuft!« »O   10
wie wahr!« rief ich aus mit vollem überströmenden Gefühl.
Das mußte ihm gefallen, er lächelte mich an und sagte:
»Bleiben Sie hier, lieber Freund, nachher hab ich vielleicht
Zeit, Ihnen zu sagen, was ich hiezu denke«, er deutete auf
den Brief, den er sodann einsteckte, und wandte sich wie-   15
der zu der Gesellschaft. – Er bot einer jungen Dame den
Arm, andere Herren bemühten sich um andere Schönen, es
fand sich, was sich paßte*, und man wallte* dem rosenum-
blühten Hügel zu.
Ich schlich hinterher, ohne jemandem beschwerlich zu fal-   20
len, denn keine Seele bekümmerte sich weiter um mich. Die
Gesellschaft war sehr aufgeräumt*, es ward getändelt* und
gescherzt, man sprach zuweilen ⌐von leichtsinnigen Dingen
wichtig, von wichtigen öfters leichtsinnig¬, und ⌐gemäch-
lich erging besonders der Witz¬ über abwesende Freunde   25
und deren Verhältnisse. Ich war da zu fremd, um von alle
dem vieles zu verstehen, zu bekümmert und in mich gekehrt, um den Sinn auf solche Rätsel zu haben.
Wir hatten den Rosenhain* erreicht. Die ⌐schöne Fanny¬,
wie es schien, die Herrin des Tages, wollte aus Eigensinn   30
einen blühenden Zweig selbst brechen, sie verletzte sich an
einem Dorn, und wie von den dunkeln Rosen, floß Purpur
auf ihre zarte Hand. Dieses Ereignis brachte die ganze Gesellschaft in Bewegung. Es wurde Englisch Pflaster* gesucht. Ein stiller, dünner, hagrer, länglichter, ältlicher   35

Mann, der neben mitging, und den ich noch nicht bemerkt hatte, steckte sogleich die Hand in die knapp anliegende Schoßtasche* seines ⌐altfränkischen, grautaffentnen Rockes⌐, brachte eine kleine Brieftasche daraus hervor, öff
5 nete sie, und reichte der Dame mit devoter* Verbeugung das Verlangte. Sie empfing es ohne Aufmerksamkeit für den Geber und ohne Dank, die Wunde ward verbunden, und man ging weiter den Hügel hinan, von dessen Rücken man die weite Aussicht über das grüne Labyrinth* des Par
10 kes nach dem unermeßlichen Ozean genießen wollte.
Der Anblick war wirklich groß und herrlich. Ein lichter Punkt erschien am Horizont zwischen der dunklen Flut und der Bläue des Himmels. »Ein Fernrohr her!« rief John, und noch bevor das auf den Ruf erscheinende Dienervolk
15 in Bewegung kam, hatte der graue Mann, bescheiden sich verneigend, die Hand schon in die Rocktasche gesteckt, daraus einen schönen Dollond* hervorgezogen, und es dem Herrn John eingehändigt. Dieser, es sogleich an das Aug bringend, benachrichtigte die Gesellschaft, es sei das
20 Schiff, das gestern ausgelaufen, und das widrige Winde im Angesicht des Hafens zurücke hielten. Das Fernrohr ging von Hand zu Hand, und nicht wieder in die des Eigentümers; ich aber sah verwundert den Mann an, und ⌐wußte nicht, wie die große Maschine* aus der winzigen Tasche
25 herausgekommen war; es schien aber niemandem aufgefallen zu sein⌐, und man bekümmerte sich nicht mehr um den grauen Mann, als um mich selber.
Erfrischungen wurden gereicht, das seltenste Obst aller Zonen* in den kostbarsten Gefäßen. ⌐Herr John machte die
30 Honneurs⌐ mit leichtem Anstand* und richtete da zum zweiten Mal ein Wort an mich: »Essen Sie nur; das haben Sie auf der See nicht gehabt.« Ich verbeugte mich, aber er sah es nicht, er sprach schon mit jemand anderem.
Man hätte sich gern auf den Rasen, am Abhange des Hü
35 gels, der ausgespannten* Landschaft gegenüber gelagert,

Seitliche Tasche in den Rockschößen

ehrerbietiger, unterwürfiger

Irrgarten

Achromatisches Fernrohr, benannt nach seinem Erfinder John Dollond (1706–1761)

Zusammengesetztes Werkzeug

Gegenden der Erde

mit ungezwungenem schicklichen Benehmen

ausgedehnten

hätte man die Feuchtigkeit der Erde nicht gescheut. Es
wäre göttlich, meinte wer aus der Gesellschaft, wenn man
türkische Teppiche hätte, sie hier auszubreiten. Der
Wunsch war nicht sobald ausgesprochen, als schon der
⌜Mann im grauen Rock⌝ die Hand in der Tasche hatte, und 5
mit bescheidener, ja demütiger Geberde einen reichen,
golddurchwirkten türkischen Teppich daraus zu ziehen bemüht war. Bediente* nahmen ihn in Empfang, als müsse es

Diener

so sein, und entfalteten ihn am begehrten Orte. Die Gesellschaft nahm ohne Umstände Platz darauf; ich wiederum 10
sah betroffen den Mann, die Tasche, den Teppich an, der
über zwanzig Schritte* in der Länge und zehn in der Breite

Längenmaß;
ein Schritt
entspricht ca.
75–85 cm

maß, und rieb mir die Augen, nicht wissend, was ich dazu
denken sollte, besonders da niemand etwas Merkwürdiges
darin fand. 15

Ich hätte gern Aufschluß über den Mann gehabt, und gefragt, wer er sei, nur wußt ich nicht, an wen ich mich richten sollte, denn ich fürchtete mich fast noch mehr vor den
Herren Bedienten, als vor den bedienten Herren. Ich faßte
endlich ein Herz, und trat an einen jungen Mann heran, der 20
mir von minderem* Ansehen schien als die andern, und der

geringem bzw.
geringerem

angenehme,
zuvorkom-
mende

Aus Fäden
gedrehtes
Garn

öfter allein gestanden hatte. Ich bat ihn leise, mir zu sagen,
wer der gefällige* Mann sei dort im grauen Kleide. – »Dieser, der wie ein Ende Zwirn* aussieht? der einem Schneider
aus der Nadel entlaufen ist?« Ja, der allein steht – »den 25
kenn ich nicht«, gab er mir zur Antwort, und, wie es schien,
eine längere Unterhaltung mit mir zu vermeiden, wandt er
sich weg und sprach von gleichgültigen Dingen mit einem
andern.

Die Sonne fing jetzt stärker zu scheinen an, und ward den 30
Damen beschwerlich; die schöne Fanny richtete nachlässig
an den grauen Mann, den, so viel ich weiß, noch niemand
angeredet hatte, die leichtsinnige Frage: ob er nicht auch
vielleicht ein Zelt bei sich habe? Er beantwortete sie durch
eine so tiefe Verbeugung, als widerführe ihm eine unver- 35

diente Ehre, und hatte schon die Hand in der Tasche, aus der ich Zeuge*, Stangen, Schnüre, Eisenwerk*, kurz, alles, was zu dem prachtvollsten Lustzelt* gehört, herauskommen sah. Die jungen Herren halfen es ausspannen, und es
5 überhing die ganze Ausdehnung des Teppichs – und keiner fand noch etwas Außerordentliches darin. –

Mir war schon lang unheimlich, ja graulich* zu Mute, wie ward mir vollends, als beim nächst ausgesprochenen Wunsch ich ihn noch aus seiner Tasche drei Reitpferde, ich
10 sage Dir, drei schöne, große Rappen mit Sattel und Zeug* herausziehen sah! – denke Dir, um Gotteswillen! drei gesattelte Pferde noch aus derselben Tasche, woraus schon eine Brieftasche, ein Fernrohr, ein gewirkter Teppich, zwanzig Schritte lang und zehn breit, ein Lustzelt von der-
15 selben Größe, und alle dazu gehörigen Stangen und Eisen, herausgekommen waren! – ⌈Wenn ich Dir nicht beteuerte, es selbst mit eigenen Augen angesehen zu haben, würdest Du es gewiß nicht glauben. –⌉

So verlegen und demütig der Mann selbst zu sein schien, so
20 wenig Aufmerksamkeit ihm auch die andern schenkten, so ward mir doch seine ⌈blasse Erscheinung⌉, von der ich kein Auge abwenden konnte, so schauerlich, daß ich sie nicht länger ertragen konnte.

Ich beschloß, mich aus der Gesellschaft zu stehlen*, was bei
25 der unbedeutenden Rolle, die ich darinnen spielte, mir ein Leichtes schien. Ich wollte nach der Stadt zurückkehren, am andern Morgen mein Glück beim Herrn John wieder versuchen, und, wenn ich den Mut dazu fände, ihn über den seltsamen grauen Mann befragen. – ⌈Wäre es mir nur
30 so zu entkommen geglückt!⌉

Ich hatte mich schon wirklich durch den Rosenhain, den Hügel hinab, glücklich geschlichen, und befand mich auf einem freien Rasenplatz, als ich aus Furcht, außer den Wegen durchs Gras gehend angetroffen zu werden, einen for-
35 schenden Blick um mich warf. – Wie erschrak ich, als ich

Stoffe, hier: Zeltbahnen

Eisenwaren, Beschläge

Vergnügungszelt, Pavillon

grauenvoll, zum Fürchten; vgl. auch Erl. zu 20.5

Zaumzeug

zurückzuziehen

den Mann im grauen Rock hinter mir her und auf mich
zukommen sah. Er nahm sogleich den Hut vor mir ab, und
⌜verneigte sich so tief, als noch niemand vor mir getan hat-
te⌝. Es war kein Zweifel, er wollte mich anreden, und ich
konnte, ohne grob zu sein, es nicht vermeiden. Ich nahm   5
den Hut auch ab, verneigte mich wieder, und stand da in
der Sonne mit bloßem Haupt wie angewurzelt. Ich sah ihn
voller Furcht stier* an, und war wie ein Vogel, den eine
Schlange gebannt hat. Er selber schien sehr verlegen zu
sein; er hob den Blick nicht auf, verbeugte sich zu verschie-   10
denen Malen, trat näher, und redete mich an mit leiser,
unsicherer Stimme, ungefähr im Tone eines Bettelnden.

starr,
ausdruckslos

»Möge der Herr meine Zudringlichkeit entschuldigen,
wenn ich es wage, ihn so unbekannter Weise aufzusuchen,
ich habe eine Bitte an ihn. Vergönnen Sie gnädigst – « –   15
»Aber um Gotteswillen, mein Herr!« brach ich in meiner
Angst aus, »was kann ich für einen Mann tun, der –« wir
stutzten beide, und wurden, wie mir däucht*, rot.

dünkt, scheint;
evtl. dünkte,
schien

Er nahm nach einem Augenblick des Schweigens wieder
das Wort: »Während der kurzen Zeit, wo ich das Glück   20
genoß, mich in Ihrer Nähe zu befinden, hab ich, mein Herr,
einige Mal – erlauben Sie, daß ich es Ihnen sage – wirklich
mit unaussprechlicher Bewunderung den schönen, schönen Schatten betrachten können, den Sie in der Sonne, und
gleichsam mit einer gewissen edlen Verachtung, ohne selbst   25
darauf zu merken, von sich werfen, den herrlichen Schatten da zu Ihren Füßen. Verzeihen Sie mir die freilich kühne
Zumutung. Sollten Sie sich wohl nicht abgeneigt finden,
mir diesen Ihren Schatten zu überlassen.«

Er schwieg, und mir gings wie ein ⌜Mühlrad im Kopfe her-   30
um⌝. Was sollt ich aus dem seltsamen Antrag machen, mir
meinen ⌜Schatten abzukaufen⌝? Er muß verrückt sein,
dacht ich, und mit verändertem Tone, der zu der Demut des
seinigen besser paßte, erwiderte ich also:

»Ei, ei! guter Freund, habt Ihr denn nicht an Eurem eignen   35

Schatten genug? das heiß ich mir einen Handel von einer ganz absonderlichen Sorte.« Er fiel sogleich wieder ein: »Ich hab in meiner Tasche manches, was dem Herrn nicht ganz unwert scheinen möchte; für diesen unschätzbaren Schatten halt ich den höchsten Preis zu gering.«

Nun überfiel es mich wieder kalt, da ich an die Tasche erinnert ward, und ich wußte nicht, wie ich ihn hatte guter Freund nennen können. Ich nahm wieder das Wort, und suchte es, wo möglich, mit unendlicher Höflichkeit wieder gut zu machen.

»Aber, mein Herr, verzeihen Sie Ihrem untertänigsten Knecht. Ich verstehe wohl Ihre Meinung nicht ganz gut, wie könnt ich nur meinen Schatten – –« Er unterbrach mich: »Ich erbitte mir nur ⌈Dero⌉ Erlaubnis, hier auf der Stelle diesen edlen Schatten aufheben zu dürfen und zu mir zu stecken; wie ich das mache, sei meine Sorge. Dagegen als Beweis meiner Erkenntlichkeit gegen den Herrn, überlasse ich ihm die Wahl unter allen Kleinodien*, die ich in der Tasche bei mir führe: die ⌈ächte Springwurzel, die Alraun- wurzel, Wechselpfennige, Raubtaler, das Tellertuch* von Rolands Knappen, ein Galgenmännlein⌉ zu beliebigem Preis; doch, das wird wohl nichts für Sie sein: besser, ⌈For- tunati Wünschhütlein, neu und haltbar wieder restauriert; auch ein Glücksseckel⌉, wie der seine gewesen.« – »Fortu- nati Glücksseckel«, fiel ich ihm in die Rede, und wie groß meine Angst auch war, hatte er mit dem einen Wort meinen ganzen Sinn gefangen. ⌈Ich bekam einen Schwindel⌉, und es flimmerte mir wie doppelte Dukaten* vor den Augen. –

»Belieben gnädigst der Herr diesen Seckel zu besichtigen und zu erproben.« Er steckte die Hand in die Tasche und zog einen mäßig großen, festgenähten Beutel, von starkem Korduanleder*, an zwei tüchtigen ledern Schnüren her- aus und händigte mir selbigen ein. Ich griff hinein, und zog zehn Goldstücke daraus, und wieder zehn, und wieder zehn, und wieder zehn; ich hielt ihm schnell die Hand hin:

Kostbarkeiten

Serviette, Tischtuch

Goldmünzen, Zweidukaten- stücke

Feines Ziegen- leder, urspr. aus Córdoba

»⌐Topp!⌐ der Handel gilt, für den Beutel haben Sie meinen
Schatten.« Er schlug ein, kniete dann ungesäumt* vor mir
nieder, und mit einer bewundernswürdigen Geschicklichkeit sah ich ihn meinen Schatten, vom Kopf bis zu meinen
Füßen, leise von dem Grase lösen, aufheben, zusammen-
rollen und falten, und zuletzt einstecken. Er stand auf, verbeugte sich noch einmal vor mir, und zog sich dann nach
dem Rosengebüsche zurück. Mich dünkt'*, ich hörte ihn
da leise für sich lachen. Ich aber hielt den Beutel bei den
Schnüren fest, rund um mich her war die Erde sonnenhell,
und ⌐in mir war noch keine Besinnung⌐.

sofort, ohne
zu säumen

Mir kam vor,
schien

II

Ich kam endlich wieder zu Sinnen, und eilte, diesen Ort zu
verlassen, wo ich hoffentlich nichts mehr zu tun hatte. Ich
füllte erst meine Taschen mit Gold, dann band ich mir die
Schnüre des Beutels um den Hals fest, und verbarg ihn
selbst auf meiner Brust. Ich kam unbeachtet aus dem Park,
erreichte die Landstraße, und nahm meinen Weg nach der
Stadt. Wie ich in Gedanken dem Tore zu ging, hört ich
hinter mir schreien: »Junger Herr! he! junger Herr! hören
Sie doch!« – Ich sah mich um, ein altes Weib rief mir nach:
»Sehe sich der Herr doch vor, ⌐Sie haben Ihren Schatten
verloren⌐.« – »Danke, Mütterchen!« ich warf ihr ein Goldstück für den wohlgemeinten Rat hin, und trat unter die
Bäume.

Am Tore mußt ich gleich wieder von der Schildwacht* hören: »Wo hat der Herr seinen Schatten gelassen?« und
gleich wieder darauf von ein paar Frauen: »Jesus Maria!
der arme Mensch hat keinen Schatten!« Das fing an mich
zu verdrießen, und ich vermied sehr sorgfältig, in die Sonne
zu treten. Das ging aber nicht überall an, zum Beispiel nicht
über die ⌐Breitestraße⌐, die ich zunächst durchkreuzen

Wachtposten
in voller
Rüstung

mußte, und zwar, zu meinem Unheil, in eben der Stunde, wo die Knaben aus der Schule gingen. Ein ⌜verdammter buckeliger Schlingel*⌝, ich seh ihn noch, hatte es gleich weg, daß mir ein Schatten fehle. Er verriet mich mit großem Geschrei der sämtlichen ⌜literarischen Straßenjugend der Vorstadt, welche sofort mich zu rezensieren*⌝ und mit Kot* zu bewerfen anfing: »Ordentliche Leute pflegten ihren Schatten mit sich zu nehmen, wenn sie in die Sonne gingen.« Um sie von mir abzuwehren, warf ich Gold zu vollen Händen unter sie, und sprang in einen Mietswagen, zu dem mir mitleidige Seelen verhalfen.

Sobald ich mich in der rollenden Kutsche allein fand, fing ich bitterlich an zu weinen. Es mußte schon die Ahnung in mir aufsteigen: daß, um so viel das Gold auf Erden Verdienst und Tugend überwiegt, um so viel der Schatten höher als selbst das Gold geschätzt werde; und wie ich früher den Reichtum meinem Gewissen aufgeopfert, hatte ich jetzt den Schatten für bloßes Gold hingegeben; was konnte, was sollte auf Erden aus mir werden!

Ich war noch sehr verstört, als der Wagen vor meinem alten Wirtshause hielt; ich erschrak über die Vorstellung, nur noch jenes schlechte Dachzimmer zu betreten. Ich ließ mir meine Sachen herabholen, empfing den ärmlichen Bündel mit Verachtung, warf einige Goldstücke hin, und befahl, vor das vornehmste Hotel vorzufahren. ⌜Das Haus war gegen Norden gelegen⌝, ich hatte die Sonne nicht zu fürchten. Ich schickte den Kutscher mit Gold weg, ließ mir die besten Zimmer vorn heraus anweisen, und verschloß mich darin, sobald ich konnte.

Was denkest Du, das ich nun anfing? – O mein lieber Chamisso, selbst vor Dir es zu gestehen, macht mich erröten. Ich zog den unglücklichen* Seckel aus meiner Brust hervor, und mit einer Art Wut, die, wie eine flackernde Feuersbrunst, sich in mir durch sich selbst mehrte, zog ich Gold daraus, und Gold, und Gold, und immer mehr Gold, und

Fußboden

streute es auf den Estrich*, und schritt darüber hin, und ließ es klirren, und warf, mein armes Herz an dem Glanze, an dem Klange weidend, immer des Metalles mehr zu dem Metalle, bis ich ermüdet selbst auf das reiche Lager sank und schwelgend darin wühlte, mich darüber wälzte. So verging der Tag, der Abend, ich schloß meine Tür nicht auf, die Nacht fand mich liegend auf dem Golde, und darauf

überwältigte

übermannte* mich der Schlaf.

⌜Da träumt' es mir von Dir, es ward mir, als stünde ich hinter der Glastüre Deines kleinen Zimmers, und sähe Dich von da an Deinem Arbeitstische zwischen einem Skelet und einem Bunde getrockneter Pflanzen sitzen, vor Dir waren ⌜Haller⌝, ⌜Humboldt⌝ und ⌜Linné⌝ aufgeschlagen, auf Deinem Sofa lagen ⌜ein Band Goethe und der ›Zauberring‹⌝, ich betrachtete Dich lange und jedes Ding in Deiner Stube, und dann Dich wieder, Du rührtest Dich aber nicht, Du holtest auch nicht Atem, Du warst tot.⌝

Ich erwachte. Es schien noch sehr früh zu sein. Meine Uhr stand. Ich war wie zerschlagen, durstig und hungrig auch noch; ich hatte seit dem vorigen Morgen nichts gegessen. Ich stieß von mir mit Unwillen und Überdruß dieses Gold, an dem ich kurz vorher mein törichtes Herz gesättiget; nun wußt ich verdrießlich nicht, was ich damit anfangen sollte. Es durfte nicht so liegen bleiben – ich versuchte, ob es der Beutel wieder verschlingen wollte – Nein. Keines meiner Fenster öffnete sich über die See. Ich mußte mich bequemen, es mühsam und mit sauerm Schweiß zu einem großen

Kleines Gemach, Nebenraum

Schrank, der in einem Kabinet* stand, zu schleppen, und es darin zu verpacken. Ich ließ nur einige Handvoll da liegen. Nachdem ich mit der Arbeit fertig geworden, legt ich mich erschöpft in einen Lehnstuhl, und erwartete, daß sich Leute im Hause zu regen anfingen. Ich ließ, sobald es möglich war, zu essen bringen und den Wirt zu mir kommen.

Ich besprach mit diesem Manne die künftige Einrichtung meines Hauses. Er empfahl mir für den näheren Dienst um meine Person einen gewissen ⌐Bendel⌐, dessen ⌐treue und verständige Physiognomie⌐ mich gleich gewann. Derselbe wars, dessen Anhänglichkeit mich seither tröstend durch das Elend des Lebens begleitete und mir mein düstres Los* ertragen half. Ich brachte den ganzen Tag auf meinen Zimmern mit herrenlosen* Knechten, Schustern, Schneidern und Kaufleuten zu, ich richtete mich ein, und kaufte besonders sehr viele Kostbarkeiten und Edelsteine, um nur etwas des vielen aufgespeicherten Goldes los zu werden; es schien mir aber gar nicht, als könne der Haufen sich vermindern.

Ich schwebte indes über meinen Zustand in den ängstigendsten Zweifeln. Ich wagte keinen Schritt aus meiner Tür und ließ abends vierzig Wachskerzen in meinem Saal anzünden, bevor ich aus dem Dunkel heraus kam. Ich gedachte mit Grauen des fürchterlichen Auftrittes mit den Schulknaben. Ich beschloß, so viel Mut ich auch dazu bedurfte, die öffentliche* Meinung noch einmal zu prüfen. – Die Nächte waren zu der Zeit mondhell. Abends spät warf ich einen weiten Mantel um, drückte mir den Hut tief in die Augen, und schlich, zitternd wie ein Verbrecher, aus dem Hause. Erst auf einem entlegenen Platz trat ich aus dem Schatten der Häuser, in deren Schutz ich so weit gekommen war, an das Mondeslicht hervor; gefaßt, mein ⌐Schicksal⌐ aus dem Munde der Vorübergehenden zu vernehmen. Erspare mir, lieber Freund, die schmerzliche Wiederholung alles dessen, was ich erdulden mußte. Die Frauen bezeugten oft das tiefste Mitleid, das ich ihnen einflößte; Äußerungen die mir die Seele nicht minder durchbohrten, als der Hohn der Jugend und die hochmütige Verachtung der Männer, besonders solcher dicken, wohlbeleibten, die selbst einen breiten Schatten warfen. Ein schönes, holdes* Mädchen, die, wie es schien, ihre Eltern begleitete, indem diese bedächtig nur vor ihre Füße sahen, wandte von ungefähr* ihr leuchtendes Auge auf mich; sie erschrak sicht-

trauriges Schicksal, Verhängnis

stellungslosen

Vgl. Erl. zu 25.5–6

anmutiges, liebliches, von zarter Schönheit

zufällig

barlich, da sie meine Schattenlosigkeit bemerkte, verhüllte ihr schönes Antlitz in ihren Schleier, ließ den Kopf sinken, und ging lautlos vorüber.

Ich ertrug es länger nicht. Salzige Ströme brachen aus meinen Augen, und ⌜mit durchschnittenem Herzen⌝ zog ich mich schwankend ins Dunkel zurück. Ich mußte mich an den Häusern halten, um meine Schritte zu sichern, und erreichte langsam und spät meine Wohnung.

Ich brachte die Nacht schlaflos zu. Am andern Tag war meine erste Sorge, nach dem Manne im grauen Rocke überall suchen zu lassen. Vielleicht sollte es mir gelingen, ihn wieder zu finden, und wie glücklich! wenn ihn, wie mich, der törichte Handel gereuen sollte. Ich ließ Bendel vor mich kommen, er schien Gewandtheit und Geschick zu besitzen, – ich schilderte ihm genau den Mann, in dessen Besitz ein Schatz sich befand, ohne den mir das Leben nur eine Qual sei. Ich sagte ihm die Zeit, den Ort, wo ich ihn gesehen; beschrieb ihm alle, die zugegen gewesen, und fügte Vgl. 19.17 te dieses Zeichen noch hinzu: er solle sich nach einem Dollondschen Fernrohr*, nach einem golddurchwirkten türkischen Teppich, nach einem Prachtlustzelt, und endlich nach den schwarzen Reithengsten genau erkundigen, deren Geschichte, ohne zu bestimmen wie, mit der des rätselhaften Mannes zusammenhinge, welcher allen unbedeutend geschienen, und dessen Erscheinung die Ruhe und das Glück meines Lebens zerstört hatte.

Wie ich ausgeredet, holt ich Gold her, eine Last, wie ich sie nur zu tragen vermochte, und legte Edelsteine und Juwelen noch hinzu für einen größern Wert. »Bendel«, sprach ich, »dieses ebnet viele Wege und macht vieles leicht, was unmöglich schien; sei nicht karg damit, wie ich es nicht bin, sondern geh, und erfreue deinen Herrn mit Nachrichten, auf denen seine alleinige Hoffnung beruht.«

Er ging. Spät kam er und traurig zurück. Keiner von den Leuten des Herrn John, keiner von seinen Gästen, er hatte

alle gesprochen, wußte sich nur entfernt an den Mann im grauen Rocke zu erinnern. Der neue Teleskop* war da, und keiner wußte, wo er hergekommen; der Teppich, das Zelt waren da noch auf demselben Hügel ausgebreitet und auf-
5 geschlagen, die Knechte rühmten den Reichtum ihres Herrn, und keiner wußte, von wannen* diese neuen Kostbarkeiten ihm zugekommen. Er selbst hatte sein Wohlgefallen daran, und ihn kümmerte es nicht, daß er nicht wisse, woher er sie habe; die Pferde hatten die jungen Herren,
10 die sie geritten, in ihren Ställen, und sie priesen die Freigebigkeit* des Herrn John, der sie ihnen an jenem Tage geschenkt. So viel erhellte aus der ausführlichen Erzählung Bendels, dessen rascher Eifer und verständige Führung, auch bei so fruchtlosem Erfolge, mein verdientes Lob er-
15 hielten. Ich winkte ihm düster, mich allein zu lassen.

»Ich habe«, hub er wieder an, »meinem Herrn Bericht abgestattet über die Angelegenheit, die ihm am wichtigsten war. Mir bleibt noch ein Auftrag auszurichten, den mir heute früh jemand gegeben, welchem ich vor der Tür be-
20 gegnete, da ich zu dem Geschäfte ausging, wo ich so unglücklich* gewesen. Die eigenen Worte des Mannes waren: ›Sagen Sie dem Herrn ⌐Peter Schlemihl¬, er würde mich hier nicht mehr sehen, da ich übers Meer gehe, und ein günstiger Wind mich so eben nach dem Hafen ruft. Aber über
25 ⌐Jahr und Tag¬ werde ich die Ehre haben, ihn selber aufzusuchen und ein anderes, ihm dann vielleicht annehmliches Geschäft vorzuschlagen. Empfehlen Sie mich ihm untertänigst*, und versichern ihn meines Dankes.‹ Ich frug* ihn, wer er wäre, er sagte aber, Sie kennten ihn schon.«
30 »Wie sah der Mann aus?« rief ich voller Ahnung. Und Bendel beschrieb mir den Mann im grauen Rocke Zug für Zug, Wort für Wort, wie er getreu in seiner vorigen Erzählung des Mannes erwähnt, nach dem er sich erkundigt. –

»Unglücklicher!« schrie ich händeringend, »das war er ja
35 selbst!« und ihm fiel es wie Schuppen von den Augen. –

Fernrohr

woher

Großzügigkeit

Hier: erfolglos

ergebenst
fragte

»Ja, er war es, war es wirklich!« rief er erschreckt aus, »und ich ⌜Verblendeter, Blödsinniger⌝ habe ihn nicht erkannt, ihn nicht erkannt und ⌜meinen Herrn verraten⌝!«
Er brach, heiß weinend, in die bittersten Vorwürfe gegen sich selber aus, und die Verzweiflung, in der er war, mußte mir selber Mitleiden einflößen. Ich sprach ihm Trost ein, versicherte ihn wiederholt, ich setzte keinen Zweifel in seine Treue, und schickte ihn alsbald nach dem Hafen, um, wo möglich, die Spuren des seltsamen Mannes zu verfolgen. Aber an diesem selben Morgen waren sehr viele Schiffe, die widrige Winde im Hafen zurückgehalten, ausgelaufen, alle nach anderen Weltstrichen, alle nach anderen Küsten bestimmt, und der graue Mann war ⌜spurlos wie ein Schatten verschwunden⌝.

III

würden helfen

Was hülfen* Flügel dem in eisernen Ketten fest Angeschmiedeten? Er müßte dennoch, und schrecklicher, verzweifeln. Ich lag, ⌜wie Faffner bei seinem Hort⌝, fern von jedem menschlichen Zuspruch, bei meinem Golde darbend*, aber ich hatte nicht das Herz nach ihm, sondern ich fluchte ihm, um dessentwillen ich mich von allem Leben abgeschnitten sah. Bei mir allein mein düstres Geheimnis hegend, fürchtete ich mich vor dem letzten meiner Knechte, den ich zugleich beneiden mußte; denn er hatte einen Schatten, er durfte sich sehen lassen in der Sonne. Ich vertrauerte einsam in meinen Zimmern die Tag' und Nächte, und Gram zehrte an meinem Herzen.

Mangel leidend

Noch einer härmte sich unter meinen Augen ab*, mein treuer Bendel hörte nicht auf, sich mit stillen Vorwürfen zu martern, daß er das Zutrauen seines gütigen Herrn betrogen, und jenen nicht erkannt, nach dem er ausgeschickt war, und mit dem er mein trauriges Schicksal* in enger

grämte sich, litt

Vgl. 27.4 u. 27.24–25

Verflechtung denken mußte. Ich aber konnte ihm keine
Schuld geben, ich erkannte in dem Ereignis die fabelhafte*
Natur des Unbekannten.

wunderbare, unglaubliche, erdichtete

Nichts unversucht zu lassen, schickt ich einst Bendel mit
einem kostbaren brillantenen Ring zu dem berühmtesten
Maler der Stadt, den ich, mich zu besuchen, einladen ließ.
Er kam, ich entfernte meine Leute, verschloß die Tür, setzte
mich zu dem Mann, und, nachdem ich seine Kunst geprie-
sen, kam ich mit schwerem Herzen zur Sache, ich ließ ihn
zuvor das strengste Geheimnis* geloben.

Verschwiegen-heit

»Herr Professor«, fuhr ich fort, »könnten Sie wohl einem
Menschen, der auf die unglücklichste Weise von der Welt
um seinen Schatten gekommen ist, einen falschen Schatten
malen?« – – »Sie meinen einen ⌐Schlagschatten⌐?« – »den
mein ich allerdings.« – »Aber«, frug er mich weiter, »durch
welche Ungeschicklichkeit, durch welche Nachlässigkeit
konnte er denn seinen Schlagschatten verlieren?« – »Wie es
kam«, erwiderte ich, »mag nun sehr gleichgültig sein, doch
so viel«, log ich ihm unverschämt vor: »In Rußland, wo er
im vorigen Winter eine Reise tat, fror ihm einmal, bei einer
außerordentlichen Kälte, sein Schatten dergestalt am Boden fest, daß er ihn nicht wieder los bekommen konnte.«

»Der falsche Schlagschatten, den ich ihm malen könnte«,
erwiderte der Professor, »würde doch nur ein solcher sein,
den er bei der leisesten Bewegung wieder verlieren müßte, –
zumal wer an dem eignen angebornen Schatten so wenig
fest hing, als aus Ihrer Erzählung selbst sich abnehmen*
läßt; wer keinen Schatten hat, gehe nicht in die Sonne, das
ist das Vernünftigste und Sicherste.« Er stand auf und entfernte sich, indem er auf mich einen durchbohrenden Blick
warf, den der meine nicht ertragen konnte. Ich sank in
meinen Sessel zurück, und verhüllte mein Gesicht in meine
Hände.

schließen

So fand mich noch Bendel, als er herein trat. Er sah den
Schmerz seines Herrn, und wollte sich still, ehrerbietig zu-

lag, unterlag

rückziehen. – Ich blickte auf – ich erlag* unter der Last meines Kummers, ich mußte ihn mitteilen. »Bendel«, rief ich ihm zu, »Bendel! Du Einziger, der du meine Leiden siehst und ehrst, sie nicht erforschen zu wollen, sondern still und fromm mitzufühlen scheinst, komm zu mir, Bendel, und sei der Nächste meinem Herzen. Die Schätze meines Goldes hab ich vor dir nicht verschlossen, nicht verschließen will ich vor dir die Schätze meines Grames. – Bendel, verlasse mich nicht. Bendel, du siehst mich reich, freigebig, gütig, du wähnst, es sollte die Welt mich verherrlichen, und du siehst mich die Welt fliehn und mich vor ihr verschließen. Bendel, sie hat gerichtet, die Welt, und mich verstoßen, und auch du vielleicht wirst dich von mir wenden, wenn du mein schreckliches Geheimnis erfährst: Bendel, ich bin reich, freigebig, gütig, aber – o Gott! – ich habe keinen Schatten!« –

»Keinen Schatten?« rief der gute Junge erschreckt aus, und die hellen Tränen stürzten ihm aus den Augen. – »Weh mir, daß ich geboren ward, einem schattenlosen Herrn zu dienen!« Er schwieg, und ich hielt mein Gesicht in meinen Händen. –

»Bendel«, setzt ich spät und zitternd hinzu, »nun hast du mein Vertrauen, nun kannst du es verraten. Geh hin und zeuge wider mich*.« – Er schien in schwerem Kampfe mit sich selber, endlich stürzte er vor mir nieder und ergriff meine Hand, die er mit seinen Tränen benetzte. »Nein«, rief er aus, »was die Welt auch meine, ich kann und werde um Schattens willen meinen gütigen Herrn nicht verlassen, ich werde recht, und nicht klug handeln, ich werde bei Ihnen bleiben, Ihnen meinen Schatten borgen, Ihnen helfen, wo ich kann, und wo ich nicht kann, mit Ihnen weinen.« Ich fiel ihm um den Hals, ob solcher ungewohnten Gesinnung staunend; denn ich war von ihm überzeugt, daß er es nicht um Gold tat.

lege Zeugnis gegen mich ab, sage gegen mich aus, beschuldige mich

Seitdem änderten sich in etwas mein Schicksal und meine

Lebensweise. Es ist unbeschreiblich, wie vorsorglich Bendel mein Gebrechen* zu verhehlen* wußte. Überall war er vor mir und mit mir, alles vorhersehend, Anstalten treffend, und wo Gefahr unversehens drohte, mich schnell mit seinem Schatten überdeckend, denn er war größer und stärker* als ich. So wagt ich mich wieder unter die Menschen, und begann eine Rolle in der Welt zu spielen*. Ich mußte freilich viele Eigenheiten und Launen scheinbar annehmen. Solche stehen aber dem Reichen gut, und so lange die Wahrheit nur verborgen blieb, genoß ich aller der Ehre und Achtung, die meinem Golde zukam. Ich sah ruhiger dem über Jahr und Tag verheißenen* Besuch des rätselhaften Unbekannten entgegen.

Ich fühlte sehr wohl, daß ich mich nicht lange an einem Ort aufhalten durfte, wo man mich schon ohne Schatten gesehen, und wo ich leicht verraten werden konnte; auch dacht ich vielleicht nur allein noch daran, wie ich mich bei Herrn John gezeigt, und es war mir eine drückende Erinnerung, demnach wollt ich hier bloß Probe halten*, um anderswo leichter und zuversichtlicher auftreten zu können – doch fand sich, was mich eine Zeitlang an meiner Eitelkeit* festhielt: das ist im Menschen, wo der Anker am zuverlässigsten Grund faßt.

Eben die schöne Fanny, der ich am dritten Ort wieder begegnete, schenkte mir, ohne sich zu erinnern, mich jemals gesehen zu haben, einige Aufmerksamkeit, denn jetzt hatt ich Witz* und Verstand. – Wenn ich redete, hörte man zu, und ich wußte selber nicht, wie ich zu der Kunst gekommen war, das Gespräch so leicht zu führen und zu beherrschen. Der Eindruck, den ich auf die Schöne gemacht zu haben einsah, machte aus mir, was sie eben begehrte, einen Narren, und ich folgte ihr seither mit tausend Mühen durch Schatten und Dämmerung, wo ich nur konnte. Ich war nur eitel* darauf, sie über mich eitel zu machen, und konnte mir, selbst mit dem besten Willen, nicht den ⌈Rausch aus dem Kopf ins Herz zwingen⌉.

Mangel, Schaden

verbergen

breiter, korpulenter

etwas zu gelten

in Aussicht gestellten, versprochenen

ausprobieren, die Probe bestehen

Übertriebene Neigung zu Dingen ohne wahren Wert, Eingebildetheit

Geist

eingebildet

gewöhnliche

Plural von
Ehrenmann

oft gespielte,
klischeehafte

Aber wozu die ganz gemeine* Geschichte Dir lang und
breit wiederholen? – Du selber hast sie mir oft genug von
andern Ehrenleuten* erzählt. – Zu dem alten, wohlbekannten Spiele, worin ich gutmütig eine abgedroschene* Rolle
übernommen, kam freilich eine ganz ⌐eigens gedichtete Ka-
tastrophe⌐ hinzu, mir und ihr und allen unerwartet.

Da ich an einem schönen Abend nach meiner Gewohnheit
eine Gesellschaft in einem Garten versammelt hatte, wan-

kunstvoll,
künstlich
Konversation
zu machen

sittsam,
züchtig

delte ich mit der Herrin Arm in Arm, in einiger Entfernung
von den übrigen Gästen, und bemühte mich, ihr Redensarten vorzudrechseln*. Sie sah sittig* vor sich nieder und erwiderte leise den Druck meiner Hand; da trat unversehens
hinter uns der Mond aus den Wolken hervor – und sie sah
nur *ihren* Schatten vor sich hinfallen. Sie fuhr zusammen
und blickte bestürzt mich an, dann wieder auf die Erde, mit
dem Auge meinen Schatten begehrend; und was in ihr vor-
ging, malte sich so sonderbar in ihren Mienen, daß ich in
ein lautes Gelächter hätte ausbrechen mögen, wenn es mir
nicht selber eiskalt über den Rücken gelaufen wäre.

Ich ließ sie aus meinem Arm in eine Ohnmacht sinken,
schoß wie ein Pfeil durch die entsetzten Gäste, erreichte die
Tür, warf mich in den ersten Wagen, den ich da haltend
fand, und fuhr nach der Stadt zurück, wo ich diesmal zu

Mietpferde,
Reit- oder
Kutschpferde
zur Postbeför-
derung

durchtrie-
benen, skru-
pellosen

meinem Unheil den vorsichtigen Bendel gelassen hatte. Er
erschrak, als er mich sah, *ein* Wort entdeckte ihm alles. Es
wurden auf der Stelle Postpferde* geholt. Ich nahm nur
einen meiner Leute mit mir, einen abgefeimten* Spitzbu-
ben, namens ⌐Rascal⌐, der sich mir durch seine Gewandtheit notwendig zu machen gewußt, und der nichts vom
heutigen Vorfall ahnen konnte. Ich legte in derselben
Nacht noch dreißig ⌐Meilen⌐ zurück. Bendel blieb hinter
mir, mein Haus aufzulösen, Gold zu spenden und mir das
Nötigste nachzubringen. Als er mich am andern Tage ein-
holte, warf ich mich in seine Arme, und schwur ihm, nicht
etwa keine Torheit mehr zu begehen, sondern nur künftig

vorsichtiger zu sein. Wir setzten unsere Reise ununterbrochen fort, über die Grenze und das Gebirg, und erst am andern Abhang, durch das hohe Bollwerk* von jenem Unglücksboden getrennt, ließ ich mich bewegen, in einem nah gelegenen und wenig besuchten Badeort von den überstandenen Mühseligkeiten auszurasten.

Befestigung, Wall, Festung; hier: Gebirge

IV

Ich werde in meiner Erzählung schnell über eine Zeit hineilen müssen, bei der ich wie gerne! verweilen würde, wenn ich ihren lebendigen Geist in der Erinnerung herauf zu beschwören vermöchte. Aber die Farbe, die sie belebte, und nur wieder beleben kann, ist in mir verloschen, und wenn ich in meiner Brust wieder finden will, was sie damals so mächtig erhob, die Schmerzen und das Glück, den frommen Wahn, – ⌈da schlag ich vergebens an einen Felsen⌉, der keinen lebendigen Quell mehr gewährt, und ⌈der Gott ist von mir gewichen⌉. Wie verändert blickt sie mich jetzt an, diese vergangene Zeit! – Ich sollte dort in dem Bade eine heroische Rolle tragieren*, schlecht einstudiert, und ein Neuling auf der Bühne, vergafft* ich mich aus dem Stücke heraus in ein Paar blaue Augen. Die Eltern, vom Spiele getäuscht, bieten alles auf, den Handel nur schnell fest zu machen, und die gemeine Posse* beschließt eine Verhöhnung. Und das ist alles, alles! – Das kommt mir albern und abgeschmackt* vor, und schrecklich wiederum, daß so mir vorkommen kann, was damals so reich, so groß, die Brust mir schwellte*. ⌈Mina⌉, wie ich damals weinte, als ich dich verlor, so wein ich jetzt, dich auch in mir verloren zu haben. Bin ich denn so alt worden? – O traurige Vernunft! Nur noch ein Pulsschlag jener Zeit, ein Moment jenes Wahnes, – aber nein! einsam auf dem hohen, öden Meere deiner bittern Flut, und längst aus dem letzten Pokale der ⌈Champagner Elfe⌉ entsprüht!

die Rolle des Helden in der Tragödie spielen

verlieb'

Hier: gewöhnlicher, geschmackloser Schwank

töricht, geschmacklos

mich mit Stolz erfüllte, mein Herz erfüllte

Ich hatte Bendel mit einigen Goldsäcken voraus geschickt, um mir im Städtchen eine Wohnung nach meinen Bedürfnissen einzurichten. Er hatte dort viel Geld ausgestreut, und sich über den vornehmen Fremden, dem er diente, etwas unbestimmt ausgedrückt, denn ich wollte nicht genannt sein, das brachte die guten Leute auf sonderbare Gedanken. Sobald mein Haus zu meinem Empfang bereit war, kam Bendel wieder zu mir und holte mich dahin ab. Wir machten uns auf die Reise.

Ebene Fläche
Ungefähr eine Stunde vom Orte, auf einem sonnigen Plan*, ward uns der Weg durch eine festlich geschmückte Menge versperrt. Der Wagen hielt. Musik, Glockengeläute, Kanonenschüsse wurden gehört, ein lautes Vivat* durchdrang die Luft, – vor dem Schlage des Wagens erschien in weißen Kleidern ein Chor Jungfrauen von ausnehmender Schönheit, die aber vor der Einen, wie die Sterne der Nacht vor der Sonne, verschwanden. Sie trat aus der Mitte der Schwestern hervor; die hohe zarte Bildung* kniete verschämt errötend vor mir nieder, und hielt mir auf seidenem Kissen einen ⌈aus Lorbeer, Ölzweigen und Rosen geflochtenen Kranz⌉ entgegen, indem sie von Majestät, Ehrfurcht und Liebe einige Worte sprach, die ich nicht verstand, aber deren zauberischer Silberklang mein Ohr und Herz berauschte, – es war mir, als wäre schon einmal die himmlische Erscheinung an mir vorüber gewallt. Der Chor fiel ein und sang das Lob eines guten Königs und das Glück seines Volkes.

(lat.) Er lebe hoch!

Gestalt

Und dieser Auftritt, lieber Freund, mitten in der Sonne! – Sie kniete noch immer zwei Schritte von mir, und ich, ohne Schatten, konnte die Kluft nicht überspringen, nicht wieder* vor dem Engel auf die Kniee fallen. O, was hätt ich nicht da für einen Schatten gegeben! Ich mußte meine Scham, meine Angst, meine Verzweiflung tief in den Grund meines Wagens verbergen. Bendel besann sich endlich für mich, er sprang von der andern Seite aus dem Wagen her-

gleichfalls

Peter Schlemihls wundersame Geschichte

aus, ich rief ihn noch zurück und reichte ihm aus meinem
Kästchen, das mir eben zur Hand lag, eine reiche diaman-
tene Krone, die die schöne Fanny hatte zieren sollen. Er trat
vor, und sprach im Namen seines Herrn, welcher solche
Ehrenbezeugungen nicht annehme könne noch wolle; es
müsse hier ein Irrtum vorwalten*; jedoch seien die guten
Einwohner der Stadt für ihren guten Willen bedankt. Er
nahm indes den dargehaltenen Kranz von seinem Ort und
legte den brillantenen Reif an dessen Stelle; dann reichte er
ehrerbietig der schönen Jungfrau die Hand zum Aufstehen,
entfernte mit einem Wink Geistlichkeit, Magistratus* und
alle ⌐Deputationen⌐. Niemand ward weiter vorgelassen. Er
hieß* den Haufen* sich teilen und den Pferden Raum geben, schwang sich wieder in den Wagen, und fort gings
weiter in gestrecktem Galopp, unter einer aus Laubwerk
und Blumen erbauten Pforte hinweg, dem Städtchen zu. –
Die Kanonen wurden immer frischweg abgefeuert. – Der
Wagen hielt vor meinem Hause; ich sprang behend in die
Tür, die Menge teilend, die die Begierde, mich zu sehen,
herbeigerufen hatte. Der Pöbel* schrie Vivat unter meinem
Fenster, und ich ließ doppelte Dukaten daraus regnen. Am
Abend war die Stadt freiwillig erleuchtet. –
Und ich wußte immer noch nicht, was das alles bedeuten
sollte und für wen ich angesehen wurde. Ich schickte Rascaln auf Kundschaft aus. Er ließ sich denn erzählen, was-
maßen* man bereits sichere Nachricht gehabt, ⌐der gute
König von Preußen⌐ reise unter dem Namen eines Grafen
durch das Land; wie mein Adjudant* erkannt worden sei,
und wie er sich und mich verraten habe; wie groß endlich
die Freude gewesen, da man die Gewißheit gehabt mich im
Orte selbst zu besitzen. Nun sah man freilich ein, da ich
offenbar das strengste Inkognito* beobachten wolle, wie
sehr man unrecht gehabt, den Schleier so zudringlich zu
lüften. Ich hätte aber so huldreich*, so gnadenvoll gezürnt,
– ich würde gewiß dem guten Herzen verzeihen müssen.

Marginalien:
- vorherrschen, vorliegen
- Obrigkeit der Stadt
- befahl
- Menge, Volk
- Volksmenge, gemeines Volk
- wie, auf welche Weise (Kanzleistil)
- Sekretär und Begleiter des Kommandeurs im Offiziers-rang
- Auftreten unter fremden Namen (lat. »incognitus«: unerkannt)
- wohlwollend

Meinem Schlingel kam die Sache so spaßhaft vor, daß er mit strafenden Reden sein Möglichstes tat, die guten Leute einstweilen in ihrem Glauben zu bestärken. Er stattete mir einen sehr komischen Bericht ab, und da er mich dadurch erheitert sah, gab er mir selbst seine verübte Bosheit zum besten. – Muß ichs bekennen? Es schmeichelte mir doch, sei es auch nur so, für das verehrte Haupt* angesehen worden zu sein.

Ich hieß zu dem morgenden* Abend unter den Bäumen, die den Raum vor meinem Hause beschatteten, ein Fest bereiten und die ganze Stadt dazu einladen. Der geheimnisreichen Kraft meines Seckels, Bendels Bemühungen und der behenden Erfindsamkeit* Rascals gelang es, selbst die Zeit zu besiegen. Es ist wirklich erstaunlich, wie reich und schön sich alles in den wenigen Stunden anordnete. Die Pracht und der Überfluß, die da sich erzeugten; auch die sinnreiche Erleuchtung war so weise verteilt, daß ich mich ganz sicher fühlte. Es blieb mir nichts zu erinnern*, ich mußte meine Diener loben.

Es dunkelte der Abend. Die Gäste erschienen und wurden mir vorgestellt. ⌈Es ward die Majestät nicht mehr berührt⌉; aber ich hieß in tiefer Ehrfurcht und Demut: Herr Graf. Was sollt ich tun? Ich ließ mir den Grafen gefallen, und blieb von Stund an der Graf Peter. Mitten im festlichen Gewühle begehrte meine Seele nur nach der Einen. Spät erschien sie, sie, ⌈die die Krone war und trug⌉. Sie folgte sittsam ihren Eltern, und schien nicht zu wissen, daß sie die Schönste sei. Es wurden mir der Herr Forstmeister, seine Frau und seine Tochter vorgestellt. Ich wußte den Alten viel Angenehmes und Verbindliches zu sagen; vor der Tochter stand ich wie ein ausgescholtener Knabe da, und vermochte kein Wort hervor zu lallen. Ich bat sie endlich stammelnd, dies Fest zu würdigen*, das Amt, dessen Zeichen sie schmückte*, darin zu verwalten. Sie bat verschämt mit einem rührenden Blick um Schonung; aber verschämter vor

Oberhaupt

morgigen

Erfindungs-
reichtum

auszusetzen,
anzumahnen

ihm Würde,
Wert zu
verleihen

Krönung des
Festes, Party-
königin zu sein

ihr, als sie selbst, brachte ich ihr als erster Untertan meine
Huldigung in tiefer Ehrfurcht, und der Wink des Grafen
ward allen Gästen ein Gebot, dem nachzuleben sich jeder
freudig beeiferte*. Majestät, Unschuld und Grazie be-
5 herrschten, mit der Schönheit im Bunde, ein frohes Fest.
Die glücklichen Eltern Minas glaubten ihnen nur zur Ehren
ihr Kind erhöht*; ich selber war in einem unbeschreibli-
chen Rausch. Ich ließ alles, was ich noch von den Juwelen
hatte, die ich damals, um beschwerliches Gold los zu wer-
10 den, gekauft, alle Perlen, alles Edelgestein in zwei verdeckte Schüsseln legen und bei Tische, unter dem Namen der
Königin, ihren Gespielinnen und allen Damen herumrei-
chen; Gold ward indessen ununterbrochen über die gezo-
genen Schranken* unter das jubelnde Volk geworfen.
15 Bendel am andern Morgen eröffnete mir im Vertrauen, der
Verdacht, den er längst gegen Rascals Redlichkeit gehegt,
sei nunmehr zur Gewißheit worden. Er haben gestern ganze Säcke Goldes unterschlagen. »Laß uns«, erwidert ich,
»dem armen Schelmen* die kleine Beute gönnen; ich spen-
20 de gern allen, warum nicht auch ihm? Gestern hat er mir,
haben mir alle neuen Leute, die du mir gegeben, redlich
gedient, sie haben mir froh ein frohes Fest begehen helfen.«
Es war nicht weiter die Rede davon. Rascal blieb der erste
25 meiner Dienerschaft, Bendel war aber mein Freund und
mein Vertrauter. Dieser war gewohnt worden, meinen
Reichtum als unerschöpflich zu denken, und er spähte
nicht nach dessen Quellen; er half mir vielmehr, in meinen
Sinn eingehend, Gelegenheiten ersinnen, ihn darzutun und
30 Gold zu vergeuden. Von jenem Unbekannten, dem blassen
Schleicher*, wußt er nur so viel: Ich dürfe allein durch ihn
von dem Fluche erlöst werden, der auf mir laste, und fürchte ihn, auf dem meine einzige Hoffnung ruhe. Übrigens sei
ich davon überzeugt, er könne mich überall auffinden, ich
35 ihn nirgends, darum ich, den versprochenen Tag erwar-
tend, jede vergebliche Nachsuchung eingestellt.

Margin glosses:

4 bemühte

7 ausgezeichnet, hervorge-
hoben

14 Absperrung

19 Schurken, Betrüger, auch Schalk

31 Heuchler, Leisetreter, Hausierer; vgl. 21.21 u. 59.26–27

Die Pracht meines Festes und mein Benehmen dabei erhielten anfangs die starkgläubigen* Einwohner der Stadt bei ihrer vorgefaßten Meinung. Es ergab sich freilich sehr bald aus den Zeitungen, daß die ganze fabelhafte Reise des Königs von Preußen ein bloßes ungegründetes* Gerücht gewesen. Ein König war ich aber nun einmal, und mußte schlechterdings ein König bleiben, und zwar einer der reichsten und königlichsten, die es immer geben mag. Nur wußte man nicht recht, welcher. Die Welt hat nie Grund gehabt, über Mangel an Monarchen zu klagen, am wenigsten in unsern Tagen; die guten Leute, die noch keinen mit Augen gesehen, rieten mit gleichem Glück bald auf diesen, bald auf jenen – Graf Peter blieb immer, der er war. –

Einst erschien unter den Badegästen ein Handelsmann, der Bankerot gemacht hatte, um sich zu bereichern, der allgemeiner Achtung genoß und einen breiten, obgleich etwas blassen Schatten von sich warf. Er wollte hier das Vermögen, das er gesammelt, zum Prunk ausstellen, und es fiel sogar ihm ein, mit mir wetteifern zu wollen. Ich sprach meinem Seckel zu, und hatte sehr bald den armen Teufel so weit, daß er, um sein Ansehen zu retten, abermals Bankerot machen mußte und über das Gebirge ziehen. So ward ich ihn los. – Ich habe in dieser Gegend viele Taugenichtse und Müßiggänger gemacht!

Bei der königlichen Pracht und Verschwendung, womit ich mir alles unterwarf, lebt ich in meinem Hause sehr einfach und eingezogen*. Ich hatte mir die größte Vorsicht zur Regel gemacht, es durfte, unter keinem Vorwand, kein anderer, als Bendel, die Zimmer, die ich bewohnte, betreten. So lange die Sonne schien, hielt ich mich mit ihm darin verschlossen, und es hieß: der Graf arbeite in seinem Kabinet. Mit diesen Arbeiten standen die häufigen Kuriere* in Verbindung, die ich um jede Kleinigkeit abschickte und erhielt. – Ich nahm nur am Abend unter meinen Bäumen, oder in meinem nach Bendels Angabe geschickt und reich erleuch-

5

10

15

20

25

30

35

leichtgläubigen, unbeirrbaren

grundloses, unbegründetes

zurückgezogen

(franz.) Eilboten

40   Peter Schlemihls wundersame Geschichte

teten Saale Gesellschaft an. Wenn ich ausging, wobei mich stets Bendel mit ⌜Argusaugen⌝ bewachen mußte, so war es nur nach dem Förstergarten, und um der Einen willen; denn meines Lebens innerlichstes Herz war meine Liebe.

5 O mein guter Chamisso, ich will hoffen, Du habest noch nicht vergessen, was Liebe sei! Ich lasse Dir hier vieles zu ergänzen. Mina war wirklich ein liebewertes, gutes, frommes Kind. Ich hatte ihre ganze Phantasie an mich gefesselt, sie wußte in ihrer Demut nicht, womit sie wert gewesen,

10 daß ich nur nach ihr geblickt; und sie vergalt Liebe um Liebe mit der vollen jugendlichen Kraft eines unschuldigen Herzens. Sie liebte wie ein Weib, ganz hin sich opfernd; selbstvergessen, hingegeben den nur meinend, der ihr Leben war, unbekümmert, solle sie selbst zu Grunde gehen,

15 das heißt, sie liebte wirklich. –

Ich aber – o welche schreckliche Stunden – schrecklich! und würdig dennoch, daß ich sie zurückwünsche – hab ich oft an Bendels Brust verweint, als nach dem ersten bewußtlosen Rausch ich mich besonnen, mich selbst scharf ange-

20 schaut, der ich, ohne Schatten, mit tückischer Selbstsucht* diesen Engel verderbend, die reine Seele an mich gelogen und gestohlen! Dann beschloß ich, mich ihr selber zu verraten; dann gelobt ich mit teuren Eidschwüren, mich von ihr zu reißen und zu entfliehen; dann brach ich wieder in

25 Tränen aus und verabredete mit Bendeln, wie ich sie auf den Abend im Förstergarten besuchen wolle. –

Zu andern Zeiten log ich mir selber vom nahe bevorstehenden Besuch des grauen Unbekannten große Hoffnungen vor, und weinte wieder, wenn ich daran zu glauben

30 vergebens versucht hatte. Ich hatte den Tag ausgerechnet, wo ich den Furchtbaren wieder zu sehen erwartete; denn er hatte gesagt, in Jahr und Tag, und ich glaubte an sein Wort.

Die Eltern waren gute, ehrbare, alte Leute, die ihr einziges

35 Kind sehr liebten, das ganze Verhältnis überraschte sie, als

*aus arglistigem Egoismus

es schon bestand, und sie wußten nicht, was sie dabei tun
sollten. Sie hatten früher nicht geträumt, der Graf Peter
könne nur* an ihr Kind denken, nun liebte er sie gar und
ward wieder geliebt. – Die Mutter war wohl eitel* genug,
an die Möglichkeit einer Verbindung zu denken, und dar- 5
auf hinzuarbeiten; der gesunde Menschenverstand des Alten gab solchen überspannten* Vorstellungen nicht Raum.
Beide waren überzeugt von der Reinheit meiner Liebe – sie
konnten nichts tun, als für ihr Kind beten.

⌈Es fällt mir ein Brief in die Hand⌉, den ich noch aus dieser 10
Zeit von Mina habe. – Ja, das sind ihre Züge! Ich will Dir
ihn abschreiben.

»Bin ein schwaches, törichtes Mädchen, könnte mir ein-
bilden, daß mein Geliebter, weil ich ihn innig*, innig liebe,
dem armen Mädchen nicht weh tun möchte. – Ach, Du bist 15
so gut, so unaussprechlich gut; aber mißdeute mich nicht.
Du sollst mir nichts opfern, mir nichts opfern wollen;
o Gott! ich könnte mich hassen, wenn Du das tätest. Nein –
Du hast mich unendlich glücklich gemacht, Du hast mich
Dich lieben gelehrt. Zeuch* hin! – Weiß doch mein Schick- 20
sal, Graf Peter gehört nicht mir, gehört der Welt an. Will
stolz sein, wenn ich höre: das ist er gewesen, und das war er
wieder, und das hat er vollbracht; da haben sie ihn ange-
betet, und da haben sie ihn vergöttert. Siehe, wenn ich das
denke, zürne ich Dir, daß Du bei einem einfältigen Kinde 25
Deiner hohen Schicksale* vergessen kannst. – Zeuch hin,
sonst macht der Gedanke mich noch unglücklich, die ich,
ach! durch Dich so glücklich, so selig bin. – Hab ich nicht
auch einen Ölzweig und eine Rosenknospe* in Dein Leben
geflochten, wie in den Kranz, den ich Dir überreichen durf- 30
te? Habe Dich im Herzen, mein Geliebter, fürchte nicht,
von mir zu gehen – werde sterben, ach! so selig, so unaussprechlich selig durch Dich.« –

Du kannst Dir denken, wie mir die Worte durchs Herz
schneiden mußten. Ich erklärte ihr, ich sei nicht das, wofür 35

überhaupt
eingebildet

überzogenen

im Innersten,
tief
empfunden

Zieh!

erhabenen
Bestimmung

Gemeint sind
Frieden und
Liebe; vgl. Erl.
zu 36.20–21

man mich anzusehen schien; ich sei nur ein reicher, aber unendlich elender Mann. Auf mir ruhe ein Fluch, der das einzige Geheimnis zwischen ihr und mir sein solle, weil ich noch nicht ohne Hoffnung sei, daß er gelöst werde. Dies sei das Gift meiner Tage: daß ich sie mit in den Abgrund hinreißen könne, sie, die das einzige Licht, das einzige Glück, das einzige Herz meines Lebens sei. Dann weinte sie wieder, daß ich unglücklich war. Ach, sie war so liebevoll, so gut! Um *eine* Träne nur mir zu erkaufen*, hätte sie, mit welcher Seligkeit, sich selbst ganz hingeopfert.

Sie war indes weit entfernt, meine Worte richtig zu deuten, sie ahnete nun in mir irgend einen Fürsten, den ein schwerer Bann* getroffen, irgend ein hohes, geächtetes Haupt*, und ihre Einbildungskraft* malte sich geschäftig unter heroischen Bildern den Geliebten herrlich aus.

Einst sagte ich ihr: »Mina, der letzte Tag im künftigen Monat kann mein Schicksal ändern und entscheiden – geschieht es nicht, so muß ich sterben, weil ich dich nicht unglücklich machen will.« – Sie verbarg weinend ihr Haupt an meiner Brust. »Ändert sich dein Schicksal, laß mich nur dich glücklich wissen, ich habe keinen Anspruch an dich. – Bist du elend, binde mich an dein Elend, daß ich es dir tragen helfe.« –

»Mädchen, Mädchen, nimm es zurück, das rasche Wort, das törichte, das deinen Lippen entflohen – und kennst du es, dieses Elend, kennst du ihn, diesen Fluch? Weißt du, wer dein Geliebter – – was er –? – Siehst du mich nicht krampfhaft zusammenschaudern, und vor dir ein Geheimnis haben?« Sie fiel schluchzend mir zu Füßen, und wiederholte mit Eidschwur ihre Bitte. –

Ich erklärte mich gegen den hereintretenden Forstmeister, meine Absicht sei, am ersten des nächstkünftigen* Monats um die Hand seiner Tochter anzuhalten – ich setzte diese Zeit fest, weil sich bis dahin manches ereignen dürfte, was Einfluß auf mein Schicksal haben könnte. Unwandelbar sei nur meine Liebe zu seiner Tochter. –

ersparen

Strafe;
Ausschluss aus
der Gemein-
schaft

Ausgeschlos-
senes Mitglied
einer fürst-
lichen Familie

Produktive
Fantasie

kommenden

Der gute Mann erschrak ordentlich, als er solche Worte aus
dem Munde des Grafen Peter vernahm. Er fiel mir um den
Hals, und ward wieder ganz verschämt*, sich vergessen zu
haben. Nun fiel es ihm ein, zu zweifeln, zu erwägen und zu
forschen; er sprach von Mitgift*, von Sicherheit, von Zu- 5
kunft für sein liebes Kind. Ich dankte ihm, mich daran zu
mahnen. Ich sagte ihm, ich wünsche in dieser Gegend, wo
ich geliebt zu sein schien, mich anzusiedeln, und ein sor-
genfreies Leben zu führen. Ich bat ihn, die schönsten Güter,
die im Lande ausgeboten* wurden, unter dem Namen sei- 10
ner Tochter zu kaufen, und die Bezahlung auf mich anzu-
weisen. Es könne darin ein Vater dem Liebenden am besten
dienen. – Es gab ihm viel zu tun, denn überall war ihm ein
Fremder zuvorgekommen; er kaufte auch nur für ungefähr
eine Million. 15

Daß ich ihn damit beschäftigte, war im Grunde eine un-
schuldige List, um ihn zu entfernen, und ich hatte schon
ähnliche mit ihm gebraucht, denn ich muß gestehen, daß er
etwas lästig war. Die gute Mutter war dagegen etwas taub,
und nicht, wie er, auf die Ehre eifersüchtig, den Herrn Gra- 20
fen zu unterhalten.

Die Mutter kam hinzu, die glücklichen Leute drangen in
mich, den Abend länger unter ihnen zu bleiben; ich durfte
keine Minute weilen: ich sah schon den aufgehenden
Mond am Horizonte dämmern. – Meine Zeit war um. – 25
Am nächsten Abend ging ich wieder nach dem Förstergarten. Ich hatte den Mantel weit über die Schulter geworfen,
den Hut tief in die Augen gedrückt, ich ging auf Mina zu;
wie sie aufsah, und mich anblickte, machte sie eine unwill-
kürliche Bewegung; da stand mir wieder klar vor der Seele 30
die Erscheinung jener schaurigen Nacht, wo ich mich im
Mondschein ohne Schatten gezeigt. Sie war es wirklich.
Hatte sie mich aber auch jetzt erkannt? Sie war still und
gedankenvoll – mir lag es zentnerschwer auf der Brust – ich
stand von meinem Sitz auf. Sie warf sich stille weinend an 35
meine Brust. Ich ging.

44

beschämt

Vermögen,
Aussteuer

angeboten

Nun fand ich sie öfters in Tränen, mir wards finster und finsterer um die Seele, – nur die Eltern schwammen in überschwenglicher Glückseligkeit; der verhängnisvolle Tag rückte heran, bang und dumpf, wie eine Gewitterwolke. Der Vorabend war da – ich konnte kaum mehr atmen. Ich hatte vorsorglich einige Kisten mit Gold angefüllt, ich wachte die zwölfte Stunde heran. – Sie schlug. –

Nun saß ich da, das Auge auf die Zeiger der Uhr gerichtet, die Sekunden, die Minuten zählend, wie Dolchstiche. Bei jedem Lärm, der sich regte, fuhr ich auf, der Tag brach an. Die bleiernen Stunden verdrängten einander, es ward Mittag, Abend, Nacht; es rückten die Zeiger, welkte die Hoffnung; es schlug eilf*, und nichts erschien, die letzten Minuten der letzten Stunde fielen, und nichts erschien, es schlug der erste Schlag, der letzte Schlag der zwölften Stunde, und ich sank hoffnungslos in unendlichen Tränen auf mein Lager zurück. Morgen sollt ich – auf immer schattenlos, um die Hand der Geliebten anhalten; ein banger Schlaf drückte mir gegen den Morgen die Augen zu.

V

Es war noch früh, als mich Stimmen weckten, die sich in meinem Vorzimmer, in heftigem Wortwechsel, erhoben. Ich horchte auf. – Bendel verbot meine Tür*; Rascal schwur hoch und teuer, keine Befehle von seines Gleichen anzunehmen, und bestand darauf, in meine Zimmer einzudringen. Der gütige Bendel verwies ihm, daß solche Worte, falls sie zu meinen Ohren kämen, ihn um einen vorteilhaften Dienst bringen würden. Rascal drohte Hand an ihn zu legen, wenn er ihm den Eingang noch länger vertreten wollte.

Ich hatte mich halb angezogen, ich riß zornig die Tür auf, und fuhr auf Rascaln zu – »Was willst du Schurke* – –« er

elf

verweigerte den Zutritt

Vgl. Erl. zu 34.28

trat zwei Schritte zurück, und antwortete ganz kalt: »Sie untertänigst bitten, Herr Graf, mir doch einmal Ihren Schatten sehen zu lassen, – die Sonne scheint eben so schön auf dem Hofe.« –

Ich war wie vom Donner gerührt. Es dauerte lange, bis ich die Sprache wieder fand. – »Wie kann ein Knecht gegen seinen Herrn –?« Er fiel mir ganz ruhig in die Rede: »Ein Knecht kann ein sehr ehrlicher Mann sein und einem Schattenlosen nicht dienen wollen, ich fordre meine Entlassung.« Ich mußte andere Saiten aufziehen. »Aber, Rascal, lieber Rascal, wer hat dich auf die unglückliche Idee gebracht, wie kannst du denken – –?« er fuhr im selben Tone fort: »Es wollen Leute behaupten, Sie hätten keinen Schatten – und kurz, Sie zeigen mir Ihren Schatten, oder geben mir meine Entlassung.«

Bendel, bleich und zitternd, aber besonnener als ich, machte mir ein Zeichen, ich nahm zu dem alles beschwichtigende Golde meine Zuflucht, – auch das hatte seine Macht verloren – er warfs mir vor die Füße: »von einem Schattenlosen nehme ich nichts an.« Er kehrte mir den Rücken und ging, den Hut auf dem Kopf, ein Liedchen pfeifend, langsam aus dem Zimmer. Ich stand mit Bendel da wie versteint, gedanken- und regungslos ihm nachsehend.

Schwer aufseufzend und den Tod im Herzen, schickt ich mich endlich an, mein Wort zu lösen*, und, wie ein Verbrecher vor seinen Richtern, in dem Förstergarten zu erscheinen. Ich stieg in der dunklen Laube* ab, welche nach mir benannt war, und wo sie mich auch diesmal erwarten mußten. Die Mutter kam mir sorgenfrei und freudig entgegen. Mina saß da, bleich und schön, wie der erste Schnee, der manchmal im Herbste die letzten Blumen küßt, und gleich in bittres Wasser zerfließen wird. Der Forstmeister, ein geschriebenes Blatt in der Hand, ging heftig auf und ab, und schien vieles in sich zu unterdrücken, was, mit fliegender Röte und Blässe wechselnd, sich auf seinem sonst un-

mein Heiratsversprechen zurückzunehmen

Überdeckter, belaubter Sitzplatz, Gartenhäuschen

beweglichen Gesichte malte. Er kam auf mich zu, als ich hereintrat, und verlangte mit oft unterbrochenen Worten, mich allein zu sprechen. Der Gang, auf den er mich, ihm zu folgen, einlud, führte nach einem freien, besonnten Teile des Gartens – ich ließ mich stumm auf einen Sitz nieder, und es erfolgte ein langes Schweigen, das selbst die gute Mutter nicht zu unterbrechen wagte.

Der Forstmeister stürmte immer noch ungleichen Schrittes die Laube auf und ab, er stand mit einem Mal vor mir still, blickte ins Papier, das er hielt, und fragte mich mit prüfendem Blick: »Sollte Ihnen, Herr Graf, ein gewisser Peter Schlemihl wirklich nicht unbekannt sein?« Ich schwieg – »ein Mann von vorzüglichem Charakter und von besonderen Gaben –« Er erwartete eine Antwort. – »Und wenn ich selber der Mann wäre?« – »dem«, fügte er heftig hinzu, »sein Schatten abhanden gekommen ist!!« – »O ⌐meine Ahnung⌐, meine Ahnung!« rief Mina aus, »ja, ich weiß es längst, er hat keinen Schatten!« und sie warf sich in die Arme der Mutter, welche erschreckt, sie krampfhaft an sich schließend, ihr Vorwürfe machte, daß sie zum Unheil solch ein Geheimnis in sich verschlossen. Sie aber war, wie ⌐Arethusa⌐, in einen Tränenquell gewandelt, der beim Klang meiner Stimme häufiger floß, und bei meinem Nahen stürmisch aufbrauste.

»Und Sie haben«, hub der Forstmeister grimmig wieder an*, »und Sie haben mit unerhörter Frechheit diese und mich zu betrügen keinen Anstand genommen*; und Sie geben vor, sie zu lieben, die Sie so weit heruntergebracht haben? Sehen Sie, wie sie da weint und ringt. O schrecklich! schrecklich!« –

Ich hatte dergestalt alle Besinnung verloren, daß ich, wie irre redend, anfing: Es wäre doch am Ende ein Schatten, nichts als ein Schatten, man könne auch ohne das fertig werden, und es wäre nicht der Mühe wert, solchen Lärm davon zu erheben. Aber ich fühlte so sehr den Ungrund*

begann von neuem

keine Bedenken gehabt, nicht gezögert

Unwahrheit, Haltlosigkeit

von dem, was ich sprach, daß ich von selbst aufhörte, ohne daß er mich einer Antwort gewürdigt. Ich fügte noch hinzu: was man einmal verloren, könne man ein andermal wieder finden.

Er fuhr mich zornig an. – »Gestehen Sie mirs, mein Herr, gestehen Sie mirs, wie sind Sie um Ihren Schatten gekommen?« Ich mußte wieder lügen: »Es trat mir dereinst ein ungeschlachter* Mann so flämisch* in meinen Schatten, daß er ein großes Loch darein riß – ich habe ihn nur zum Ausbessern gegeben, denn Gold vermag viel, ich habe ihn schon gestern wieder bekommen sollen.« –

»Wohl, mein Herr, ganz wohl!« erwiderte der Forstmeister, »Sie werben um meine Tochter, das tun auch andere, ich habe als ein Vater für sie zu sorgen, ich gebe Ihnen ⌐drei Tage Frist¬, binnen welcher Sie sich nach einem Schatten umtun mögen; erscheinen Sie binnen drei Tagen vor mir mit einem wohlangepaßten Schatten, so sollen Sie mir willkommen sein: am vierten Tage aber – das sag ich Ihnen – ist meine Tochter die Frau eines andern.« – Ich wollte noch versuchen, ein Wort an Mina zu richten, aber sie schloß sich, heftiger schluchzend, fester an ihre Mutter, und diese winkte mir stillschweigend, mich zu entfernen. Ich schwankte hinweg, und mir wars, als schlösse sich hinter mir die Welt zu.

Der liebevollen Aufsicht Bendels entsprungen, durchschweifte* ich in irrem Lauf Wälder und Fluren. Angstschweiß troff* von meiner Stirne, ein dumpfes Stöhnen entrang sich meiner Brust, in mir tobte Wahnsinn. –

Ich weiß nicht, wie lange es so gedauert haben mochte, als ich mich auf einer sonnigen Heide beim Ärmel anhalten fühlte. – Ich stand still und sah mich um – – es war der Mann im grauen Rock, der sich nach mir außer Atem gelaufen zu haben schien. Er nahm sogleich das Wort: »Ich hatte mich auf den heutigen Tag angemeldet, Sie haben die Zeit nicht erwarten können. Es steht aber alles noch gut, Sie nehmen Rat an, tauschen Ihren Schatten wieder ein, der Ihnen zu Gebote steht, und kehren sogleich wieder um. Sie sollen in dem Förstergarten willkommen sein, und alles ist nur ein Scherz gewesen; den Rascal, der Sie verraten hat und um Ihre Braut wirbt, nehm ich auf mich, der Kerl ist reif.«

Ich stand noch wie im Schlafe da. – »Auf den heutigen Tag angemeldet –?« ich überdachte noch einmal die Zeit – er hatte recht, ich hatte mich stets um einen Tag verrechnet*. Ich suchte mit der rechten Hand nach dem Seckel auf meiner Brust, – er erriet meine Meinung, und trat zwei Schritte zurück.

Vgl. Erl. zu 29.25

»Nein, Herr Graf, der ist in zu guten Händen, den behalten Sie.« – Ich sah ihn mit stieren* Augen, verwundert fragend an, er fuhr fort: »Ich erbitte mir bloß eine Kleinigkeit zum Andenken, Sie sind nur so gut, und unterschreiben mir den Zettel da.« – Auf dem Pergament* standen die Worte:

starren, ausdruckslosen

Beschreibbares Leder, für Urkunden verwendet

»Kraft dieser meiner Unterschrift vermache ich dem Inhaber dieses meine Seele nach ihrer natürlichen Trennung von meinem Leibe.«

Ich sah mit stummem Staunen die Schrift und den grauen Unbekannten abwechselnd an. – Er hatte unterdessen mit einer neu geschnittenen Feder ⌈einen Tropfen Bluts⌉ aufgefangen, der mir aus einem frischen Dornenriß auf die Hand floß, und hielt sie mir hin. –

»Wer sind Sie denn?« frug ich ihn endlich. »Was tuts*«, gab er mir zur Antwort, »und sieht man es mir nicht an? ⌈Ein armer Teufel⌉, gleichsam so eine Art von Gelehrten und Physikus*, der von seinen Freunden für vortreffliche* Künste schlechten Dank erntet, und für sich selber auf Erden keinen andern Spaß hat, als sein bißchen Experimentieren – aber unterschreiben Sie doch. Rechts, da unten: Peter Schlemihl.«

Vgl. Erl. zu 29.22

Naturwissen-schaftler, Arzt

hervorragende

Ich schüttelte mit dem Kopf und sagte: »Verzeihen Sie, mein Herr, das unterschreibe ich nicht.« – »Nicht?« wiederholte er verwundert, »und warum nicht?« –

»Es scheint mir doch gewissermaßen bedenklich, meine Seele an meinen Schatten zu setzen.« – »So, so!« wiederholte er, »bedenklich«, und er brach in ein lautes Gelächter gegen mich aus. »Und, wenn ich fragen darf, ⌐was ist denn das für ein Ding, Ihre Seele⌐? haben Sie es je gesehen, und was denken Sie damit anzufangen, wenn Sie einst tot sind? Seien Sie doch froh, einen Liebhaber zu finden, der Ihnen bei Lebenszeit noch den Nachlaß dieses X*, dieser ⌐galvanischen Kraft oder polarisierenden Wirksamkeit⌐, und was alles das närrische Ding sein soll, mit etwas Wirklichem bezahlen will, nämlich mit· Ihrem leibhaftigen Schatten, durch den Sie zu der Hand Ihrer Geliebten und zu der Erfüllung aller Ihrer Wünsche gelangen können. Wollen Sie lieber selbst das arme junge Blut dem niederträchtigen Schurken, dem Rascal, zustoßen* und ausliefern? – Nein, das müssen Sie doch mit eigenen Augen ansehen; kommen Sie, ich leihe Ihnen die ⌐Tarnkappe⌐ hier«, (er zog etwas aus der Tasche) »und wir wallfahrten* ungesehen nach dem Förstergarten.« –

Ich muß gestehen, daß ich mich überaus schämte, von diesem Manne ausgelacht zu werden. Er war mir von Herzensgrunde verhaßt, und ich glaube, daß mich dieser persönliche Widerwille mehr als Grundsätze oder Vorurteile abhielt, meinen Schatten, so notwendig er mir auch war, mit der begehrten Unterschrift zu erkaufen. Auch war mir der Gedanke unerträglich, den Gang, den er mir antrug, in seiner Gesellschaft zu unternehmen. Diesen häßlichen Schleicher, diesen hohnlächelnden Kobold*, zwischen mich und meine Geliebte, zwei blutig zerrissene Herzen, spöttisch hintreten zu sehen, empörte mein innigstes Gefühl. Ich nahm, was geschehen war, als verhängt* an, mein Elend als unabwendbar, und mich zu dem Manne kehrend*, sagte ich ihm:

»Mein Herr, ich habe Ihnen meinen Schatten für diesen an sich sehr vorzüglichen Seckel verkauft, und es hat mich genug gereut. Kann der Handel zurückgehen, in Gottes Namen!« Er schüttelte mit dem Kopf und zog ein sehr finsteres Gesicht. Ich fuhr fort: – »So will ich Ihnen auch weiter nichts von meiner Habe verkaufen, sei es auch um den angebotenen Preis meines Schattens, und unterschreibe also nichts. Daraus läßt sich auch abnehmen*, daß die Verkappung, zu der Sie mich einladen, ungleich belustigender für Sie als für mich ausfallen müßte; halten Sie mich also für entschuldigt, und da es einmal nicht anders ist, – laßt uns scheiden!« –

schließen

»Es ist mir leid, ⌈Monsieur Schlemihl⌉, daß Sie eigensinnig das Geschäft von der Hand weisen, das ich Ihnen freundschaftlich anbot. Indessen, vielleicht bin ich ein andermal glücklicher. Auf baldiges Wiedersehen! – A propos*, erlauben Sie mir noch, Ihnen zu zeigen, daß ich die Sachen, die ich kaufe, keineswegs verschimmeln lasse, sondern in Ehren halte, und daß sie bei mir gut aufgehoben sind.« –

(franz.) übrigens; wörtlich: zu passender Gelegenheit

Er zog sogleich meinen Schatten aus seiner Tasche, und ihn mit einem geschickten Wurf auf der Heide entfaltend, breitete er ihn auf der Sonnenseite zu seinen Füßen aus, so, daß er zwischen den beiden ihm aufwartenden* Schatten, dem meinen und dem seinen, daher ging, denn meiner mußte ihm gleichfalls gehorchen und nach allen seinen Bewegungen sich richten und bequemen.

(be)dienenden

Als ich nach so langer Zeit einmal meinen armen Schatten wieder sah, und ihn zu solchem schnöden* Dienst herabgewürdigt fand, eben als ich um seinetwillen in so namenloser* Not war, da brach mir das Herz, und ich fing bitterlich zu weinen an. Der Verhaßte stolzierte* mit dem mir abgejagten Raub, und erneuerte unverschämt seinen Antrag:

armseligen, verächtlichen

überaus großer

schritt stolz einher

»Noch ist er für Sie zu haben, ein Federzug*, und Sie retten damit die arme unglückliche Mina aus des Schuftes Klauen in des hochgeehrten Herrn Grafen Arme – wie gesagt, nur ein Federzug.« Meine Tränen brachen mit erneuter Kraft

Strich, Unterschrift

hervor, aber ich wandte mich weg, und winkte ihm, sich zu entfernen.

Bendel, der voller Sorgen meine Spuren bis hieher verfolgt hatte, traf in diesem Augenblick ein. Als mich die treue, fromme Seele weinend fand, und meinen Schatten, denn er war nicht zu verkennen, in der Gewalt des wunderlichen grauen Unbekannten sah, beschloß er gleich, sei es auch mit Gewalt, mich in den Besitz meines Eigentums wieder herzustellen*, und da er selbst mit dem zarten Dinge nicht umzugehen verstand, griff er gleich den Mann mit Worten an, und ohne vieles Fragen, gebot er ihm stracks, mir das Meine unverzüglich verabfolgen zu lassen. Dieser, statt aller Antwort, kehrte dem unschuldigen Burschen den Rücken und ging. Bendel aber erhob den ⌈Kreuzdornknüttel⌉, den er trug, und, ihm auf den Fersen folgend, ließ er ihn schonungslos unter wiederholtem Befehl, den Schatten herzugeben, die volle Kraft seines nervichten* Armes fühlen. Jener, als sei er solcher Behandlung gewohnt, bückte den Kopf, wölbte die Schultern, und zog stillschweigend ruhigen Schrittes seinen Weg über die Heide weiter, mir meinen Schatten zugleich und meinen treuen Diener entführend. Ich hörte lange noch den dumpfen Schall durch die Einöde* dröhnen, bis er sich endlich in der Entfernung verlor. Einsam war ich wie vorher mit meinem Unglück.

VI

Allein zurückgeblieben auf der öden Heide, ließ ich unendlichen Tränen freien Lauf, mein armes Herz von namenloser banger Last erleichternd. Aber ich sah meinem überschwenglichen Elend keine Grenzen, keinen Ausgang, kein Ziel, und ich sog besonders mit grimmigem* Durst an dem neuen Gifte, das der Unbekannte in meine Wunden gegossen. Als ich Minas Bild vor meine Seele rief, und die ge-

mir wiederzu-
erstatten (von
franz. »resti-
tuer«)

sehnigen,
muskulösen

Einsamer Ort,
menschen-
leere, eintö-
nige Gegend

quälendem,
schmerz-
haftem,
wütendem

liebte, süße Gestalt bleich und in Tränen mir erschien, wie
ich sie zuletzt in meiner Schmach* gesehen, da trat frech

Schande

und höhnend Rascals Schemen* zwischen sie und mich, ich

Undeutliche
Gestalt,
Schatten,
gespenstische
Erscheinung

verhüllte mein Gesicht und floh durch die Einöde, aber die
5 scheußliche Erscheinung* gab mich nicht frei, sondern verfolgte mich im Laufe, bis ich atemlos an den Boden sank,
und die Erde mit erneuertem Tränenquell befeuchtete.

Hier: Bild,
Einbildung;
vgl. 21.21

Und alles um einen Schatten! Und diesen Schatten hätte
mir ein Federzug* wieder erworben. Ich überdachte den
10 befremdenden Antrag und meine Weigerung. Es war wüst

Strich, Unter-
schrift

in mir, ich hatte weder Urteil noch Fassungsvermögen
mehr.
Der Tag verging. Ich stillte meinen Hunger mit wilden
Früchten, meinen Durst im nächsten Bergstrom; die Nacht
15 brach ein, ich lagerte mich unter einem Baum. Der feuchte
Morgen weckte mich aus einem schweren Schlaf, in dem
ich mich selber wie im Tode röcheln hörte. Bendel mußte
meine Spur verloren haben, und es freute mich, es zu denken. Ich wollte nicht unter die Menschen zurückkehren,
20 vor welchen ich schreckhaft floh, wie das scheue Wild des
Gebirges. So verlebte ich drei bange Tage.
Ich befand mich am Morgen des vierten auf einer sandigen
Ebene, welche die Sonne beschien, und saß auf Felsentrüm-
mern in ihrem Strahl, denn ich liebte jetzt, ihren lang ent-
25 behrten Anblick zu genießen. ⌜Ich nährte still mein Herz
mit seiner Verzweiflung.⌝ Da schreckte mich ein leises Geräusch auf, ich warf, zur Flucht bereit, den Blick um mich
her, ich sah niemand: aber es kam auf dem sonnigen Sande
an mir vorbei geglitten ein Menschenschatten, dem meini-
30 gen nicht unähnlich, welcher, allein daher wandelnd, von

abhanden
gekommen

seinem Herrn abgekommen* zu sein schien.
Da erwachte in mir ein mächtiger Trieb*: Schatten, dacht

Verlangen

ich, suchst du deinen Herrn? der will ich sein. Und ich
sprang hinzu, mich seiner zu bemächtigen; ich dachte näm-
35 lich, daß, wenn es mir glückte, in seine Spur zu treten, so,

daß er mir an die Füße käme, er wohl daran hängen bleiben würde, und sich mit der Zeit an mich gewöhnen.

Der Schatten, auf meine Bewegung, nahm vor mir die Flucht, und ich mußte auf den leichten Flüchtling eine angestrengte Jagd beginnen, zu der mich allein der Gedanke, mich aus der furchtbaren Lage, in der ich war, zu retten, mit hinreichenden Kräften ausrüsten konnte. Er floh einem freilich noch entfernten Walde zu, in dessen Schatten ich ihn notwendig hätte verlieren müssen, – ich sahs, ein Schreck durchzuckte mir das Herz, fachte meine Begierde an, beflügelte meinen Lauf – ich gewann* sichtbarlich auf den Schatten, ich kam ihm nach und nach näher, ich mußte ihn erreichen. Nun hielt er plötzlich an und ⌐kehrte sich nach mir um⌐. Wie der Löwe auf seine Beute, so schoß ich mit einem gewaltigen Sprunge hinzu, um ihn in Besitz zu nehmen – und traf unerwartet und hart auf körperlichen Widerstand. Es wurden mir unsichtbar die unerhörtesten Rippenstöße erteilt, die wohl je ein Mensch gefühlt hat.

Die Wirkung des Schreckens war in mir, die Arme krampfhaft zuzuschlagen und fest zu drücken, was ungesehen vor mir stand. Ich stürzte in der schnellen Handlung vorwärts gestreckt auf den Boden; rückwärts aber unter mir ⌐ein Mensch, den ich umfaßt hielt, und der jetzt erst sichtbar erschien⌐.

Nun ward mir auch das ganze Ereignis sehr natürlich erklärbar. Der Mann mußte das ⌐unsichtbare Vogelnest⌐, welches den, der es hält, nicht aber seinen Schatten, unsichtbar macht, erst getragen und jetzt weggeworfen haben. Ich spähete mit dem Blick umher, entdeckte gar bald den Schatten des unsichtbaren Nestes selbst, sprang auf und hinzu, und verfehlte nicht den teuern* Raub. Ich hielt unsichtbar, schattenlos das Nest in Händen.

Der schnell sich aufrichtende Mann, sich sogleich nach seinem beglückten Bezwinger umsehend, erblickte auf der weiten sonnigen Ebene weder ihn, noch dessen Schatten,

holte auf (von franz. »gagner sur«)

kostbaren

nach dem er besonders ängstlich umher lauschte. Denn daß ich ⌐an und für mich⌐ schattenlos war, hatte er vorher nicht Muße gehabt zu bemerken, und konnte es nicht vermuten. Als er sich überzeugt, daß jede Spur verschwunden, kehrte er in der höchsten Verzweiflung die Hand gegen sich selber und raufte sich das Haar aus. Mir aber gab der errungene Schatz die Möglichkeit und die Begierde zugleich, mich wieder unter die Menschen zu mischen. Es fehlte mir nicht an Vorwand gegen mich selber, meinen schnöden* Raub zu beschönigen, oder vielmehr, ich bedurfte solches nicht, und jedem Gedanken der Art zu entweichen eilte ich hinweg, nach dem Unglücklichen nicht zurückschauend, dessen ängstliche Stimme ich mir noch lange nachschallen hörte. So wenigstens kamen mir damals alle Umstände dieses Ereignisses vor.

Ich brannte nach dem Förstergarten zu gehen, und durch mich selbst die Wahrheit dessen zu erkennen, was mir jener Verhaßte verkündigt hatte; ich wußte aber nicht, wo ich war, ich bestieg, um mich in der Gegend umzuschauen, den nächsten Hügel, ich sah von seinem Gipfel das nahe Städtchen und den Förstergarten zu meinen Füßen liegen. – Heftig klopfte mir das Herz, und Tränen einer andern Art, als die ich bis dahin vergossen, traten mir in die Augen: ich sollte sie wiedersehen. – Bange Sehnsucht beschleunigte meine Schritte auf dem richtigsten* Pfad hinab. Ich kam ungesehen an einigen Bauern vorbei, die aus der Stadt kamen. Sie sprachen von mir, Rascaln und dem Förster; ich wollte nichts anhören, ich eilte vorüber.

Ich trat in den Garten, alle Schauer der Erwartung in der Brust – mir schallte es wie ein Lachen entgegen, mich schauderte, ich warf einen schnellen Blick um mich her; ich konnte niemanden entdecken. Ich schritt weiter vor, mir wars, als vernähme ich neben mir ein Geräusch wie von Menschentritten; es war aber nichts zu sehen: ich dachte mich von meinem Ohre getäuscht. Es war noch früh, nie-

rücksichtslosen

geradesten, kürzesten

mand in Graf Peters Laube, noch leer der Garten; ich durchschweifte die bekannten Gänge, ich drang bis nach dem Wohnhause vor. Dasselbe Geräusch verfolgte mich vernehmlicher. Ich setzte mich mit angstvollem Herzen auf eine Bank, die im sonnigen Raume der Haustür gegenüber stand. Es ward mir, als hörte ich den ungesehenen Kobold sich hohnlachend neben mich setzen.

Der Schlüssel ward in der Tür gedreht, sie ging auf, der Forstmeister trat heraus, mit Papieren in der Hand. Ich fühlte mir wie Nebel über den Kopf ziehn, ich sah mich um, und – Entsetzen! – der Mann im grauen Rock saß neben mir, mit satanischem Lächeln auf mich blickend. – Er hatte mir seine Tarnkappe mit über den Kopf gezogen, zu seinen Füßen lagen sein und mein Schatten friedlich neben einander; er spielte nachlässig mit dem bekannten Pergament, das er in der Hand hielt, und, indem der Forstmeister mit den Papieren beschäftigt im Schatten der Laube auf- und abging – beugte er sich vertraulich zu meinem Ohr und flüsterte mir die Worte:

»So hätten Sie denn doch meine Einladung angenommen, und da säßen wir einmal zwei Köpfe unter einer Kappe! – Schon recht! schon recht! Nun geben Sie mir aber auch mein Vogelnest zurück, Sie brauchen es nicht mehr, und sind ein zu ehrlicher Mann, um es mir vorenthalten zu wollen – doch keinen Dank dafür, ich versichere Sie, daß ich es Ihnen von Herzen gern geliehen habe.« – Er nahm es unweigerlich aus meiner Hand, steckte es in die Tasche und lachte mich abermals aus, und zwar so laut, daß sich der Forstmeister nach dem Geräusch umsah. – Ich saß wie versteinert da.

»Sie müssen mir doch gestehen«, fuhr er fort, »daß so eine Kappe viel bequemer ist. Sie deckt doch nicht nur ihren Mann, sondern auch seinen Schatten mit, und noch so viele andere, als er mit zu nehmen Lust hat. Sehen Sie, heute führ ich wieder ihrer zwei.« – Er lachte wieder. »Merken Sie

sichs, Schlemihl, was man anfangs mit Gutem nicht will, das muß man am Ende doch gezwungen. Ich dächte noch, Sie kauften mir das Ding ab, nähmen die Braut zurück (denn noch ist es Zeit), und wir ließen den Rascal am Gal-
5 gen baumeln, das wird uns ein Leichtes, so lange es am Stricke nicht fehlt. – Hören Sie, ich gebe Ihnen noch meine Mütze* in den Kauf.«

die Tarnkappe

Die Mutter trat heraus und das Gespräch begann. – »Was macht Mina?« – »Sie weint.« – »Einfältiges Kind! es ist
10 doch nicht zu ändern!« – »Freilich nicht; aber sie so früh einem andern zu geben – – O Mann, du bist grausam gegen dein eigenes Kind.« – »Nein, Mutter, das siehst du sehr falsch. Wenn sie, noch bevor sie ihre doch kindischen* Trä-

kindlichen

nen ausgeweint hat, sich als die Frau eines sehr reichen und
15 geehrten Mannes findet, wird sie getröstet aus ihrem Schmerze wie aus einem Traum erwachen, und Gott und uns danken, das wirst du sehen!« – »Gott gebe es!« – »Sie besitzt freilich jetzt sehr ansehnliche Güter; aber nach dem Aufsehen, das die unglückliche Geschichte mit dem Aben-
20 teurer gemacht hat, glaubst du, daß sich sobald eine an-dere, für sie so passende Partie, als der Herr Rascal, finden möchte? Weißt du, was für ein Vermögen er besitzt, der Herr Rascal? Er hat für sechs Millionen Güter hier im Lan-de, frei von allen Schulden, bar bezahlt. Ich habe die Do-
25 kumente in Händen gehabt! Er wars, der mir überall das Beste vorweg genommen hat; und außerdem im Porte-feuille* Papiere* auf Thomas John für circa viertehalb*

Brieftasche
Schuldver-
schreibungen
dreieinhalb

Millionen.« – »Er muß sehr viel gestohlen haben.« – »Was sind das wieder für Reden! Er hat weislich* gespart, wo
30 verschwendet wurde.« – »Ein Mann, der die Livree* ge-tragen hat.« – »Dummes Zeug! er hat doch einen untadli-chen Schatten.« – »Du hast recht, aber – –«

weise
Dienerklei-
dung,
Bediensteten-
uniform

Der Mann im grauen Rock lachte und sah mich an. Die Türe ging auf, und Mina trat heraus. Sie stützte sich auf
35 den Arm einer Kammerfrau*, stille Tränen flossen auf ihre

Persönliche
Dienerin, Zofe

schönen blassen Wangen. Sie setzte sich in einen Sessel, der für sie unter den Linden bereitet war, und ihr Vater nahm einen Stuhl neben ihr. Er faßte zärtlich ihre Hand, und redete sie, die heftiger zu weinen anfing, mit zarten Worten an:

»Du bist mein gutes, liebes Kind, du wirst auch vernünftig sein, wirst nicht deinen alten Vater betrüben wollen, der nur dein Glück will; ich begreife es wohl, liebes Herz, daß es dich sehr erschüttert hat, du bist wunderbar deinem Unglück entkommen! Bevor wir den schändlichen Betrug entdeckt, hast du diesen Unwürdigen sehr geliebt; siehe, Mina, ich weiß es, und mache dir keine Vorwürfe darüber. Ich selber, liebes Kind, habe ihn auch geliebt, so lange ich ihn für einen großen Herrn angesehen habe. Nun siehst du selber ein, wie anders alles geworden. Was! ein jeder ⌈Pudel⌉ hat ja seinen Schatten, und mein liebes einziges Kind sollte einen Mann – – Nein, du denkst auch gar nicht mehr an ihn. – Höre, Mina, nun wirbt ein Mann um dich, der die Sonne nicht scheut, ein geehrter Mann, der freilich kein Fürst ist, aber zehn Millionen, zehnmal mehr als du in Vermögen besitzt, ein Mann, der mein liebes Kind glücklich machen wird. Erwidere mir nichts, widersetze dich nicht, sei meine gute, gehorsame Tochter, laß deinen liebenden Vater für dich sorgen, deine Tränen trocknen. Versprich mir, dem Herrn Rascal deine Hand zu geben. – Sage, willst du mir dies versprechen?« –

Sie antwortete mit erstorbener Stimme: »Ich habe keinen Willen, keinen Wunsch fürder* auf Erden. Geschehe mit mir, was mein Vater will.« Zugleich ward Herr Rascal angemeldet, und trat frech in den Kreis. Mina lag in Ohnmacht. Mein verhaßter Gefährte blickte mich zornig an und flüsterte mir die schnellen Worte: »Und das könnten Sie erdulden! Was fließt Ihnen denn statt des Blutes in den Adern?« Er ritzte mir mit einer raschen Bewegung eine leichte Wunde in die Hand, es floß Blut*, er fuhr fort:

weiter, künftig

Vgl. Erl. zu
49.23

»Wahrhaftig! rotes Blut! – So unterschreiben Sie!« Ich hatte das Pergament und die Feder in Händen.

VII

Ich werde mich Deinem Urteile bloß stellen*, lieber Chamisso, und es nicht zu bestechen suchen. Ich selbst habe lange strenges Gericht an mir selber vollzogen, denn ich habe den quälenden Wurm* in meinem Herzen genährt. Es schwebte immerwährend dieser ernste Moment meines Lebens vor meiner Seele, und ich vermocht es nur zweifelnden Blickes, mit Demut und Zerknirschung anzuschauen. – Lieber Freund, wer leichtsinnig nur den Fuß aus der geraden Straße setzt, der wird unversehens in andere Pfade abgeführt, die abwärts und immer abwärts ihn ziehen; er sieht dann umsonst die Leitsterne am Himmel schimmern, ihm bleibt keine Wahl, er muß unaufhaltsam den Abhang hinab, und sich selbst der ⌈Nemesis⌉ opfern. Nach dem übereilten Fehltritt, der den Fluch auf mich geladen, hatt ich durch Liebe ⌈frevelnd⌉ in eines andern Wesens Schicksal mich gedrängt; was blieb mir übrig, als, wo ich Verderben gesäet, wo schnelle Rettung von mir geheischt ward*, eben rettend blindlings hinzu zu springen? denn die letzte Stunde schlug. – Denke nicht so niedrig von mir, mein Adelbert, als zu meinen, es hätte mich irgend ein geforderter Preis zu teuer gedünkt*, ich hätte mit irgend etwas, was nur mein war, mehr als eben mit Gold gekargt*. – Nein, Adelbert; aber mit unüberwindlichem Hasse gegen diesen rätselhaften Schleicher auf krummen Wegen war meine Seele angefüllt. Ich mochte ihm unrecht tun, doch empörte mich jede Gemeinschaft mit ihm. – Auch hier trat, wie so oft schon in mein Leben, und wie überhaupt so oft in die Weltgeschichte, ein Ereignis an die Stelle einer Tat. Später habe ich mich mit mir selber versöhnt. Ich habe erstlich die Notwendig-

preisgeben; bloß: ungeschützt

Bildlich für: Gewissen; vgl. 53.25–26

gefordert wurde

wäre mir erschienen

gespart, gegeizt

keit verehren lernen, und was ist mehr als die getane Tat, das geschehene Ereignis, ihr Eigentum! Dann hab ich auch diese ⌐Notwendigkeit als eine weise Fügung verehren lernen, die durch das gesamte große Getrieb weht, darin wir bloß als mitwirkende, getriebene treibende Räder eingreifen⌐; was sein soll, muß geschehen, was sein sollte, geschah, und nicht ohne jene Fügung, die ich endlich noch in meinem Schicksale und dem Schicksale derer, die das meine mit angriff, verehren lernte.

Ich weiß nicht, ob ich es der Spannung meiner Seele, unter dem Drange so mächtiger Empfindungen, zuschreiben soll, ob der Erschöpfung meiner physischen Kräfte, die während der letzten Tage ungewohntes Darben* geschwächt, ob endlich dem zerstörenden Aufruhr, den die Nähe dieses grauen Unholdes* in meiner ganzen Natur erregte; genug, ⌐es befiel mich, als es an das Unterschreiben ging, eine tiefe Ohnmacht⌐, und ich lag eine lange Zeit wie in den Armen des Todes.

Fußstampfen und Fluchen waren die ersten Töne, die mein Ohr trafen, als ich zum Bewußtsein zurückkehrte; ich öffnete die Augen, es war dunkel, mein verhaßter Begleiter war scheltend um mich bemüht. »Heißt das nicht wie ein altes Weib sich aufführen! – Man raffe sich auf und vollziehe frisch*, was man beschlossen, oder hat man sich anders besonnen, und will lieber greinen*?« – Ich richtete mich mühsam auf von der Erde, wo ich lag, und schaute schweigend um mich. Es war später Abend, aus dem hellerleuchteten Försterhause erscholl festliche Musik, einzelne Gruppen von Menschen wallten* durch die Gänge des Gartens. Ein paar traten im Gespräche näher und nahmen Platz auf der Bank, worauf ich früher gesessen hatte. Sie unterhielten sich von der an diesem Morgen vollzogenen Verbindung des reichen Herrn Rascal mit der Tochter des Hauses. – Es war also geschehen. –

Ich streifte mit der Hand die Tarnkappe des sogleich mir

Hungern

Böser Geist, Teufel, Bösewicht

munter, mutig

weinen, jammern

wandelten, gingen

verschwindenden Unbekannten von meinem Haupte weg, und eilte stillschweigend, in die tiefste Nacht des Gebüsches mich versenkend, den Weg über Graf Peters Laube einschlagend, dem Ausgange des Gartens zu. Unsichtbar aber geleitete mich mein Plagegeist, mich mit scharfen Worten verfolgend. »Das ist also der Dank für die Mühe, die man genommen hat, Monsieur, der schwache Nerven hat, den langen lieben Tag hindurch zu pflegen. Und man soll den Narren im Spiele abgeben. Gut, Herr Trotzkopf, fliehn Sie nur vor mir, wir sind doch unzertrennlich. Sie haben mein Gold und ich Ihren Schatten; das läßt uns beiden keine Ruhe. – Hat man je gehört, daß ein Schatten von seinem Herrn gelassen hätte? Ihrer zieht mich Ihnen nach, bis Sie ihn wieder zu Gnaden annehmen* und ich ihn los bin. Was Sie versäumt haben, aus frischer Lust* zu tun, werden Sie, nur zu spät, aus Überdruß und Langeweile nachholen müssen; man entgeht seinem Schicksale nicht.« Er sprach aus demselben Tone* fort und fort: ich floh umsonst, er ließ nicht nach, und immer gegenwärtig, redete er höhnend von Gold und Schatten. Ich konnte zu keinem eigenen Gedanken kommen.

Ich hatte durch menschenleere Straßen einen Weg nach meinem Hause eingeschlagen. Als ich davor stand und es ansah, konnte ich es kaum erkennen; hinter den eingeschlagenen Fenstern brannte kein Licht. Die Türen waren zu, kein Dienervolk regte sich mehr darin. Er lachte laut auf neben mir: »Ja, ja, so gehts! Aber Ihren Bendel finden Sie wohl daheim, den hat man jüngst vorsorglich so müde nach Hause geschickt, daß er es wohl seitdem gehütet haben wird.« Er lachte wieder. »Der wird Geschichten zu erzählen haben! – Wohlan denn! für heute gute Nacht, auf baldiges Wiedersehen!«

Ich hatte wiederholt geklingelt, es erschien Licht; Bendel frug von innen, wer geklingelt habe. Als der gute Mann meine Stimme erkannte, konnte er seine Freude kaum bän-

Marginalien:

*mit Gunst akzeptieren

*mit noch unverdorbenem, lebhaftem Verlangen

*in derselben Tonart

digen; die Tür flog auf, wir lagen weinend einander in den Armen. Ich fand ihn sehr verändert, schwach und krank; ⸢mir war aber das Haar ganz grau geworden⸣.

Er führte mich durch die verödeten Zimmer nach einem innern, verschont gebliebenen Gemach; er holte Speise und Trank herbei, wir setzten uns, er fing wieder an zu weinen. Er erzählte mir, daß er letzthin den grau gekleideten dürren Mann, den er mit meinem Schatten angetroffen hatte, so lange und so weit geschlagen habe, bis er selbst meine Spur verloren und vor Müdigkeit hingesunken sei; daß nachher, wie er mich nicht wieder finden gekonnt, er nach Hause zurückgekehrt, wo bald darauf der Pöbel*, auf Rascals Anstiften, herangestürmt, die Fenster eingeschlagen und seine Zerstörungslust gebüßt*. So hatten sie an ihrem Wohltäter gehandelt. Meine Dienerschaft war aus einander geflohen. Die örtliche Polizei hatte mich als verdächtig aus der Stadt verwiesen, und mir eine Frist von vierundzwanzig Stunden festgesetzt, um deren Gebiet zu verlassen. Zu dem, was mir von Rascals Reichtum und Vermählung bekannt war, wußte er noch vieles hinzuzufügen. ⸢Dieser Bösewicht, von dem alles ausgegangen, was hier gegen mich geschehen war, mußte von Anbeginn mein Geheimnis besessen haben, es schien, er habe, vom Golde angezogen, sich an mich zu drängen gewußt, und schon in der ersten Zeit einen Schlüssel zu jenem Goldschrank sich verschafft, wo er den Grund zu dem Vermögen gelegt, das noch zu vermehren er jetzt verschmähen konnte.⸣

Das alles erzählte mir Bendel unter häufigen Tränen, und weinte dann wieder vor Freuden, daß er mich wieder sah, mich wieder hatte, und daß, nachdem er lang gezweifelt, wohin das Unglück mich gebracht haben möchte, er mich es ruhig und gefaßt ertragen sah. Denn solche Gestaltung hatte nun die Verzweiflung in mir genommen. Ich sah mein Elend riesengroß, unwandelbar vor mir, ich hatte ihm meine Tränen ausgeweint, es konnte kein Geschrei mehr aus

gemeines Volk

gestillt, befriedigt

meiner Brust pressen, ich trug ihm kalt und gleichgültig* ⌜mein entblößtes Haupt⌝ entgegen.

»Bendel«, hub ich an, »du weißt mein Los*. Nicht ohne früheres Verschulden trifft mich schwere Strafe. Du sollst länger nicht, unschuldiger Mann, dein Schicksal an das meine binden, ich will es nicht. Ich reite die Nacht noch fort, sattle mir ein Pferd, ich reite allein; du bleibst, ich wills. Es müssen hier noch einige Kisten Goldes liegen, das behalte du. Ich werde allein ⌜unstät⌝ in der Welt wandern; wann mir aber je eine heitere Stunde wieder lacht und das Glück mich versöhnt anblickt, dann will ich deiner treu gedenken, denn ich habe an deiner getreuen Brust in schweren, schmerzlichen Stunden geweint.«

Mit gebrochenem Herzen mußte der Redliche diesem letzten Befehle seines Herrn, worüber er in der Seele erschrak, gehorchen; ich war seinen Bitten, seinen Vorstellungen taub, blind seinen Tränen; er führte mir das Pferd vor. Ich drückte noch einmal den Weinenden an meine Brust, schwang mich in den Sattel und entfernte mich unter dem Mantel der Nacht von dem Grabe meines Lebens*, unbekümmert, welchen Weg mein Pferd mich führen werde; denn ich hatte weiter auf Erden kein Ziel, keinen Wunsch, keine Hoffnung.

VIII

Es gesellte sich bald ein Fußgänger zu mir, welcher mich bat, nachdem er eine Weile neben meinem Pferde geschritten war, da wir doch denselben Weg hielten, einen Mantel, den er trug, hinten auf mein Pferd legen zu dürfen; ich ließ es stillschweigend geschehen. Er dankte mir mit leichtem Anstand* für den leichten Dienst, lobte mein Pferd, nahm daraus Gelegenheit, das Glück und die Macht der Reichen hoch zu preisen, und ließ sich, ich weiß nicht wie, in eine

gleichmütig, ohne innere Anteilnahme

Schicksal, Geschick, Verhängnis

den begrabenen Hoffnungen

Vgl. 19.30

Art von Selbstgespräch ein, bei dem er mich bloß zum Zuhörer hatte.

Er entfaltete seine Ansichten von dem Leben und der Welt, und kam sehr bald auf die ⌐Metaphysik⌐, an die die Forderung erging, ⌐das Wort aufzufinden, das aller Rätsel Lösung sei⌐. Er setzte die Aufgabe mit vieler Klarheit aus einander und schritt fürder* zu deren Beantwortung.

Du weißt, mein Freund, daß ich deutlich erkannt habe, seitdem ich den Philosophen durch die Schule gelaufen, daß ich zur ⌐philosophischen Spekulation⌐ keineswegs berufen bin, und daß ich mir dieses Feld völlig abgesprochen habe; ich habe seither vieles auf sich beruhen lassen, vieles zu wissen und zu begreifen Verzicht geleistet, und bin, wie du es mir selber geraten, meinem ⌐geraden Sinn⌐ vertrauend, der Stimme in mir, so viel es in meiner Macht gewesen, auf dem eigenen Wege gefolgt. Nun schien mir dieser Redekünstler mit großem Talent ein fest gefügtes Gebäude aufzuführen, das in sich selbst begründet sich emportrug, und wie durch eine innere Notwendigkeit bestand. Nur vermißt ich ganz in ihm, was ich eben darin hätte suchen wollen, und so ward es mir zu einem bloßen Kunstwerk, dessen zierliche Geschlossenheit und Vollendung dem Auge allein zur Ergötzung* diente; aber ich hörte dem wohlberedten Manne gerne zu, der meine Aufmerksamkeit von meinen Leiden auf sich selbst abgelenkt, und ich hätte mich ihm willig ergeben, wenn er meine Seele wie meinen Verstand in Anspruch genommen hätte.

Mittlerweile war die Zeit hingegangen, und unbemerkt hatte schon die Morgendämmerung den Himmel erhellt; ich erschrak, als ich mit einem Mal aufblickte und im Osten die Pracht der Farben sich entfalten sah, die die nahe Sonne verkünden, und gegen sie war in dieser Stunde, wo die Schlagschatten mit ihrer ganzen Ausdehnung prunkten, kein Schutz, kein Bollwerk* in der offenen Gegend zu ersehn! und ich war nicht allein! Ich warf einen Blick auf meinen Begleiter, und erschrak wieder. – Es war kein anderer, als der Mann im grauen Rock.

Er lächelte über meine Bestürzung, und fuhr fort, ohne mich zum Wort kommen zu lassen: »Laßt doch, wie es einmal in der Welt Sitte ist, unsern wechselseitigen Vorteil uns auf eine Weile verbinden, zu scheiden haben wir immer noch Zeit. Die Straße hier längs dem Gebirge, ob Sie gleich noch nicht daran gedacht haben, ist doch die einzige, die Sie vernünftiger Weise einschlagen können; hinab in das Tal dürfen Sie nicht, und über das Gebirg werden Sie noch weniger zurückkehren wollen, von wo Sie hergekommen sind – diese ist auch gerade meine Straße. – Ich sehe Sie schon vor der aufgehenden Sonne erblassen. Ich will Ihnen Ihren Schatten auf die Zeit unserer Gesellschaft leihen, und Sie dulden mich dafür in Ihrer Nähe; Sie haben so Ihren Bendel nicht mehr bei sich; ich will Ihnen gute Dienste leisten. Sie lieben mich nicht, das ist mir leid*. Sie können mich darum doch benutzen. ⌜Der Teufel ist nicht so schwarz⌝, als man ihn malt. Gestern haben Sie mich geärgert, das ist wahr, heute will ichs Ihnen nicht nachtragen, und ich habe Ihnen schon den Weg bis hieher verkürzt*, das müssen Sie selbst gestehen – Nehmen Sie doch nur einmal Ihren Schatten auf Probe wieder an.«

Die Sonne war aufgegangen, auf der Straße kamen uns Menschen entgegen; ich nahm, obgleich mit innerlichem Widerwillen, den Antrag an. Er ließ lächelnd meinen Schatten zur Erde gleiten, der alsbald seine Stelle auf des Pferdes Schatten einnahm und lustig neben mir hertrabte. Mir war sehr seltsam zu Mut. Ich ritt an einem Trupp Landleute vorbei, die vor einem wohlhabenden Mann ehrerbietig mit entblößtem Haupte Platz machten. Ich ritt weiter, und blickte gierigen Auges und klopfenden Herzens seitwärts vom Pferde herab auf diesen sonst meinen Schatten, den ich jetzt von einem Fremden, ja von einem Feinde, erborgt hatte.

das tut mir Leid

Sie auf dem Weg unterhalten

Dieser ging unbekümmert neben her, und pfiff eben ein Liedchen. Er zu Fuß, ich zu Pferd, ein Schwindel ergriff mich, die Versuchung war zu groß, ich wandte plötzlich die Zügel, drückte beide Sporen an, und so in voller Carriere* einen Seitenweg eingeschlagen; aber ich entführte den Schatten nicht, der bei der Wendung vom Pferde glitt und seinen gesetzmäßigen Eigentümer auf der Landstraße erwartete. Ich mußte beschämt umlenken; der Mann im grauen Rocke, als er ungestört sein Liedchen zu Ende gebracht, lachte mich aus, setzte mir den Schatten wieder zurecht, und belehrte mich, er würde erst an mir festhangen und bei mir bleiben wollen, wenn ich ihn wiederum als rechtmäßiges Eigentum besitzen würde. »Ich halte Sie«, fuhr er fort, »am Schatten fest, und Sie kommen mir nicht los. Ein reicher Mann, wie Sie, braucht einmal einen Schatten, das ist nicht anders, Sie sind nur darin zu tadeln, daß Sie es nicht früher eingesehen haben.« –

Ich setzte meine Reise auf derselben Straße fort; es fanden sich bei mir alle Bequemlichkeiten des Lebens und selbst ihre Pracht wieder ein; ich konnte mich frei und leicht bewegen, da ich einen, obgleich nur erborgten, Schatten besaß, und ich flößte überall die Ehrfurcht ein, die der Reichtum gebietet; aber ich hatte den Tod im Herzen. Mein wundersamer Begleiter, der sich selbst für den unwürdigen Diener des reichsten Mannes in der Welt ausgab, war von einer außerordentlichen Dienstfertigkeit, über die Maßen gewandt und geschickt, der wahre Inbegriff eines Kammerdieners für einen reichen Mann, aber er wich nicht von meiner Seite, und führte unaufhörlich das Wort gegen mich*, stets die größte Zuversicht an den Tag legend, daß ich endlich, sei es auch nur, um ihn los zu werden, den Handel mit dem Schatten abschließen würde. – Er war mir eben so lästig als verhaßt. Ich konnte mich ordentlich vor ihm fürchten. Ich hatte mich von ihm abhängig gemacht. Er hielt mich, nachdem er mich in die Herrlichkeit der

(franz.) in schnellstem Lauf, Galopp

sprach auf mich ein

Welt, die ich floh, zurückgeführt hatte. Ich mußte seine Beredsamkeit über mich ergehen lassen, und fühlte schier*, er habe recht. Ein Reicher muß in der Welt einen Schatten haben, und sobald ich den Stand behaupten wollte, den er mich wieder geltend zu machen verleitet hatte, war nur ein Ausgang zu ersehen. Dieses aber stand bei mir fest, nachdem ich meine Liebe hingeopfert, nachdem mir das Leben verblaßt war, wollt ich meine Seele nicht, sei es um alle Schatten der Welt, dieser Kreatur verschreiben. Ich wußte nicht, wie es enden sollte.

Wir saßen einst vor einer Höhle, welche die Fremden, die das Gebirg bereisen, zu besuchen pflegen. Man hört dort das Gebrause unterirdischer Ströme aus ungemessener* Tiefe heraufschallen, und kein Grund scheint den Stein, den man hineinwirft, in seinem hallenden Fall aufzuhalten. Er malte mir, wie er öfters tat, mit verschwenderischer Einbildungskraft und im schimmernden Reize der glänzendsten Farben, sorgfältig ausgeführte Bilder von dem, was ich in der Welt, kraft meines Seckels, ausführen würde, wenn ich erst meinen Schatten wieder in meiner Gewalt hätte. Die Ellenbogen auf die Knie gestützt, hielt ich mein Gesicht in meinen Händen verborgen und hörte dem Falschen zu, das Herz zwiefach* geteilt zwischen der Verführung und dem strengen Willen in mir. Ich konnte bei solchem innerlichen Zwiespalt länger nicht ausdauern, und begann den entscheidenden Kampf:

»Sie scheinen, mein Herr, zu vergessen, daß ich Ihnen zwar erlaubt habe, unter gewissen Bedingungen in meiner Begleitung zu bleiben, daß ich mir aber meine völlige Freiheit vorbehalten habe.« – »Wenn Sie befehlen, so pack ich ein.« Die Drohung war ihm geläufig. Ich schwieg; er setzte sich gleich daran, meinen Schatten wieder zusammenzurollen. Ich erblaßte, aber ich ließ es stumm geschehen. Es erfolgte ein langes Stillschweigen. Er nahm zuerst das Wort:

»Sie können mich nicht leiden, mein Herr, Sie hassen mich,

fast (auch: vollends); klar

unbekannter, unbestimmter

zweifach, doppelt

ich weiß es; doch warum hassen Sie mich? Ist es etwa, weil
Sie mich auf öffentlicher Straße angefallen, und mir mein
Vogelnest mit Gewalt zu rauben gemeint? oder ist es dar-
um, daß Sie mein Gut, den Schatten, den Sie Ihrer bloßen
Ehrlichkeit anvertraut glaubten, mir diebischer Weise zu
entwenden gesucht haben? Ich meinerseits hasse Sie darum

Vorzüge, Über-
legenheit

nicht; ich finde ganz natürlich, daß Sie alle Ihre Vorteile*,
List und Gewalt geltend zu machen suchen; daß Sie übrigens die allerstrengsten Grundsätze haben und wie die Ehrlichkeit selbst denken, ist eine Liebhaberei, wogegen ich
auch nichts habe. – Ich denke in der Tat nicht so streng als
Sie; ich handle bloß, wie Sie denken. Oder hab ich Ihnen
etwa irgend wann den Daumen auf die Gurgel gedrückt,

sehr
geschätzte

um Ihre werteste* Seele, zu der ich einmal Lust habe, an
mich zu bringen? Hab ich von wegen meines ausgetausch-
ten Seckels einen Diener auf Sie losgelassen? hab ich Ihnen
damit durchzugehen versucht?« Ich hatte dagegen nichts
zu erwidern; er fuhr fort: »Schon recht, mein Herr, schon
recht! Sie können mich nicht leiden; auch das begreife ich
wohl, und verarge es Ihnen weiter nicht. Wir müssen scheiden, das ist klar, und auch Sie fangen an, mir sehr lang-
weilig vorzukommen. Um sich also meiner ferneren be-
schämenden Gegenwart völlig zu entziehen, rate ich es Ihnen noch einmal: Kaufen Sie mir das Ding ab.« – Ich hielt
ihm den Seckel hin: »Um den Preis.« – »Nein!« – Ich seufzte schwer auf und nahm wieder das Wort: »Auch also. Ich
dringe darauf, mein Herr, laßt uns scheiden, vertreten Sie
mir länger nicht den Weg auf einer Welt, die hoffentlich
geräumig genug ist für uns beide.« Er lächelte und erwiderte: »Ich gehe, mein Herr, zuvor aber will ich Sie unter-
richten, wie Sie mir klingeln können, wenn Sie je Verlangen
nach Ihrem untertänigsten Knecht tragen sollten: Sie brauchen nur Ihren Seckel zu schütteln, daß die ewigen Goldstücke darinnen rasseln, der Ton zieht mich augenblicklich
an. Ein jeder denkt auf seinen Vorteil in dieser Welt; Sie

sehen, daß ich auf Ihren zugleich bedacht bin, denn ich
eröffne Ihnen offenbar* eine neue Kraft*. – O dieser Seckel!
– Und hätten gleich die Motten Ihren Schatten schon auf-
gefressen, der würde noch ein starkes Band zwischen uns
5 sein. Genug, Sie haben mich an meinem Gold, befehlen Sie
auch in der Ferne über Ihren Knecht, Sie wissen, daß ich
mich meinen Freunden dienstfertig genug erweisen kann,
und daß die Reichen besonders gut mit mir stehen; Sie haben es selbst gesehen. – Nur Ihren Schatten, mein Herr –
10 das lassen Sie sich gesagt sein – nie wieder, als unter einer
einzigen Bedingung.«

offen, unver-
hüllt

Fähigkeit,
Wirkungskraft

Gestalten der alten Zeit traten vor meine Seele. Ich frug ihn
schnell: »Hatten Sie eine Unterschrift vom Herrn John?« –
Er lächelte. – »Mit einem so guten Freund hab ich es kei-
15 neswegs nötig gehabt.« – »Wo ist er? bei Gott, ich will es
wissen!« Er steckte zögernd die Hand in die Tasche, und
daraus bei den Haaren hervorgezogen erschien Thomas
Johns bleiche, entstellte Gestalt, und die blauen Leichen-
lippen bewegten sich zu schweren Worten: ⌜»Justo judicio
20 Dei judicatus sum; Justo judicio Dei condemnatus sum.«⌝
Ich entsetzte mich, und schnell den klingenden Seckel in
den Abgrund werfend, sprach ich zu ihm die letzten Worte:
»So beschwör ich dich im Namen Gottes, Entsetzlicher!
hebe dich von dannen und lasse dich nie wieder vor meinen
25 Augen blicken!« Er erhub sich finster und verschwand sogleich hinter den Felsenmassen, die den wild bewachsenen
Ort begränzten.

IX

Ich saß da ohne Schatten und ohne Geld; aber ein schweres
30 Gewicht war von meiner Brust genommen, ich war heiter.
Hätte ich nicht auch meine Liebe verloren, oder hätt ich
mich nur bei deren Verlust vorwurfsfrei gefühlt, ich glaube,

ich hätte glücklich sein können – ich wußte aber nicht, was
ich anfangen sollte. Ich durchsuchte meine Taschen und
fand noch einige Goldstücke darin; ich zählte sie und lachte. – Ich hatte meine Pferde unten im Wirtshause, ich
schämte mich, dahin zurückzukehren, ich mußte wenig-   5
stens den Untergang der Sonne erwarten; sie stand noch
hoch am Himmel. Ich legte mich in den Schatten der nächsten Bäume und schlief ruhig ein.

Anmutige Bilder verwoben sich mir im luftigen Tanze zu
angenehmen einem gefälligen* Traum. ⌐Mina, einen Blumenkranz in den   10
Haaren, schwebte an mir vorüber, und lächelte mich
freundlich an. Auch der ehrliche Bendel war mit Blumen
bekränzt, und eilte mit freundlichem Gruße vorüber. Viele
sah ich noch, und wie mich dünkt, auch Dich, Chamisso,
im fernen Gewühl; ein helles Licht schien, ⌐es hatte aber   15
keiner einen Schatten⌐, und was seltsamer ist, es sah nicht
übel aus, – Blumen und Lieder, Liebe und Freude, unter
Palmenhainen. – – Ich konnte die beweglichen, leicht ver-
wehten, lieblichen Gestalten weder festhalten noch deu-
ten⌐; aber ich weiß, daß ich gerne solchen Traum träumte   20
und mich vor dem Erwachen in acht nahm; ich wachte
wirklich schon, und hielt noch die Augen zu, um die wei-
chenden Erscheinungen länger vor meiner Seele zu behalten.

Ich öffnete endlich die Augen, die Sonne stand noch am   25
Himmel, aber im Osten; ich hatte die Nacht verschlafen.
Ich nahm es für ein Zeichen, daß ich nicht nach dem Wirtshause zurückkehren sollte. Ich gab leicht, was ich dort
noch besaß, verloren, und beschloß, eine Nebenstraße, die
durch den waldbewachsenen Fuß des Gebirges führte, zu   30
Fuß einzuschlagen, dem Schicksal es anheim stellend, was
es mit mir vorhatte, zu erfüllen. Ich schaute nicht hinter
mich zurück, und dachte auch nicht daran, an Bendel, den
ich reich zurückgelassen hatte, mich zu wenden, welches
ich allerdings gekonnt hätte. Ich sah mich an auf den neuen   35

Charakter*, den ich in der Welt bekleiden sollte: mein An-
zug war sehr bescheiden. Ich hatte eine alte schwarze Kurtka* an, die ich schon in Berlin getragen, und die mir, ich
weiß nicht wie, zu dieser Reise erst wieder in die Hand
5 gekommen war. Ich hatte sonst eine Reisemütze auf dem
Kopf und ein Paar alte Stiefeln an den Füßen. Ich erhob
mich, schnitt mir an selbiger Stelle einen Knotenstock* zum
Andenken, und trat sogleich meine Wanderung an.
Ich begegnete im Wald einem alten Bauer, der mich freund-
10 lich begrüßte, und mit dem ich mich in Gespräch einließ.
Ich erkundigte mich, wie ein wißbegieriger Reisender, erst
nach dem Wege, dann nach der Gegend und deren Bewoh-
nern, den Erzeugnissen des Gebirges und derlei mehr. Er
antwortete verständig und redselig auf meine Fragen. Wir
15 kamen an das Bette eines Bergstromes, der über einen weiten Strich des Waldes seine Verwüstung verbreitet hatte.
Mich schauderte innerlich vor dem sonnenhellen Raum;
ich ließ den Landmann vorangehen. Er hielt aber mitten im
gefährlichen Orte still und wandte sich zu mir, um mir die
20 Geschichte dieser Verwüstung zu erzählen. Er bemerkte
bald, was mir fehlte, und hielt mitten in seiner Rede ein:
»Aber wie geht denn das zu, der Herr hat ja keinen Schatten!« – »Leider! leider!« erwiderte ich seufzend. »Es sind
mir während einer bösen langen Krankheit, Haare, Nägel
25 und Schatten ausgegangen. Seht, Vater, in meinem Alter,
die Haare, die ich wieder gekriegt habe, ganz weiß*, die
Nägel sehr kurz, und der Schatten, der will noch nicht wieder wachsen.« – »Ei! ei!« versetzte der alte Mann kopf-
schüttelnd, »keinen Schatten, das ist bös! das war eine böse
30 Krankheit, die der Herr gehabt hat.« Aber er hub seine
Erzählung nicht wieder an, und bei dem nächsten Quer-
weg, der sich darbot, ging er, ohne ein Wort zu sagen, von
mir ab. – Bittere Tränen zitterten aufs neue auf meinen
Wangen, und meine Heiterkeit war hin.
35 Ich setzte traurigen Herzens meinen Weg fort und suchte

Stand, Rang,
Titel

Vgl. Erl. zu
9.13

knorrigen
Stock

Vgl. Erl. zu
62.3

ferner keines Menschen Gesellschaft. Ich hielt mich im
dunkelsten Walde, und mußte manchmal, um über einen
Strich*, wo die Sonne schien, zu kommen, stundenlang
darauf warten, daß mir keines Menschen Auge den Durch-
gang verbot. Am Abend suchte ich Herberge in den Dör- 5
fern zu nehmen. Ich ging eigentlich nach einem Bergwerk
im Gebirge, wo ich Arbeit unter der Erde zu finden gedachte; denn, davon abgesehen, daß meine jetzige Lage mir gebot, für meinen Lebensunterhalt selbst zu sorgen, hatte ich
dieses wohl erkannt, daß mich allein angestrengte Arbeit 10
gegen meine zerstörenden Gedanken schützen könnte.

Ein paar regnichte* Tage förderten mich* leicht auf dem
Weg, aber auf Kosten meiner Stiefel, deren Sohlen für den
Grafen Peter, und nicht für den Fußknecht* berechnet worden. Ich ging schon auf den bloßen Füßen. Ich mußte ein 15
Paar neue Stiefel anschaffen. Am nächsten Morgen besorgte ich dieses Geschäft mit vielem Ernst in einem Flecken*,
wo Kirmeß* war, und wo in einer Bude alte und neue Stiefel
zu Kauf standen. ⌐Ich wählte und handelte lange. Ich mußte
auf ein Paar neue, die ich gern gehabt hätte, Verzicht lei- 20
sten; mich schreckte die unbillige Forderung*. Ich begnügte
mich also mit alten, die noch gut und stark waren, und die
mir der schöne blondlockige Knabe, der die Bude hielt,
gegen gleich bare Bezahlung, freundlich lächelnd einhän-
digte, indem er mir Glück auf den Weg wünschte.⌐ Ich zog 25
sie gleich an und ging zum ⌐nördlich gelegenen Tor⌐ aus
dem Ort.

Ich war in meinen Gedanken sehr vertieft, und sah kaum,
wo ich den Fuß hinsetzte, denn ich dachte an das Bergwerk,
wo ich auf den Abend noch anzulangen hoffte, und wo ich 30
nicht recht wußte, wie ich mich ankündigen sollte. Ich war
noch keine zweihundert Schritte gegangen, als ich bemerkte, daß ich aus dem Wege gekommen war; ich sah mich
danach um, ich befand mich in einem wüsten*, uralten
Tannenwalde, woran die Axt nie gelegt worden zu sein 35

Streifen,
Strecke

regnerische

brachten mich
voran

Einfacher
Soldat zu Fuß,
auch Forst-
knecht;
Fußgänger

Größere
Ortschaft,
Marktflecken

Kirchweihfest,
Jahrmarkt

ungerechtfer-
tigte Preis

wilden,
unwirtlichen

schien. Ich drang noch einige Schritte vor, ich sah mich mitten unter öden Felsen, die nur mit Moos und ⌐Steinbrucharten⌐ bewachsen waren, und zwischen welchen Schnee- und Eisfelder lagen. Die Luft war sehr kalt, ich sah
5 mich um, der Wald war hinter mir verschwunden. Ich machte noch einige Schritte – um mich herrschte die Stille des Todes, unabsehbar dehnte sich das Eis, worauf ich stand, und worauf ein dichter Nebel schwer ruhte; die Sonne stand blutig am Rande des Horizontes. Die Kälte war
0 unerträglich. Ich wußte nicht, wie mir geschehen war, der erstarrende Frost zwang mich, meine Schritte zu beschleunigen, ich vernahm nur das Gebrause ferner Gewässer, ein Schritt, und ich war am Eisufer eines Ozeans. Unzählbare Herden von Seehunden stürzten sich vor mir rauschend in
5 die Flut. Ich folgte diesem Ufer, ich sah wieder nackte Felsen, Land, Birken- und Tannenwälder, ich lief noch ein paar Minuten gerade vor mir hin. Es war erstickend heiß, ich sah mich um, ich stand zwischen schön gebauten Reisfeldern unter Maulbeerbäumen. Ich setzte mich in deren
20 Schatten, ich sah nach meiner Uhr, ich hatte vor nicht einer Viertelstunde den Marktflecken verlassen, – ich glaubte zu träumen, ich biß mich in die Zunge, um mich zu erwecken; aber ich wachte wirklich. – Ich schloß die Augen zu, um meine Gedanken zusammen zu fassen. – Ich hörte vor mir
25 seltsame Sylben durch die Nase zählen*; ich blickte auf: zwei Chinesen, an der asiatischen Gesichtsbildung unverkennbar, wenn ich auch ihrer Kleidung keinen Glauben beimessen wollte, redeten mich mit landesüblichen Begrüßungen in ihrer Sprache an; ich stand auf und trat zwei
30 Schritte zurück. Ich sah sie nicht mehr, die Landschaft war ganz verändert: Bäume, Wälder, statt der Reisfelder. Ich betrachtete diese Bäume und die Kräuter, die um mich blühten; die ich kannte, waren südöstlich asiatische Gewächse; ich wollte auf den einen Baum zugehen, ein Schritt
35 – und wiederum alles verändert. Ich trat nun an, wie ein

nasal aussprechen

Soldat in der
Grundausbil-
dung, der
exerzieren
muss

Rekrut, der geübt wird*, und schritt langsam, gesetzt einher. Wunderbar veränderliche Länder, Fluren, Auen, Gebirge, Steppen, Sandwüsten, entrollen sich vor meinem staunenden Blick: es war kein Zweifel, ich hatte ⌈Siebenmeilenstiefel⌉ an den Füßen.

X

Ich fiel in stummer Andacht auf meine Knie und vergoß Tränen des Dankes – ⌈denn klar stand plötzlich meine Zukunft vor meiner Seele. Durch frühe Schuld von der menschlichen Gesellschaft ausgeschlossen, ward ich zum Ersatz an die Natur, die ich stets geliebt, gewiesen, die Erde mir zu einem reichen Garten gegeben, das Studium zur Richtung und Kraft meines Lebens, zu ihrem Ziel die Wissenschaft.⌉ Es war nicht ein Entschluß, den ich faßte. Ich habe nur seitdem, was da hell und vollendet im Urbild* vor mein inneres Auge* trat, getreu mit stillem, strengen, unausgesetzten Fleiß darzustellen gesucht, und meine Selbstzufriedenheit* hat von dem Zusammenfallen des Dargestellten mit dem Urbild abgehangen.

Ich raffte mich auf, um ohne Zögern mit flüchtigem Überblick Besitz von dem Felde zu nehmen, wo ich künftig ernten wollte. – Ich stand auf den Höhen des Tibet, und die Sonne, die mir vor wenigen Stunden aufgegangen war, neigte sich hier schon am Abendhimmel, ich durchwanderte Asien von Osten gegen Westen, sie in ihrem Lauf einholend, und trat in Afrika ein. Ich sah mich neugierig darin um, indem ich es wiederholt in allen Richtungen durchmaß. Wie ich durch Ägypten die alten Pyramiden und Tempel angaffte, erblickte ich in der Wüste, unfern des ⌈hunderttorigen Theben⌉, die Höhlen, wo ⌈christliche Einsiedler⌉ sonst* wohnten. Es stand plötzlich fest und klar in mir, hier ist dein Haus. – Ich erkor eine der verborgensten,

Vorbild, Ideal,
auch Original,
(von griech.-
lat. »arche-
typus«)

Imagination,
mentis intel-
lectus, Auge
des Geistes
und der Seele

Vgl. Erl. zu
17.31

ehedem, einst

die zugleich geräumig, bequem und den Schakalen unzugänglich war, zu meinem künftigen Aufenthalte, und setzte meinen Stab weiter.

Ich trat bei den ⌜Herkules-Säulen⌝ nach Europa über, und nachdem ich seine südlichen und nördlichen Provinzen in Augenschein genommen, trat ich von Nordasien über den Polarglätscher nach Grönland und Amerika über, durchschweifte die beiden Teile dieses Kontinents, und der Winter, der schon im Süden herrschte, trieb mich schnell vom Kap Horn nordwärts zurück.

Ich verweilte mich, bis es im östlichen Asien Tag wurde, und setzte erst nach einiger Ruh meine Wanderung fort. Ich verfolgte durch beide Amerika die Bergkette, die die höchsten bekannten Unebenheiten unserer Kugel in sich faßt. Ich schritt langsam und vorsichtig von Gipfel zu Gipfel, bald über flammende Vulkane, bald über beschneite Kuppeln, oft mit Mühe atmend, ich erreichte den ⌜Eliasberg⌝, und sprang über die Beringstraße nach Asien. – ⌜Ich verfolgte dessen westliche Küsten in ihren vielfachen Wendungen, und untersuchte mit besonderer Aufmerksamkeit, welche der dort gelegenen Inseln mir zugänglich wären. Von der Halbinsel Malakka* trugen mich meine Stiefel auf ⌜Sumatra, Java, Bali und Lamboc, ich versuchte, selbst oft mit Gefahr, und dennoch immer vergebens, mir über die kleinern Inseln und Felsen, wovon dieses Meer starrt, einen Übergang nordwestlich nach Borneo und andern Inseln dieses Archipelagus*⌝ zu bahnen. Ich mußte die Hoffnung aufgeben. Ich setzte mich endlich auf die äußerste Spitze von Lamboc nieder, und das Gesicht gegen Süden und Osten gewendet, weint ich wie am festverschlossenen Gitter meines Kerkers, daß ich doch so bald meine Begrenzung gefunden. Das merkwürdige, zum Verständnis der Erde und ihres sonnengewirkten Kleides, der Pflanzen- und Tierwelt, so wesentlich notwendige Neuholland* und die Südsee mit ihren Zoophyten-Inseln* waren mir untersagt,

---

Malaysia

Archipel, Inselgruppe; urspr. für die Inselwelt der Ägäis

Australien

Koralleninseln

Bruchstück, unvollendet Gebliebenes; vgl. Erl. zu 82.1–8

und so war, im Ursprunge schon, alles, was ich sammeln und erbauen sollte, bloßes Fragment* zu bleiben verdammt. – O mein Adelbert, was ist es doch um die Bemühungen der Menschen!

Oft habe ich im strengsten Winter der südlichen Halbkugel vom Kap Horn aus jene zweihundert Schritte, die mich etwa vom ⌐Land van Diemen⌐ und Neuholland trennten, selbst unbekümmert um die Rückkehr, und sollte sich dieses schlechte Land über mich, wie der Deckel meines Sarges, schließen, über den Polarglätscher westwärts zurück zu legen versucht, habe über Treibeis mit törichter Wagnis verzweiflungsvolle Schritte getan, der Kälte und dem Meere Trotz geboten. Umsonst, noch bin ich auf Neuholland nicht gewesen⌐ – ich kam dann jedesmal auf Lamboc zurück und setzte mich auf seine äußerste Spitze nieder, und weinte wieder, das Gesicht gen Süden und Osten gewendet, wie am fest verschlossenen Gitter meines Kerkers.

Ich riß mich endlich von dieser Stelle, und trat mit traurigem Herzen wieder in das innere Asien, ich durchschweifte es fürder, die Morgendämmerung nach Westen verfolgend, und kam noch in der Nacht in die Thebais zu meinem vorbestimmten Hause, das ich in den gestrigen Nachmittagsstunden berührt hatte.

Sobald ich etwas ausgeruht und es Tag über Europa war, ließ ich meine erste Sorge sein, alles anzuschaffen, was ich bedurfte. – Zuvörderst Hemmschuhe*, denn ich hatte erfahren, wie unbequem es sei, seinen Schritt nicht anders verkürzen zu können, um nahe Gegenstände gemächlich zu untersuchen, als indem man die Stiefel auszieht. Ein Paar Pantoffeln, übergezogen, hatten völlig die Wirkung, die ich mir davon versprach, und späterhin trug ich sogar deren immer zwei Paar bei mir, weil ich öfters welche von den Füßen warf, ohne Zeit zu haben, sie aufzuheben, wenn Löwen, Menschen oder Hyänen mich beim Botanisieren aufschreckten. Meine sehr gute Uhr war auf die kurze Dau-

(eigtl.) Bremsklötze

er meiner Gänge ein vortreffliches Kronometer*. Ich brauchte noch außerdem einen Sextanten*, einige physikalische Instrumente und Bücher.

Ich machte, dieses alles herbei zu schaffen, etliche bange Gänge nach London und Paris, die ein mir günstiger Nebel eben beschattete. Als der ⸢Rest meines Zaubergoldes⸣ erschöpft war, bracht ich leicht zu findendes afrikanisches Elfenbein als Bezahlung herbei, wobei ich freilich die kleinsten Zähne, die meine Kräfte nicht überstiegen, auswählen mußte. Ich ward bald mit allem versehen und ausgerüstet, und ich fing sogleich als privatisierender Gelehrter* meine neue Lebensweise an.

Ich streifte auf der Erde umher, bald ihre Höhen, bald die Temperatur ihrer Quellen und die der Luft messend, bald Tiere beobachtend, bald Gewächse untersuchend; ich eilte von dem Äquator nach dem Pole, von der einen Welt nach der andern*; Erfahrungen mit Erfahrungen vergleichend. Die Eier der afrikanischen Strauße oder der nördlichen Seevögel und Früchte, besonders der Tropen-Palmen und Bananen, waren meine gewöhnlichste Nahrung. Für mangelndes Glück hatt ich ⸢als Surrogat die Nicotiana*⸣, und für menschliche Teilnahme und Bande die Liebe eines treuen ⸢Pudels⸣, der mir meine Höhle in der Thebais bewachte, und wenn ich mit neuen Schätzen beladen zu ihm zurückkehrte, freudig an mich sprang, und es mich doch menschlich empfinden ließ, daß ich nicht allein auf der Erde sei. Noch sollte mich ein Abenteuer unter die Menschen zurückführen.

XI

Als ich einst auf Nordlands Küsten, meine Stiefel gehemmt, Flechten und Algen sammelte, trat mir unversehens um die Ecke eines Felsens ein Eisbär entgegen. Ich wollte, nach

---

(griech.) Zeitmesser, speziell präzise Taschen- und Pendeluhr; Seeuhr

Winkelmessinstrument zur astronomischgeographischen Ortsbestimmung

Ohne Amt und Beruf von eigenem Vermögen lebend

Alte und Neue Welt (Amerika)

als Ersatz den Tabak

weggeworfenen Pantoffeln, auf eine gegenüber liegende Insel treten, zu der mir ein dazwischen aus den Wellen hervorragender nackter Felsen den Übergang bahnte. Ich trat mit dem einen Fuß auf den Felsen fest auf, und stürzte auf der andern Seite in das Meer, weil mir unbemerkt der Pantoffel am anderen Fuß haften geblieben war.

Die große Kälte ergriff mich, ich rettete mit Mühe mein Leben aus dieser Gefahr; sobald ich Land hielt*, lief ich, so schnell ich konnte, nach der Libyschen Wüste, um mich da an der Sonne zu trocknen. Wie ich ihr aber ausgesetzt war, brannte sie mir so heiß auf den Kopf, daß ich sehr krank wieder nach Norden taumelte. Ich suchte durch heftige Bewegung mir Erleichterung zu verschaffen, und lief mit unsichern raschen Schritten von Westen nach Osten und von Osten nach Westen. Ich befand mich bald in dem Tag und bald in der Nacht; bald im Sommer und bald in der Winterkälte.

Ich weiß nicht, wie lange ich mich so auf der Erde herumtaumelte. Ein brennendes Fieber glühte durch meine Adern, ich fühlte mit großer Angst die Besinnung mich verlassen. ⌜Noch wollte das Unglück, daß ich bei so unvorsichtigem Laufen jemanden auf den Fuß trat. Ich mochte ihm weh getan haben; ich erhielt einen starken Stoß⌝ und ich fiel hin. –

Als ich zuerst zum Bewußtsein zurückkehrte, lag ich gemächlich in einem guten Bette, das unter vielen andern Betten in einem geräumigen und schönen Saale stand. Es saß mir jemand zu Häupten*; es gingen Menschen durch den Saal von einem Bette zum andern. Sie kamen vor das meine und unterhielten sich von mir. ⌜Sie nannten mich aber *Numero Zwölf*⌝, und an der Wand zu meinen Füßen stand doch ganz gewiß, es war keine Täuschung, ich konnte es deutlich lesen, auf schwarzer Marmortafel mit großen goldenen Buchstaben mein Name

Land erreichte

am Kopfende

ganz richtig geschrieben. Auf der Tafel standen noch unter
meinem Namen zwei Reihen* Buchstaben, ich war aber zu   Zeilen
schwach, um sie zusammen zu bringen, ich machte die Au-
5 gen wieder zu. –
Ich hörte etwas, worin von Peter Schlemihl die Rede war,
laut und vernehmlich ablesen, ich konnte aber den Sinn
nicht fassen; ich sah einen freundlichen Mann und eine
sehr schöne Frau in schwarzer Kleidung vor meinem Bette
10 erscheinen. Die Gestalten waren mir nicht fremd und ich
konnte sie nicht erkennen.
Es verging einige Zeit, und ich kam wieder zu Kräften. Ich
hieß *Numero Zwölf*, und *Numero Zwölf* galt seines ⌜lan-
gen Bartes wegen für einen Juden⌝, darum er aber nicht
15 minder sorgfältig gepflegt wurde. Daß er keinen Schatten
hatte, schien unbemerkt geblieben zu sein. Meine Stiefel
befanden sich, wie man mich versicherte, nebst allem, was
man bei mir gefunden, als ich hieher gebracht worden, in
gutem und sicherm Gewahrsam, um mir nach meiner Ge-
20 nesung wieder zugestellt zu werden. Der Ort, worin ich
krank lag, hieß das ⌜SCHLEMIHLIUM⌝; was täglich von
Peter Schlemihl abgelesen wurde, war eine Ermahnung, für
denselben, als den Urheber und Wohltäter dieser Stiftung,
zu beten. Der freundliche Mann, den ich an meinem Bette
25 gesehen hatte, war Bendel, die schöne Frau war Mina.
Ich genas unerkannt im Schlemihlio, und erfuhr noch
mehr, ich war in Bendels Vaterstadt, wo er aus dem ⌜Über-   (lat.) Herberge
rest meines sonst nicht gesegneten Goldes⌝ dieses Hospiti-   zur Verpfle-
um*, wo Unglückliche mich segneten, unter meinem Na-   gung von
                                                            Reisenden;
30 men gestiftet hatte, und er führte über dasselbe die Auf-   Krankenhaus
sicht. Mina war Witwe, ein unglücklicher Kriminal-Prozeß
hatte dem Herrn Rascal das Leben und ihr selbst ihr mehr-   meistes,
stes* Vermögen gekostet. Ihre Eltern waren nicht mehr. Sie   größtes
lebte hier als eine gottesfürchtige Witwe, und übte Werke
35 der Barmherzigkeit.

Sie unterhielt sich einst am Bette Numero Zwölf mit dem
Herrn Bendel: »Warum, edle Frau, wollen Sie sich so oft
der bösen* Luft, die hier herrscht, aussetzen? Sollte denn
das Schicksal mit Ihnen so hart sein, daß Sie zu sterben
begehrten?« – »Nein, Herr Bendel, ⌈seit ich meinen langen   5
Traum ausgeträumt habe⌉, und in mir selber erwacht bin,
geht es mir wohl, seitdem wünsche ich nicht mehr und
fürchte nicht mehr den Tod. Seitdem denke ich heiter an
Vergangenheit und Zukunft. Ist es nicht auch mit stillem
innerlichen Glück, daß Sie jetzt auf so gottselige Weise Ih-   10
rem Herrn und Freunde dienen?« – »Sei Gott gedankt, ja,
edle Frau. Es ist uns doch wundersam ergangen, wir haben
viel Wohl und bitteres Weh unbedachtsam aus dem vollen
Becher geschlürft. Nun ist er leer; nun möchte einer meinen, das sei alles nur die Probe gewesen, und, mit kluger   15
Einsicht gerüstet, den wirklichen Anfang erwarten. Ein anderer ist nun der wirkliche Anfang, und man wünscht das
erste Gaukelspiel* nicht zurück, und ist dennoch im ganzen
froh, es, wie es war, gelebt zu haben. Auch find ich in mir
das Zutrauen, daß es nun unserm alten Freunde besser er-   20
gehen muß, als damals.« – »Auch in mir«, erwiderte die
schöne Witwe, und sie gingen an mir vorüber.
Dieses Gespräch hatte einen tiefen Eindruck in mir zurückgelassen; aber ich zweifelte im Geiste, ob ich mich zu erkennen geben oder unerkannt von dannen gehen sollte. –   25
Ich entschied mich. Ich ließ mir Papier und Bleistift geben,
und schrieb die Worte:
»Auch Eurem alten Freunde ergeht es nun besser als damals, und büßet er, so ist es Buße der Versöhnung.«
Hierauf begehrte ich mich anzuziehen, da ich mich stärker   30
befände. Man holte den Schlüssel zu dem kleinen Schrank,
der neben meinem Bette stand, herbei. Ich fand alles, was
mir gehörte, darin. Ich legte meine Kleider an, hing meine
botanische Kapsel*, worin ich mit Freuden meine nordischen Flechten wieder fand, über meine schwarze Kurtka*   35

um, zog meine Stiefel an, legte den geschriebenen Zettel auf mein Bett, und so wie die Tür aufging, war ich schon weit auf dem Wege nach der Thebais.

Wie ich längs der syrischen Küste den Weg, auf dem ich mich zum letzten Mal vom Hause entfernt hatte, zurück-legte, sah ich mir meinen armen ⌐Figaro¬ entgegen kom-men. Dieser vortreffliche Pudel schien seinem Herrn, den er lange zu Hause erwartet haben mochte, auf der Spur nachgehen zu wollen. Ich stand still und rief ihm zu. Er sprang bellend an mich mit tausend rührenden Äußerun-gen seiner unschuldigen ausgelassenen Freude. Ich nahm ihn unter den Arm, denn freilich konnte er mir nicht folgen, und brachte ihn mit mir wieder nach Hause.

Ich fand dort alles in der alten Ordnung, und kehrte nach und nach, so wie ich wieder Kräfte bekam, zu meinen vor-maligen Beschäftigungen und zu meiner alten Lebensweise zurück. Nur daß ich mich ein ganzes Jahr hindurch der mir ganz unzuträglichen Polar-Kälte enthielt.

Und so, mein lieber Chamisso, leb ich noch heute. Meine Stiefel nutzen sich nicht ab, wie das sehr gelehrte Werk des berühmten ⌐Tieckius, ›De rebus gestis Pollicilli‹, es mich anfangs befürchten lassen. Ihre Kraft bleibt ungebrochen; nur meine Kraft geht dahin, doch hab ich den Trost, sie an einen Zweck in fortgesetzter Richtung und nicht fruchtlos verwendet zu haben. Ich habe, so weit meine Stiefel gereicht, die Erde, ihre Gestaltung, ihre Höhen, ihre Tem-peratur, ihre Atmosphäre in ihrem Wechsel, die Erschei-nungen ihrer magnetischen Kraft, das Leben auf ihr, be-sonders im Pflanzenreiche, gründlicher kennen gelernt, als vor mir irgend ein Mensch. Ich habe die Tatsachen mit möglichster Genauigkeit in klarer Ordnung aufgestellt in mehrern Werken, meine Folgerungen und Ansichten flüch-tig in einigen Abhandlungen niedergelegt. – Ich habe die Geographie vom Innern von Afrika und von den nördli-chen Polarländern, vom Innern von Asien und von seinen

(lat.) Pflanzen-
kunde der
gesamten Erde

System der
Natur; vgl. Erl.
zu 26.13 u.
82.1–8

(lat.) Tierwelt

östlichen Küsten, festgesetzt. ⌜Meine ›Historia stirpium plantarum utriusque orbis‹ steht da als ein großes Fragment der Flora universalis terrae*, und als ein Glied meines Systema naturae*. Ich glaube darin nicht bloß die Zahl der bekannten Arten ⌜müßig⌝ um mehr als ein Drittel vermehrt zu haben, sondern auch etwas für das natürliche System und für die Geographie der Pflanzen getan zu haben. Ich arbeite jetzt fleißig an meiner Fauna*.⌝ Ich werde Sorge tragen, daß vor meinem Tode meine Manuskripte bei der ⌜Berliner Universität⌝ niedergelegt werden.

Und Dich, mein lieber Chamisso, habe ich zum ⌜Bewahrer meiner wundersamen Geschichte⌝ erkoren, auf daß sie vielleicht, wenn ich von der Erde verschwunden bin, manchen ihrer Bewohner zur nützlichen Lehre gereichen könne. Du aber, mein Freund, willst Du unter den Menschen leben, so

in erster Linie,
zuerst

lerne verehren zuvörderst* den Schatten, sodann das Geld. Willst Du nur Dir und Deinem bessern Selbst leben, o so brauchst Du keinen Rat.

⌜Explicit.⌝

An Adelbert von Chamisso

Franzose

Trifft Frank* und Deutscher jetzt zusammen,
 Und jeder edlen Muts entbrannt,
 So fährt ans tapfre Schwert die Hand,
Und Kampf entsprüht in wilden Flammen.

Wir treffen uns auf höherm Feld,
 Wir zwei verklärt in reinerm Feuer.
 Heil Dir, mein Frommer, mein Getreuer,
Und dem, was uns verbunden hält!

⌜1813.⌝

Fouqué.⌝

Ergänzende Texte

›Peter Schlemihl‹ ist in einem bedeutenden Abschnitte aus
dem Leben seines Dichters entstanden. Das ⌐verhängniß-
volle Jahr 1813⌐ fand Chamisso in Berlin, als die Bewegung
5 ausbrach, die dem Herrscher* seines Vaterlandes in ihren   Napoleon
Folgen den Untergang, Deutschland die Befreiung von dessen Zwingherrschaft brachte. Wer Kraft in seinem Arm
fühlte, der eilte, ihn zu waffnen für Deutschlands gute Sache. Chamisso hatte nicht allein einen kraftvollen Arm,
10 sondern trug ein wahrhaft deutsches Herz in seiner Brust
und befand sich dennoch in einer Lage, wie unter Millionen nicht Einer. Denn es galt nicht Kampf für Deutschland
allein, sondern auch Kampf gegen das Volk, dem er durch
Geburt und Familienbande angehörte. Das setzte ihn in
15 Verzweiflung. ⌐»Die Zeit hat kein Schwert für mich, nur für   Anteilnahme,
mich keins;«⌐, so seufzte er oft, und statt der Theilnahme*   Mitgefühl
an seiner einzigen Stellung*, mußte er in der Hauptstadt   besonderen
Preußens, dem Mittelpunkte der Verbündung gegen Na-   Position
poleon und Frankreich, nur zu oft Haß und Hohn gegen
20 seine Stammesgenossen vernehmen. Er selbst war zu bil-
lig*, um das Natürliche der Motive solcher Aeußerungen   gerecht
zu verkennen, aber nichts desto minder verletzten sie ihn
tief*, wo sie ihn trafen. ⌐Wohlmeinende Freunde⌐ be-   Vgl. »Zeit-
schlossen unter solchen Verhältnissen, ihn aus dem aufge-   tafel«, 1809.
25 regten Berlin auf das stille Land zu entfernen; die edle
⌐Gräflich Itzenplitzsche Familie⌐ bot willig ein Asyl, und
Chamisso lebte in demselben nahe genug der allmäligen
Entwickelung der weltgeschichtlichen Krise und doch frei
von persönlich unangenehmen Berührungen. Auf dem
30 kaum eine Tagereise von Berlin entfernten Gute Cunersdorf nun, wo der Dichter sich ganz der Botanik und andern
Lieblingsstudien widmen konnte, war es, wo er die Idee
zum ›Peter Schlemihl‹ faßte und mit rascher Feder ausführ-
te. ⌐Die Briefe aus der erwähnten Periode in dem ersten

Bande von Chamisso's von dem Unterzeichneten herausgegebener Biographie⌐ legen davon Zeugniß ab. Die erste
Ausgabe der unvergleichlichen Erzählung erschien mit einer Widmung, die vom ⌐27. Mai 1813⌐ datirt ist, 1814, und
hatte sich kaum zu Anfange des nächstes Jahres 1815 Bahn
zu brechen angefangen, als der Dichter für mehr als drei
Jahre, zu seiner Reise um die Welt, von der der ›Schlemihl‹
⌐eine merkwürdige Vorahnung⌐ enthält, Deutschland ver-
ließ. ›Schlemihl‹ war der Abschiedsgruß an dies sein zwei-
tes Vaterland, der erste Grundstein zu dem Bau seines
nachmaligen Ruhmes.

Man hat Chamisso oft mit der Frage gequält, was er mit
dem ›Schlemihl‹ so recht gemeint habe? Oft ergötzte ihn
diese Frage, oft ärgerte sie ihn. Die Wahrheit ist, daß er
wohl eigentlich keine specielle Absicht, deren er sich so
bewußt gewesen, um davon eine philiströse* Rechenschaft
zu geben, dabei gehabt. Das Mährchen entstand, wie jedes
ächt poetische Werk, in ihm mit zwingender Nothwendig-
keit, um seiner selbst willen. »Du hast – ⌐schrieb er an Hitzig, nachdem er die erste Hand daran gelegt⌐ – jetzt gewiß
nichts weniger von mir erwartet als ein Buch! Lies es Deiner Frau vor, heute Abend, wenn sie Zeit hat. Ist sie neugierig zu erfahren, wie es Schlemihl weiter ergangen und
besonders wer der Mann im grauen Kleide war, so schick'
mir gleich morgen das Heft wieder, daß ich daran weiter
schreibe; – wo nicht – so weiß ich schon was die Glocke
geschlagen hat.« Kann sich ein Dichter harmloser seinem
Publikum gegenüberstellen?

In der ⌐Vorrede zu der im Jahre 1838 erschienenen neuen
französischen Uebersetzung⌐ des ›Peter Schlemihl‹ macht
Chamisso sich in seiner Weise über die klügelnden Fragen
nach seiner eigentlichen Intention lustig. »Gegenwärtige
Geschichte – sagt er – ist in die Hände von besonnenen
Leuten gefallen, die, gewohnt nur zu ihrer Belehrung zu
lesen, sich darüber beunruhigt haben, was denn wohl der

spießbürger-
liche, engstir-
nige

Schatten bedeute. Mehrere haben darüber curiose* Hypo- merkwürdige,
seltsame
thesen aufgestellt; andere, indem sie mir die Ehre erwiesen,
mich für gelehrter zu halten, als ich es bin, haben sich an
mich gewandt, um durch mich die Lösung ihrer Zweifel
5 bewirkt zu sehen. Die Frage, mit welcher sie mich bestürm-
ten, hat mich über meine Unwissenheit erröthen lassen. Sie
haben mich dahin gebracht, in den Umfang meiner Studien
einen mir bis dahin fremd gebliebenen Gegenstand aufzunehmen, und ich habe mich gelehrten Untersuchungen er-
10 geben, deren Resultat ich hier aufzeichnen will.

Vom Schatten.

Ein nicht leuchtender Körper kann nur theilweise von einem leuchtenden Körper erhellt werden. Der lichtlose
Raum, welcher auf der Seite des nicht beleuchteten Theiles
15 liegt, ist das was man *Schatten* nennt. Schatten bezeichnet
also im eigentlichen Sinne einen körperlichen Raum, dessen Gestalt zugleich von der Gestalt des leuchtenden Körpers, von der des beleuchteten und von ihrer gegenseitigen
Stellung gegen einander abhängt.
20 Der auf einer hinter dem schattenwerfenden Körper be-
findlichen Fläche aufgefangene Schatten ist daher nichts
anderes, als der Durchschnitt dieser Fläche mit dem körperlichen Raum (französisch le solide, also wörtlich dem
Soliden, auf welchem Worte der ganze Scherz beruht), den
25 wir vorher durch den Namen Schatten bezeichneten.

⌜*Haüy* Traité élémentaire de physique⌝
T. II, § 1002 et 1006.

Von dem zuletzt erwähnten Soliden ist nun die Rede in der
wundersamen Historie des Peter Schlemihl. Die Finanz-
30 wissenschaft belehrt uns hinlänglich über die Wichtigkeit

des Geldes; die des Schattens ist minder allgemein anerkannt. Mein unbesonnener Freund hat sich nach dem Gelde gelüsten lassen, dessen Werth er kannte, und nicht an
das Solide gedacht. Die Lection, die er theuer bezahlen
müssen, soll, so wünscht er, uns zu Nutze kommen, und
seine Erfahrung ruft uns zu: Denket an das Solide!« –
⌜So weit Chamisso.⌝

›Peter Schlemihl‹ hat sich durch ⌜Uebersetzungen⌝ den Weg
fast in alle bedeutende Länder Europa's gebahnt. ⌜Von einer holländischen und spanischen, auch einer dem Vernehmen nach russischen, liegen uns Exemplare nicht vor.⌝ Dagegen folgende:

Französische:

⌜Pierre Schlémihl. Paris chez Ladvocat 1822. Von Chamisso im Manuscript durchgesehen und mit einem Vorwort
versehen, später aber von dem Verleger Ladvocat willkürlich verändert.⌝

Un roman du poète allemand contemporain Adelbert de
Chamisso. Traduit par ⌜N. Martin⌝. Histoire merveilleuse
de Pierre Schlémihl. Dunquerque 1837. Am Schluß ein
Schreiben des Uebersetzers an einen Freund Viktor: »A
propos de l'ombre de Pierre Schlémihl«*, mit dem griechischen Motto: ⌜»Das Leben ist eines Schattens Traum,«⌝
worin der Verfasser, der Deutschen spottend, »die, wie
man sage, drei Ungeheuer von Foliobänden* an Erläuterungen über das Miniaturbüchlein geschrieben haben sollen,« selbst eine weitläuftige Deutung des ›Schlemihl‹ versucht. Die breite Epistel* schließt indeß nicht übel mit den
Worten: »Ich bemerke, freilich etwas spät, daß ich gleichfalls einen Brief voll von Schatten geschrieben und statt in
den Finsternissen eine Fackel anzuzünden, sie vielleicht
noch dichter gemacht habe – in diesem letztern Falle wird
man mir wenigstens das Verdienst nicht absprechen, die
Originalfarben beibehalten zu haben.«

Merveilleuse histoire de Pierre Schlémihl. ⌜Enrichie d'une

⌜5⌝ (line 5 marker)
⌜10⌝
⌜15⌝
⌜20⌝
⌜25⌝
⌜30⌝
⌜35⌝

Margin notes:

(franz.) Gele-
gentlich des
Schattens von
Peter Schle-
mihl

Bücher im
Format eines
halben Bogens
(höher als
35 cm)

ausführlicher,
umständlicher
Brief

savante préface où les curieux pourront apprendre ce que c'est que l'ombre.⌐ Paris et Nuremberg, chez Schrag. 1838. Mit den ⌐Cruickshank'schen Bildern und allerliebsten farbigen Randverzierungen derselben⌐.

Die ⌐Uebersetzung ist von Chamisso selbst besorgt⌐ und wie der Titel angiebt, mit einer neuen Vorrede* ausgestattet, aus welcher oben eine charakteristische Stelle über den Schatten in einer Uebersetzung mitgeteilt worden.

Chamissos Vorrede, vgl. S. 103–108

Englische:

⌐Peter Schlemihl. With plates by George Cruickshank*. London 1824. Von dem Uebersetzer seinem Freunde Wangner zugeeignet.⌐ Die Vorrede beginnt mit den artigen Worten: »›Adelung⌐ sagte einst in Petersburg zu mir: ›Haben Sie den Peter Schlemihl gelesen?‹ – ›Nein.‹ – ›Wenn Sie ihn erst lesen werden, werden Sie ihn auch übersetzen.‹ – So hab' ich ihn wirklich übersetzt.«

Vgl. Erl. zu 12.9–11

Der Uebersetzer erklärt die Erzählung für eine moralische. Er überläßt die Erklärung derselben seinen Lesern. »Es würde wenig schmeichelhaft für sie sein« – sagt er naiv oder pfiffig so thuend als ob er Alles wüßte – »von ihnen vorauszusetzen, daß sie meines Beistandes bedürfen, um die einleuchtenden Lehren zu verstehen, die daraus zu ziehen sind.«

Peter Schlemihl. A new Translation by ⌐Emilie de Rouillon⌐. London: ohne Jahreszahl. Mit (sehr schlechten) Nachstichen der Cruickshank'schen Bilder. ⌐Wahrscheinlich aus der französischen ältern Uebersetzung übertragen.⌐ Denn die Uebersetzerin hat als Motto auf den Titel die französischen Worte gesetzt: »Man kann hieraus entnehmen, daß die leichteste Nachgiebigkeit in Dingen, die gegen das Gewissen streiten, uns viel weiter zu führen vermag, als wir gedacht haben«, und dies sind die nämlichen Worte, mit welchen der Verleger Ladvocat die Vorrede der französischen Uebersetzung aus dem Jahre 1822 schließt. Uebrigens kommt in beiden englischen Uebersetzungen

Chamisso um die Autorehre. Denn die erste nennt auf dem Titel Fouqué als den Verfasser und die letzte verschweigt den Namen. Doch giebt sie die Zueignung an Hitzig mit Chamisso's Unterschrift.

Italienische:

(ital.) Der Mann ohne Schatten. Gabe der Zuneigung für das zarte Geschlecht

L'uomo senz' ombra. Dono di simpatia al gentil sesso*. Milano presso Omobono Manini. Taschenbuch für 1838. Mit angehängtem Kalender und ziemlich guten Nachstichen der Cruickshank'schen Bilder. ⌐Der Herausgeber, wahrscheinlich der Verleger, begnügt sich nicht allein, den Namen des Dichters nicht zu nennen, sondern stellt klüglich sein albernes an die Leserinnen gerichtetes Vorwort so, daß man glauben muß, er selbst sei der Verfasser des Buches.⌐ »Seid nicht zu hart im Urtheil, Ihr Schönen, Strenge ziemt Euch wenig«, sagt er und mehr dergleichen Einfältiges.

Auch auf die Bühne ist die Schlemihlshistorie gebracht worden; aber gleichergestalt ohne dem wahren Dichter die Ehre zu geben. Im Februar 1819 erschien nämlich auf dem Josephstädter Theater in Wien: ⌐»Der Puzlivizli oder der Mann ohne Schatten. Ein komisches Zauberspiel in drei Aufzügen nach de la Motte Fouqué, frei bearbeitet von Ferdinand Rosenau.«⌐ Unter den Personen erscheinen: der graue Mann und ein Albert schlechthin (wahrscheinlich Schlemihl), von dem Inhalt ist uns nichts bekannt geworden.

Wie der Schlemihl durch die englischen Übersetzungen in Großbritanien eine volksthümliche Gestalt geworden sein muß, davon legt endlich Zeugniß ab eine merkwürdige, am 19. September 1819, also 11 Tage nach der am 8. statt gefundenen ⌐Krönung Wilhelms des IV.⌐, in London erschienene Carricatur. Es ist bekannt, daß zu dieser Krönungsfeierlichkeit ein damals auf dem Continent lebender ⌐Bruder des neuen Königs⌐ nach England übergeschifft war, und, als bekanntes Haupt der starren Tories*, nicht

Engl. königstreue Partei, im Gegensatz zu den Whigs

des freundlichsten Empfangs von Seiten des Volks sich zu
erfreuen hatte. Hierauf und vielleicht auch auf eine von
dem Prinzen gethane Aeußerung, »daß Popularität nur ein
Schatten sei«, bezieht sich das Bild. Es stellt im Vorder-
5 grunde den Königlichen Bruder in sprechender Aehnlich-
keit dar, im großen Costum der Ritter des Hosenbandor-
dens*. Ihm zur Rechten zeigt sich der König mit der Krone
auf dem Haupte, einen stattlichen Schatten an die Wand
werfend. Zwischen diesem und dem Prinzen stehen
10 Hofleute, die den letztern beklagend, in die Worte ausbrechen:
»Eines Gentleman's *Schatten* ist verloren *oder* gestohlen.«
Das Bild hat aber nachstehende Hauptunterschrift:

Peter Schlemihl bei der Krönung.
15 »Mag auch *Popularität* nichts sein als ein *Schatten*;
immerhin ist es nicht ergötzlich, *schattenlos* zu sein.«

So lebt und wird Chamisso's unsterbliche Erzählung fort
leben* in Europa; ja mehr als das, in der ganzen civilisirten
Welt, denn auch Amerika besitzt den ›Schlemihl‹, indem
20 die 1824 in London erschienene Uebersetzung* schon
1825 in Boston nachgedruckt worden.
In Deutschland aber, seinem Geburtslande, hat er, wie gegenwärtige Ausgabe beweist, durch die Sorgfalt seines
wackern Verlegers, die höchst ungewöhnliche Ehre erfah-
25 ren, ⌈stereotypirt⌉ zu werden, eine Auszeichnung, die der
verewigte Dichter leider nicht mehr erlebte*. Möge diese
Art der unendlichen Vervielfältigung nun auch dazu bei-
tragen, das Andenken Chamisso's im Volke zu erhalten!
Denn das Volk war es, welchem zu gefallen das höchste
30 Ziel des Dichters war, das Volk, für welches alle Pulse des
seltenen Mannes schlugen, der, einem der ältesten erlauch-
ten Geschlechter Europa's entsprossen, seinen ⌈Stamm-

Höchster engl.
Orden

Vgl. »Wir-
kungsge-
schichte«

Vgl. Erl. zu
89.10–12

Chamisso
starb am
21. August
1838.

baum in grader Linie bis zu dem Jahre 1305[7] hinauffüh-
rend, sein ganzes Leben hindurch Befriedigung nur darin
suchte und fand, ein bescheidener Bürger, ein wahrer
Mann aus dem Volke zu sein.

Berlin, am 21. August 1839, dem ersten Jahrestage von
Chamisso's Tode

Julius Eduard Hitzig

[Schlst, S. III–X]

Texte zur Entstehungs- und Wirkungsgeschichte

Chamisso an ⌈Louis de la Foye⌉ (undatiertes Brieffragment, Mai/Juni 1814)

5 [. . .] Ich muss dir nach so langer Trennung eine kleine Geschichte von mir und auch von den Freunden entwerfen. Wie der Ruf an die Freiwilligen erscholl, ward ich in mir sehr zerrissen und gar nicht einig, was mir zu tun sei. Es nicht länger ertragend, hatte ich wirklich schon an den Kö-
10 nig geschrieben, jede Beförderung aber abweisend; ich begehrte blos den Schiessprügel zu ergreifen. Ich zeigte Hitzig, meinem ordentlichen Beichtvater, den schon fertigen Brief. Er ergrimmte sehr und tadelte mich strenge. Der Brief ward nicht abgeschickt. Nun konnte ich aber auch
15 nicht durch unsere verödeten Hallen, von wo alles Tüchtige freudig ausgezogen war, mich einsam schleppen; Hitzig sagte mir: »Du musst verreisen«. Nun fand sich eben zu der Zeit, dass ein reicher Edelmann, der Lust an der Botanik und sieben Meilen von hier im schönen Oderbruch
20 Pflanzungen amerikanischer Bäume, einen botanischen Garten, ein Herbarium, eine Bibliothek und mehrere Millionen Güter besitzt, sich nach einem jungen Gelehrten umsah, der die Hand an dieses alles den Sommer über legte. Ich ward hiebefördert*, angekündigt als ebenbürtiger Gast   hingebracht
25 und Liebhaber der Botanik zu dem Herren von Itzenplitz. Ich widmete da in freundlicher Umgebung unter guten Leuten meinen Sommer ausschliesslich der Botanik und es ward mir so wohl, als mir immer nur sein konnte. Einige Klotzigkeiten des Reichtums, die mir nicht entgingen, wur-
30 den mir lächerlicher als drückend. Ich spielte meine Rolle als ebenbürtiger Gast durch und liess sie ungeschickt in der ihrigen als Wirt sein. Sonst sehr gute Leute; nur ist es ganz

ein Haus der Prosa: aber die Poesie und die Fabel* habe ich ohnedem bis über die Ohren satt. Da fiel es mir dennoch ein, ich weiss nicht wie, ein Buch und zwar ein ganz fabelhaftes, nämlich eine Fabel zu schreiben und ich kriegte es lustig genug zu Stande. Es sollte nur einen Brief an Hitzig und Fouqué vorstellen und dabei sein Bewenden haben. Fouqué will es aber gedruckt wissen und zwar gibt er es selbst heraus. – [. . .]

[Zit. n. Riegel 1934, S. 204 f.]

Chamisso an Hitzig (Kunersdorf, August 1813)

[. . .] Du hast also nichts weniger von mir erwartet als ein Buch! – Lies das Deiner Frau vor, heute Abend, wenn Du Zeit hast; wenn sie neugierig wird zu erfahren, wie es Schlemihl weiter ergangen, und besonders, wer der Mann im grauen Kleide war, so schick mir gleich morgen das Heft wieder, auf daß ich daran schreibe – wo nicht, so weiß ich schon, was die Glocke geschlagen hat, – ich habe hier Niemand, mit dem ich Vorlesungen vornehmen könnte. – Autoren sind doch ein tolles Volk, ich bin froh, daß ich keiner bin. – Lebe wohl, Ede, und Gott erhalte Dich und Deinen Schlagschatten Frau, Kindern und Freunden! Amen.
Vom dritten Kapitel ist das erst der Anfang, das und das folgende sind mir sehr beschwerlich – es stehen die Ochsen am Berge – nachher soll es wohl ziemlich lange wie geschmiert gehen. 8 bis 10, höchstens 12 solche Kapitelchen – – wieviel macht das [im Druck]?

[*Werke*⁵, Bd. 5, S. 384 f.]

Chamisso an Hitzig (Kunersdorf, September 1813)

[. . .] Ich gebe Dir nur ein paar Worte und danke für Deinen langen Brief, ich bin heute müde und mag nicht schreiben. – Mein Schlemihl hat doch seinem Namen Ehre gemacht*, so
5 friedlich mitten in dem Krieg zu debütiren. – – – – [. . .] ⌐Schlegel kann ich auswendig – A. W. Schlemihl¬ ist seinetwegen ausgestrichen worden, nicht aber hingeschrieben; er hat wirklich mit dem unschuldigen Jungen nichts gemein, dem ich vielmehr in dem Leib stecke. – Nun Du die Sache
10 so nimmst, muß ich doch sehen, wie ich ihn weiter bringe – doch fehlt mir schon die Laune – ich fürchte, daß das Komische erlischt und das Weinerliche zu sehr aufkomme; – denn er besteht doch und soll bestehen aus a + b, Ideal und Karikatur, das tragische und komische Element.

15 [*Werke⁵*, Bd. 5, S. 385 f.]

Vgl. Erl. zu 9.2–3

Chamisso an Hitzig (Kunersdorf, Ende September 1813)

Dieses zur Erinnerung, daß Du einen Freund in Cunersdorf hast, dem Du eben nicht sehr oft schreibst. Es ist eine ganz fatale Empfindung, wenn alle Tage der Postbote einläuft,
20 und die Austheilung der Briefe im Salon geschieht und für einen jeden etwas da ist und für den Herrn von Chamisso – nischts niche* –! [. . .] ⌐Ich kritzle immer an meinem Schlagschatten¬, und wenn ich's Dir gestehen muß, lache und fürchte ich mich manch-
25 mal darüber, so wie ich daran schreibe – wenn die Andern nur für mich nicht darüber gähnen. – Mein viel gefürchtetes viertes Kapitel* hab' ich mir, nach vielem Kauen ge- stern aus einem Stücke, wie eine Offenbarung, aus der See- le geschnitten und heute abgeschrieben – es ist auch schon
30 eher Morgen als Nacht – darum ade. – Das Blitz-Prosa-

(berlinerisch:) nichts nicht

Kapitel 4 mit Mina

(franz.)
Entwurfsheft
schreiben wird mir ungeheuer sauer – mein Brouillon* sieht toller aus als alle Verse, die ich je gemacht. – Hat es sich denn zu ruhiger vernünftiger Prosa gesetzt? [. . .]

[*Werke⁵*, Bd. 5, S. 386 f.]

Friedrich Baron de la Motte Fouqué an Julius Eduard Hitzig (Nennhausen, 1.1.1814)

[. . .] Was sagst Du zu dem Schlemielgedanken, welchen Dir das beiliegende Blatt eröffnet? Das Buch gehört für mich zu den unendlichen, zu denen, die als eiserner Bestand auf meinem Tische liegen können, mit der Gewißheit, immer und immer wieder gelesen zu werden. So vieler, so rein lustiger Spaß, so tiefer, so wehmüthig holder Schmerz! – Thue Dein Mögliches, es zu drucken. Natürlich kannst nur Du und kein Andrer der Verleger sein. – Meine Frau fand an dem ernsten Scherze der mährchenhaften Wahrheit eben so viel Lust, als ich, natürlich wieder in ihrer und nicht in meiner Art, aber der Grad war derselbe.

[Am Rand der ersten Seite:] Sollte man nicht für den Druck lieber *Schlemihl* als *Schlemiel* schreiben? Sonst möchten unkundige Leser – ich war Anfangs Einer davon – den schönen Spondaeus*: Schlēmīēl in den unerquicklichen Daktylus*: Schlēmĭĕl verwandeln. Aus dem Schlēmīēlĭūm würde gar ein Schlēmīēlĭūm. [. . .]

Versfuß aus zwei Längen

Versfuß aus einer Länge und zwei Kürzen

[Das beiliegende Blatt lautet:]

Vgl. die dann gedruckte Vorrede S. 10.22–11.30

Vgl. S. 9.30 u. 10.23

Der Herausgeber an den Verleger.

Die nachfolgende Zueignung legt Dir und mir, lieber Eduard, diese Blätter zur bestmöglichsten Verfügung in die Hand. Wir sollen sie vor allem Unheiligen bewahren*, heißt es darin, und ich gebe sie heraus, und Du verlegst sie. Das könnte einigermaaßen seltsam scheinen, oder vielleicht gar satyrisch, denn es mag Leute geben, die behaupten, das deutsche Publikum muntre seine Literatur dermaaßen auf, daß der sicherste Weg, ein Werk zu verhüllen, das Druckenlassen desselben sei. So bin ich aber nicht. Du weißt, unter all den vielen Dingen, wozu es mir an Geschick fehlt, fehlt es mir zu der Satyre am meisten. Aber ich meine, es walte über die gedruckten Bücher von ächtem Schrot und Korn ein eigner Genius*, welcher sie den ächten Lesern entgegen führe, den unächten aber größtentheils aus den Händen jage oder schlage, oder doch mindestens einen undurchdringlichen Räthselschleier dazwischen werfe. Darum, meine ich, erfüllen wir Schlemiel's und Chamisso's Auftrag am besten, wenn wir das uns Uebergebne wieder jenem Genius übergeben. Und Du, lieber Genius, seist hiermit feierlich angerufen, unserm treuherzigen Vertrauen recht vorsorglich zu entsprechen!

Schutzgeist

[Zit. n. Rogge 1922, Beiheft, S. 10 f.]

Chamisso an seinen Bruder ⌈Hippolyte⌉
(Berlin? 17.3.1821)

[...] Was den Schlemihl betrifft und Deine beabsichtigte Liebenswürdigkeit (Uebersetzung ins Französische), so nehme ich sie mit Dankbarkeit an und stelle mich Dir in allem ganz zur Verfügung. – Aber, mein lieber Freund, einen Autor um Erlaubniß zu fragen, eine Uebersetzung seines Werkes zu publiciren, kommt dem gleich, eine schöne Frau um Erlaubniß zu fragen, sie schön zu finden, und dies laut verkünden zu dürfen. Die Schwierigkeit liegt aber darin, einen Verleger zu finden, und ich wünsche, daß Du sie überwindest! – Zur Zeit, als der Schlemihl erschien, ließ mir Herr v. Grinberg, Docent an der Heidelberger Universität, sagen, daß er ihn übersetzen wolle. Die Uebersetzung ist entweder nicht gemacht, oder wenigstens nicht erschienen. – ⌜Louis de la Foye hat eine gemacht und sie den Verlegern angeboten⌝. Das Manuscript, nachdem es hin und her geschickt worden, ist zu ihm zurückgekommen, man hatte gemeint, es wäre zu wenig, um daraus ein Buch zu fabriciren, man könnte es nicht allein herausgeben, kurz und gut man hat sich nicht damit befassen wollen und man hat es beiseite gelegt.

Was das Durchsehen, das Korrigiren Deines Manuscriptes anbetrifft, so stehe ich ganz zu Deinen Diensten; muß Dir aber bemerken, daß du Dich nicht schlechter adressiren konntest, ich bin Eurer Sprache, Eurer Literatur ganz entfremdet, ich weiß weder was Ihr wollt noch das, was Euch nöthig ist. – Würdest Du nicht einen Substituten* annehmen? ⌜August v. Staël⌝ ist mein Freund und ich zweifle nicht, daß ihm das Vergnügen, welches Du mir machen willst, Spaß macht, so daß er einige Stunden darauf verwenden wird, Dein Manuscript durchzusehen und selbst (was ich als die Hauptschwierigkeit betrachte) einen Verleger findet. Es ist übrigens kostspielig und gefährlich, ein Manuscript herumreisen zu lassen.

[. . .] Ich füge hier eine kleine Erläuterung zur Instruktion für den Uebersetzer, sowie zur Erklärung von Eigenthümlichkeiten bei. Ich glaube, die Sprache wird keine Schwierigkeiten haben, da der Styl leicht ist. Vielleicht wirst Du schon einen Theil von dem, was Du erklärt zu haben wünschest, darin finden –

Schlemihl oder besser Schlemiel ist ein Hebräischer Name, und bedeutet Gottlieb, Theophil oder aimé de Dieu. Dies ist in der gewöhnlichen Sprache der Juden die Benennung von ungeschickten oder unglücklichen Leuten, denen nichts in der Welt gelingt. Ein Schlemihl bricht sich den Finger in der Westentasche ab, er fällt auf den Rücken und

Stellvertreter

bricht das Nasenbein, er kommt immer zur Unzeit. ⌐Schle-
mihl, dessen Name sprichwörtlich geworden, ist eine Person, von der der Talmud folgende Geschichte erzählt: Er
hatte Umgang mit der Frau eines Rabbi, läßt sich dabei
5 ertappen und wird getödtet.⌐ Die Erläuterung stellt das Unglück dieses Schlemihl ins Licht, der so theuer das, was
jedem andern hingeht, bezahlen muß. Der Name ist bei-
zubehalten. Raskal englisches Wort – Taugenichts, Schuft.
Kurtka, polnischer Rock. p. 13 verschiedene Kleinodien
0 (Talisman) unserer Volks-Erzählungen, wie sie im Munde
jeder Kinderfrau – Du kannst nachschlagen um ähnliches
herauszufinden. –
Die Springwurzel öffnet alle Thüren und sprengt alle
Schlösser. Der schwarze Specht (picus martius) kennt sie.
5 Er macht sein Nest in hohlen Bäumen, man muß die Öff-
nung, wenn der Vogel ausgeflogen; verstopfen. Er holt die
Wurzel, um sein Nest zu öffnen, man muß ihn fangen, um
sie sich zu verschaffen. Al[r]aunwurzel ist glaube ich die
Mandragore. Die Erzählungen darüber sind sehr verschie-
0 den, es ist sehr schwierig, sie sich zu verschaffen, sie gibt ein
besonderes Geschick, um sich Schätze zu verschaffen.
Wechsel- oder Heck-Pfennige sind Kupfermünzen, die jedesmal, wenn man sie umdreht, ein Goldstück hervorbringen. Raubthaler ist ein Thaler, der jedesmal zu seinem
5 Herrn zurückkehrt und alle Geldstücke, die er berührt, mit
zurückbringt. Das Tellertuch, ein Tischtuch, das sich mit
allen Gerichten, die man verlangt, bedeckt. Das Galgenmännlein ist ein Teufel in einer Flasche, der alles thut, was
man will und gibt was man verlangt. Man kauft ihn für
0 Geld, man kann ihn aber nur für einen geringeren Preis, als
man selbst gegeben, wieder verkaufen. Sein Recht ist[,]
de[n] letzten Besitzer, der ihn nicht mehr los werden kann,
da der Preis zu gering geworden, als sein Eigenthum mitzunehmen.
5 Fortunatus ist in Frankreich bekannt: p. 18 Der Zauber-

ring. Ein Ritterroman von Fried. Baron de la Motte Fouqué, der diesem seinen Ruf begründet hat.

[Zit. n. Fulda 1881, S. 132–135]

⌐Avertissement de l'auteur⌐ [Vorrede Chamissos zur ersten französischen Ausgabe, Paris 1822]

Schlémihl en remettant entre mes mains l'histoire inouïe de ses infortunes, ne prétendait pas sans doute qu'elle vît le jour avant sa mort. Mais tout se divulgue aujourd'hui, et surtout ce que l'on désire cacher. Il ne faut pas penser ce qu'on ne veut pas dire; il ne faut pas dire, il ne faut pas écrire, ce qu'on veut soustraire à l'œil vigilant de la presse, et les roseaux répètent partout: »Midas, ⌐le roi Midas⌐ a des oreilles d'âne.« J'ai eu l'imprudence de laisser voir le manuscript à quelques amis; ils ont eu l'indiscrétion de la faire imprimer. ⌐Les contre-facteurs⌐ ont mis le livre au rabais, les théâtres de la foire se sont emparés du sujet; enfin, le nom de Schlémihl a passé chez nous ⌐en proverbe⌐, et il n'est pas jusqu'aux Juifs, qui n'en aient fait un terme de dérision.

Quelque peu d'intérêt que puisse mériter en France l'histoire ridicule de cet Allemand, j'ai été averti qu'on devait s'attendre à la voir paraître incessament en français, et que déjà il en circulait à Paris ⌐trois différentes versions en manuscrit⌐. J'ai donc cru rendre encore un service au pauvre diable, en me chargeant de revoir celle que l'on va lire, et de la fidélité de laquelle je puis répondre. Je crois, en effet, que c'est ainsi qu'aurait écrit Schlémihl, s'il avait voulu écrire en français.   Adelbert de Chamisso
Au Jardin botanique de Berlin,
ce 10 septembre 1821

[*Werke in zwei Bänden*, 1980. Bd. 2, S. 700 f.]

Vorrede des Autors

Als Schlemihl die unglaubliche Geschichte seiner Missgeschicke meinen Händen anvertraute, wollte er zweifellos nicht, dass sie vor seinem Tode öffentlich werde. Aber alles wird heutzutage bekannt, und insbesondere das, was man verbergen möchte. Man sollte nichts denken, was man nicht auch sagen will; man sollte nicht sagen, und man sollte nicht schreiben, was man dem wachsamen Auge der Presse entziehen möchte, damit es nicht wie im Schilfrohr flüstert: »Midas, der König Midas hat Eselsohren.« Ich beging die Unvorsichtigkeit, das Manuskript einigen Freunden zu zeigen; sie hatten die Taktlosigkeit, es drucken zu lassen. Die Raubdrucker haben das Buch verschleudert, die Theater auf dem Rummelplatz haben die Geschichte an sich gerissen, bis schließlich der Name Schlemihl bei uns zu einem Sprichwort geworden ist, und nicht nur für die Juden ist es ein Ausdruck des Spotts geworden.

Obgleich die lächerliche Geschichte dieses Deutschen in Frankreich doch weniger Interesse verdienen würde, wurde mir bekannt, dass man offensichtlich darauf wartete, dass sie unverzüglich auf Französisch erscheine und dass bereits drei verschiedene Manuskriptfassungen von ihr in Paris zirkulierten. Ich glaubte deshalb, dem armen Teufel noch einen Gefallen zu tun, indem ich es auf mich nahm, diejenige durchzusehen, die man nun lesen wird und für deren Glaubwürdigkeit ich mich verbürgen kann. Denn ich glaube in der Tat, dass, wenn Schlemihl französisch hätte schreiben wollen, er so geschrieben hätte.

Adelbert von Chamisso

Im Botanischen Garten Berlins,
am 10. September 1821

(Aus dem Französischen von Alexander Roesler)

Chamisso an ⌐Karl Bernhard von Trinius⌐ (11.4.1829)

[. . .] Ich will mit der Poesie selten etwas; wenn eine Anekdote, ein Wort, ein Bild mich selbst von der Seite der linken
Pfote bewegt, denk' ich es müsse Andern auch so ergehn,
und nun ringe ich mühsam mit der Sprache, bis es heraus
kommt. Wenn ich selber eine Absicht gehabt habe, glaube
ich es dem Dinge nachher anzusehen, es wird dürr, es wird
nicht Leben, – und es ist, meine ich, nur das Leben, was
wieder das Leben ergreifen kann. Machen Sie mich darob
zu einer Nachtigall oder zu einem Kukuk, kurz zu einem
Singethier und zu keinem verständigen Menschen, – immerhin! ich muß und will es dulden, ich begehre es nicht
besser. – Der Schlemihl ist auch nicht anders entstanden.
Ich hatte auf einer Reise Hut, Mantelsack, Handschuhe,
Schnupftuch und mein ganzes bewegliches Gut verloren;
Fouqué frug: ob ich nicht auch meinen Schatten verloren
habe? und wir malten uns das Unglück aus. Ein ander Mal
ward in einem Buche von Lafontaine* (den Titel hab' ich
nicht erfahren) geblättert, wo ein sehr gefälliger Mann in
einer Gesellschaft allerlei aus der Tasche zog, was eben gefordert wurde – ich meinte, wenn man dem Kerl ein gut
Wort gebe, zöge er noch Pferd' und Wagen aus der Tasche.
Nun war der Schlemihl fertig, und wie ich einmal auf dem
Lande Langeweile und Muße genug hatte, fing ich an zu
schreiben. In der That brauchte ich nicht den Baron de
Feneste* gelesen zu haben, um praktisch allerlei über das
φαίνεσται und είναι* vom Leben losgekriegt zu haben.
Aber mein Zweck war nicht, diese Wissenschaft an den
Mann zu bringen, sondern Hitzig's Frau und Kinder, die
ich als mein Publikum mir vorgestellt hatte, zu amüsiren,
und so kam es denn, daß sie und andere darüber gelacht
haben.

[*Werke⁵*, Bd. 6, S. 114–116]

Vgl. Erl. zu
S. 19.23–26

Satirischer
Roman (1617–
1620) von
Théodore
⌐Agrippa d'Au-
bigné

Schein und
Sein

⌐Préface⌐ [Vorwort Chamissos zur französischen Ausgabe von 1838]

Ce petit livre n'est pas une nouveauté. Il a été imprimé pour la première fois en allemand en 1814. Les éditions, ⌐les traductions, les imitations, les contrefactions⌐ s'en sont depuis multipliées dans presque toutes les langues de l'Europe, et il est devenu populaire surtout en Angleterre et dans les États unis.

J'ai revu corrigé et approuvé la Version que l'on va lire, et qui, ultérieurement corrigée par l'éditeur, a paru en 1822 à Paris chez Ladvocat. Je viens de la revoir et de la corriger encore avant de la remettre au libraire qui me l'a demandée. Je ne laisserai pas toutefois de reclamer l'indulgence des lecteurs pour ⌐mon style tant soit peu germanique⌐: le françois n'est pas la langue que j'ai coutume d'écrire.

J'extrairai de la correspondance entre J.E. Hitzig, Fouqué et moi, imprimée en tête des éditions allemandes, quelques notices sur l'auteur et le manuscript dont il m'avait rendu dépositaire.

J'ai connu »Pierre Schlémihl« en 1804 à Berlin, c'était un grand jeune homme gauche, sans être maladroit, inerte, sans être paresseux, le plus souvent renfermé en lui-même sans paraître s'inquiéter de ce qui se passait autour de lui, inoffensif mais sans égard pour les convenances et toujours vêtu d'une vieille Kurtke noire rapée qui avait faire dire de lui, qu'il devrait s'estimer heureux si son ame partageait à demi l'immortalité de sa casaque. Il était habituellement en but aux sarcasmes de nos amis; cependant je l'avais pris en affection, moi: plusieurs traits de resemblance avaient établi un atrait mutuel entre nous.

J'habitais en 1813 à la campagne près de Berlin, et séparé de Schlémihl par les événemens, je l'avais depuis longtemps perdu de vue, lorsqu'un matin brumeux d'automne ayant dormi tard, j'appris à mon réveil qu'un homme à longue barbe, vêtu d'une vielle Kurtke noire rapée et portant des pantoufles par – dessus ses bottes, s'était informé de moi et avait laissé un paquet à mon adresse. – Ce paquet contenait le manuscript autographe de la merveilleuse histoire de Pierre Schlémihl.

Un ami plus matinal que moi avait de sa fenêtre apperçu l'étranger, et frappé de son apparence bizarre, en avait crayonné le portrait. C'est celui qu'on retrouvera devant ce livre.

J'ai mal usé de la confiance de mon malheureux ami. J'ai laissé voir le manuscript que j'aurais dû tenir caché, et Fouqué a commis l'indiscrétion de la faire imprimer. Je n'ai pu dès lors qu'en soigner les éditions. J'ai porté la peine de ma faute; on m'a associé à la honte de Schlémihl que j'avais contribué à divulguer. Cependant j'ai vieilli depuis lors et, retiré du monde, le respect humain n'a plus d'empire sur moi. J'avoue aujourd'hui sans hésiter l'amitié que j'ai eue pour Pierre Schlémihl.

Cette histoire est tombée entre les mains de gens réfléchis qui, accoutumés à ne lire que pour leur instruction, se sont inquiétés de savoir ce que c'était que l'ombre. Plusieurs ont fait à ce sujet des hypothèses fort curieuses; d'autres, me faisant l'honneur de me supposer plus instruit que je ne l'étois, se sont adressés à moi pour en obtenir la solution de leurs doutes. Les questions d'ont j'ai été assiégé m'ont fait rougir de mon ignorance. Elles m'ont déterminé à comprendre dans le cercle de mes études un objet qui jusque-là leur était resté étranger, et je me suis livré à de savantes recherches dont je consignerai ici le résultat.

De l'ombre

»Un corps opaque ne peut jamais être éclairé qu'en partie par un corps lumineux, et l'espace privé de lumière qui est situé du côté de la partie non éclairée, est ce qu'on appelle *ombre*. Ainsi *l'ombre*, proprement dite, représente un so-

lide dont la forme dépend à la fois de celle du corps lumineux, de celle du corps opaque, et de la position de celui-ci
à l'égard du corps lumineux.
L'ombre considéré sur un plan situé derrière le corps opaque qui la produit, n'est autre chose que la section de ce
plan dans le solide qui représente l'ombre.«

Haüy. Traité élémentaire de physique.
T. II. § 1002 et 1006*.

Vgl. Erl. zu
87.26

C'est donc de ce solide dont il est question dans la merveilleuse histoire de Pierre Schlémihl. La science de la finance
nous instruit assez de l'importance de l'argent, celle de
l'ombre est moins généralement reconnue. Mon imprudent
ami a convoité l'argent dont il connoisait le prix et n'a pas
songé au solide. La leçon qu'il a chèrement payée, il veut
qu'elle nous profite et son expérience nous crie: ⌈songez au
solide⌉.
Berlin en Novembre 1837

Adelbert de Chamisso

[*Werke in zwei Bänden*, 1980. Bd. 2, S.701–703]

Vorwort

Dieses Büchlein ist keine Novität. Es ist zum ersten Mal
1814 auf Deutsch gedruckt worden. Immer mehr Ausgaben sind seither erschienen, Übersetzungen, Nachahmungen, Raubdrucke in beinahe allen Sprachen Europas, und
es ist insbesondere in England und den Vereinigten Staaten
populär geworden.
Ich habe die Version durchgesehen, korrigiert und für gut
geheißen, die man lesen wird und die, ein letztes Mal vom
Herausgeber korrigiert, 1822 in Paris bei Ladvocat erschienen ist. Gerade habe ich sie noch einmal durchgesehen

Vgl. Erl. zu
86.29–30 u.
89.5

und verbessert*, bevor ich sie dem Buchhändler übergebe, der sie bestellte. Ich möchte meine Leser vielmals um Nachsicht bitten für meinen Stil, der ein wenig deutsch sein mag: Ich bin es nicht gewohnt, auf Französisch zu schreiben.

Aus dem Briefwechsel zwischen J. E. Hitzig, Fouqué und mir, der den deutschen Ausgaben vorangestellt ist, werde ich einige Bemerkungen über den Autor und das Manuskript, das er mir in Verwahrung gegeben hat, entnehmen. Ich habe Peter Schlemihl 1804 in Berlin kennen gelernt; er war ein großer junger Mann, linkisch, aber nicht ungeschickt, träge, aber nicht faul, die meiste Zeit in sich gekehrt, ohne beunruhigt darüber zu scheinen, was um ihn herum passierte, harmlos, aber ohne Rücksichtnahme auf die Konventionen, und immer mit einer alten, abgetragenen schwarzen Kurtka bekleidet. Ihrer wegen sagte man von ihm, dass er sich glücklich schätzen könne, wenn seine Seele halbwegs so unsterblich wäre wie seine Jacke. Er war für gewöhnlich Ziel des beißenden Spotts unsrer Freunde; dennoch habe ich ihn lieb gewonnen: Viele ähnliche Wesenszüge hatten zu einer wechselseitigen Anziehungskraft geführt.

1813 lebte ich auf dem Land nahe Berlin, und durch die Ereignisse von Schlemihl getrennt, hatte ich ihn seit langem aus den Augen verloren, als ich, an einem nebligen Herbstmorgen aus langem Schlaf erwachend, erfuhr, dass ein Mann mit langem Bart, bekleidet mit einer alten, abgetragenen schwarzen Kurtka und Pantoffeln, die er über den Stiefeln trug, sich nach mir erkundigt und ein Paket für mich hinterlassen hatte. – Dieses Paket enthielt das handgeschriebene Manuskript der wundersamen Geschichte von Peter Schlemihl.

Ein Freund, anders als ich ein Frühaufsteher, hat von seinem Fenster aus den Fremden gesehen und, verblüfft von seiner bizarren Erscheinung, sein Porträt gezeichnet. Es ist dasjenige, das man vorne im Buch findet.

Ich habe das Vertrauen meines unglücklichen Freundes missbraucht. Ich habe das Manuskript, das ich hätte verwahren sollen, herumgezeigt, und Fouqué hat die Indiskretion begangen, es drucken zu lassen. Von da an blieb mir nur mehr, mich um die Ausgaben zu kümmern. Ich wurde für meine Fehler bestraft; man hat mich mit Schlemihls Schande in Verbindung gebracht, zu deren Verbreitung ich beigetragen habe. Mittlerweile bin ich alt geworden, und, zurückgezogen von der Welt, bedeutet mir die Achtung der Menschen nichts mehr. Ich bekenne mich heute ohne Zögern zur Freundschaft, die ich für Peter Schlemihl empfunden habe.

Diese Geschichte ist in die Hände besonnener Leute geraten, die sich, gewohnt, nur zu ihrer Belehrung zu lesen, Gedanken gemacht haben, was denn der Schatten nun sei. Einige haben höchst seltsame Hypothesen über dieses Thema aufgestellt; andere, die mir die Ehre erwiesen haben, mich für gebildeter zu halten, als ich bin, haben sich an mich gewandt, um eine Lösung ihrer Zweifel zu erhalten. Die Fragen, mit denen ich belagert worden bin, haben mich über meine Unwissenheit erröten lassen. Sie haben mich veranlasst, in den Bereich meiner Studien einen Gegenstand aufzunehmen, der ihnen bisher fremd war, und ich habe gelehrte Studien betrieben, deren Ergebnis ich hier nun schriftlich niederlege.

Vom Schatten

»Ein undurchsichtiger Körper kann nur teilweise von einem Leuchtkörper beschienen werden, und der dem Licht entzogene Raum, der sich auf der nicht beleuchteten Seite befindet, ist dasjenige, was man *Schatten* nennt. *Der Schatten* also, im eigentlichen Sinne, stellt etwas Wirkliches dar. Dessen Gestalt hängt ab zugleich von derjenigen des leuchtenden Körpers, von der des lichtundurchlässigen Körpers und von dessen Position hinsichtlich des leuchtenden Körpers.

Der Schatten – betrachtet man ihn auf einer Fläche, die hinter dem lichtundurchlässigen Körper liegt, der ihn hervorruft – ist nichts anderes als der Teil dieser Fläche in dem Wirklichen, das der Schatten darstellt.«

Haüy, *Elementarlehrbuch der Physik*,
Bd. II, § 1002 und 1006.

Es ist also das Wirkliche, von dem in der wundersamen Geschichte Peter Schlemihls die Rede ist. Die Finanzwissenschaft belehrt uns hinreichend über die Bedeutung des Geldes, die des Schattens hingegen ist weniger allgemein anerkannt. Meinen unvorsichtigen Freund hat es heftig nach dem Gelde gelüstet, dessen Wert er kannte, und er hat nicht an das Solide gedacht. Er wünscht, dass wir von der Lektion, die er teuer bezahlt hat, profitieren, und seine Erfahrung ruft uns zu: Denkt an das Solide.

Berlin, im November 1837

Adelbert von Chamisso

(Aus dem Französischen von Alexander Roesler)

Kommentar

1. Zeittafel

1781 Am 31. Januar wird Chamisso nach katholischem Ritus auf den Namen Louis Charles Adélaïde getauft. Sein genaues Geburtsdatum (zwischen dem 27. und 30. Januar) ist nicht bekannt. Er wächst als sechstes von sieben Kindern des Grafen Louis Marie de Chamisso[t] und seiner Gemahlin Marie Anne Gargam auf Schloss Boncourt in der Champagne auf.

1789 Am 14. Juli Ausbruch der Französischen Revolution.

1792 Nach Beginn des ersten Koalitionskrieges verlässt die Familie Frankreich. Der Vater schließt sich einem gegenrevolutionären Emigrantenheer des Herzogs de Broglie in den Niederlanden an.

1793–1794 Um die Jahreswende 1792/1793 wird der Familienbesitz von den Behörden des Distrikts Givry-en-Argonne eingezogen und versteigert, das Stammschloss Boncourt zum Abbruch freigegeben. Unstete Aufenthalte der Familie in Lüttich, im Haag, in Luxemburg und Trier; Chamisso lebt zeitweilig von ihr getrennt. Er schreibt erste Gedichte in französischer Sprache.

1795 Chamisso und seine Brüder fertigen zum Lebensunterhalt Miniaturmalereien, die Mutter und die Schwestern künstliche Blumen. Nach Aufenthalten in Düsseldorf, Würzburg und im damals preußischen Bayreuth zieht die Familie nach Berlin.

1796 Der 15-Jährige findet Beschäftigung als Maler in der Königlichen Porzellanmanufaktur, tritt dann – standesgemäß – als Page in den Dienst der Königin Friederike Luise (1751–1805), der Gemahlin Friedrich Wilhelms II. (1744–1797). Chamisso lernt Deutsch. Er hat bisher keinen geregelten Schulunterricht erhalten und darf aufgrund seiner auffallenden Begabung Stunden am Französischen Gymnasium besuchen.

1798 Der Familientradition folgend schlägt er die Offizierslaufbahn ein und wird am 31. März Fähnrich im Infanterieregiment von Götze in der Berliner Stadtgarnison. Im

Selbststudium liest er die Aufklärer Montesquieu (1689–1755), Jean-Jacques Rousseau (1712–1778), Voltaire (1694–1778) und Denis Diderot (1713–1784) und die deutschen Dichter, v. a. Friedrich Gottlieb Klopstock (1724–1803), Johann Wolfgang Goethe (1749–1832) und Friedrich Schiller (1759–1805).

1801 Chamisso wird am 29. Januar zum Leutnant befördert. Er sammelt seine französischen Verse, darunter Übersetzungen aus dem Deutschen, in einem Heft, *Contes en vers par un jeune exilé, premier cahier 1801*. Nach Amnestie durch den Konsul Napoleon (1769–1821) kehrt die Familie nach Frankreich zurück, nur Chamisso und ein Bruder bleiben in Berlin.

1802 Er übersetzt ein französisches Schauerdrama ins Deutsche. Er lässt sich beurlauben und begleitet im August den todkranken Bruder Eugène zu den Eltern nach Frankreich.

1803 Rückkehr nach Berlin. Im Kreis der Berliner Romantiker befreundet er sich mit dem Hauslehrer Karl August Varnhagen von Ense (1785–1858) und dem Mediziner David Ferdinand Koreff (1783–1851), dem Schriftsteller Wilhelm Neumann (1781–1834), dem Juristen Julius Eduard Hitzig (1780–1849), dem Theologen Franz Theremin (1780–1846), dem Verleger Georg Andreas Reimer (1776–1842), mit Ludwig Robert (1778–1832), Bruder von Rahel Levin (1771–1833), seinem Regimentskameraden Louis de la Foye (~ 1780–1847) und dem Orientalisten Heinrich Julius Klaproth (1783–1835).

Chamisso schreibt *Faust. Eine Tragödie in einem Akt. Ein Versuch*. Er arbeitet mit den Freunden am *Musenalmanach auf das Jahr 1804*, der Ende September auf Kosten Chamissos gedruckt wird. Damit gibt er sein Debüt als deutscher Schriftsteller. Er ändert seinen Vornamen Adélaïde in Adelbert. Die Freunde besuchen August Wilhelm Schlegels (1767–1845) Vorlesungen über romantische Poesie und diskutieren sie auf Chamissos Wachstube. Chamisso verkehrt in den Salons der jüdischen Familien Cohen und Ephraim und verliebt sich in die Emigrantin Cérès Duvernay, eine 24-jährige Witwe. Er wird Johann Gottlieb Fichte (1762–1814) vorgestellt.

1804 In den Salons von Rahel Levin und Henriette Herz (1764–1847) lernt er Friedrich Schleiermacher (1768–1834) kennen. Durch Umzug, Studium und Beruf trennen sich die Wege der Freunde, die sich im Zeichen der Unwandelbarkeit und der Wissenschaft zum »Nordsternbund« zusammengeschlossen hatten. Sie tauschen sich weiter in regem Briefwechsel aus. Ende Oktober verlässt Cérès Berlin, Chamisso studiert intensiv Altgriechisch und die griechischen Klassiker. Der *Musenalmanach auf das Jahr 1805* wird von der Kritik verrissen.

1805 Per Post konzipieren die Freunde den letzten *Musenalmanach auf das Jahr 1806*. Chamisso arbeitet an verschiedenen literarischen Projekten und setzt seine ausgedehnte Lektüre mit Jakob Böhme (1575–1624) und den Romantikern Wilhelm Heinrich Wackenroder (1773–1798), Ludwig Tieck (1773–1853), Novalis (1772–1801) und Clemens Brentano (1778–1842) fort. Die politischen Spannungen in Europa nehmen zu, Chamissos Regiment wird Ende Oktober mit zunächst unbekanntem Ziel nach Hessen in Marsch gesetzt.

1806 Im März rückt Chamissos Regiment als ständige Besatzung in die Festung Hameln ein. Chamisso möchte nicht gegen die Franzosen kämpfen müssen, sondern lieber in Halle studieren. Sein Abschiedsgesuch wird aufgrund der angespannten politischen Lage abgelehnt. Im April schreibt er die allegorisch-autobiographische Erzählung *Adelberts Fabel*, nach einem Besuch bei Friedrich de la Motte Fouqué (1777–1843) in Bad Nenndorf bei Hameln arbeitet er an dem Versdrama *Fortunati Glück[s]-seckel und Wunschhütlein*. Frankreich erklärt Preußen den Krieg und bereitet dem Königreich eine schwere Niederlage bei Jena und Auerstedt (14. Oktober). Am 21. November wird die Festung Hameln kampflos übergeben und Chamisso als Gefangener auf Ehrenwort entlassen. Er erkrankt an der Ruhr und reist Ende des Jahres zur Familie nach Frankreich. Die Eltern trifft er nicht mehr lebend an: Die Mutter ist schon am 20. Oktober, der Vater am 4. November verstorben.

1807   Da die hinterlassene Rente für ein Leben in Paris nicht reicht, kehrt er Ende September nach Deutschland zurück und trifft bei Fouqué in Nennhausen mit Varnhagen und Neumann zusammen. Er begleitet Varnhagen auf dessen Fußreise nach Hamburg und lernt in seinem Hause Amalia Weise (1791–1858) kennen, eine später – unter dem Namen Amalia Schoppe – viel gelesene Schriftstellerin. Varnhagen und Chamisso kehren nach Berlin zurück.

1808   Am 2. Januar sucht Chamisso – nach zehn Jahren Militärdienst – um seine förmliche Entlassung aus der preußischen Armee nach. Neun Tage später erhält er seinen Abschied als Premierleutnant. Für die Immediat-Kommission, die die Vorgänge im preußischen Militär aufarbeitet, verfasst er ein *Memoire über die Ereignisse bei der Kapitulation von Hameln.*

Im Sommer wohnt er bei Hitzig. Mit Varnhagen und Neumann, August Ferdinand Bernhardi (1769–1820) und Fouqué beteiligt er sich an einem Gemeinschaftswerk, dem fantastischen Roman *Die Versuche und Hindernisse Karls. Eine deutsche Geschichte aus neuerer Zeit.* Chamissos Kapitel kommt für den Druck zu spät.

1809   Chamisso, der der preußischen Reformpolitik skeptisch gegenübersteht und Napoleon bewundert, hat Differenzen mit patriotischen Kreisen im besetzten Berlin, speziell mit Schleiermacher und Fichte. Chamisso fühlt sich orientierungslos und in Berlin isoliert und leidet an Depressionen. Er betreibt Sprachstudien, liest Weltliteratur und arbeitet gelegentlich als Privatlehrer. Justinus Kerner (1786–1862) überbringt Chamisso einen Brief Rosa Maria Varnhagens (1781/83–1840) und erzählt ihm von einem romantischen Reisebuch, das er schreiben wolle: eine »Schattenreise«.

1810   Chamisso reist nach Frankreich. Eine Anstellung als Griechischlehrer am Lyzeum von Napoléonville (Pontivy) in der Bretagne kommt nicht zustande. In Paris begegnet er August Wilhelm Schlegel, dem Naturforscher Alexander von Humboldt (1769–1859), seinen Freunden Varnhagen, Koreff, de la Foye und dem Dichter Ludwig Uhland (1787–1862). Mit seiner Freundin Helmina von Chézy (1783–1856) überträgt er Schlegels Wiener *Vorlesungen über dramatische Kunst und Literatur*, und durch Schlegel findet er Aufnahme in den Kreis der Madame de Staël (1766–1817). Er wird von ihr auf das Schloss Chaumont an der Loire eingeladen. Er liest Rabelais (1494–1553) und französische Sagen und Volksbücher und sammelt Volkslieder.

1811   Chamisso folgt der aus Frankreich ausgewiesenen Madame de Staël in die Schweiz; ein Jahr lebt er auf Schloss Coppet am Genfer See; mit der Botanisiertrommel unternimmt er Exkursionen in den Jura und die savoyischen Voralpen. Er lernt Englisch, um Shakespeare zu lesen, und übersetzt eine Komödie aus dem Französischen. Justinus Kerners *Reiseschatten. Von dem Schattenspieler Luchs* erscheint.

1812   Chamisso entscheidet sich für ein Studium der Botanik. Im Sommer reist er botanisierend zu Fuß über die Alpen und kehrt via Schaffhausen nach Berlin zurück. Er immatrikuliert sich an der Berliner Universität als Student der Medizin und hört u. a. Vorlesungen über Botanik und Zoologie.

1813   Mit den Botanikern Carl Sigismund Kunth (1788–1850) und Diedrich Franz Leonhard Schlechtendal (1794–1866) macht er Exkursionen. Nach der Erhebung Preußens gegen Napoleon zieht sich Chamisso von Mai bis Oktober auf das Landgut Cunersdorf-Friedland der Familie Itzenplitz im Oderbruch zurück. Dort entsteht ab August *Peter Schlemihls wundersame Geschichte*, daneben schreibt Chamisso eine erste botanische Abhandlung. Nach der Niederlage Napoleons in der Völkerschlacht bei Leipzig kehrt er im Oktober zum Studium nach Berlin zurück und arbeitet im Zoologischen Museum.

1814   Er führt seine naturwissenschaftlichen Studien fort, hört

Vorlesungen über Magnetismus, Elektrizität und Natur-philosophie und arbeitet an einem eigenen Herbarium. Mit E.T.A. Hoffmann (1776–1822), Carl Wilhelm Contessa (1777–1825), Hitzig und Fouqué trifft er sich im Kaffeehaus Manderlee zu den Seraphinen-Abenden der »Serapions-Brüder«. Im Herbst erscheint *Peter Schlemihls wundersame Geschichte*, herausgegeben von Friedrich Baron de la Motte Fouqué und bei dessen Verleger Johann Leonhard Schrag (1783–1858) in Nürnberg.

1815 Im Serapionskreis um E.T.A. Hoffmann schreibt Chamisso das 3. und 6. Kapitel des Gemeinschaftswerks *Der Roman des Freiherrn von Vieren* (Fragment, 1926 veröffentlicht). Er bewirbt sich erfolgreich um die Teilnahme als Naturforscher an der russischen Pazifik- und Antarktisexpedition unter Kapitän Otto von Kotzebue (1787–1846). Am 9. August geht Chamisso in Kopenhagen an Bord der Brigg »Rurik«, die am 17. August ablegt. Auf der Fahrt von Plymouth nach Teneriffa entdeckt und beschreibt er den Generationswechsel der Salpen – Weichtiere, die sich in regelmäßiger Folge mit geschlechtlicher und ungeschlechtlicher Vermehrung fortpflanzen.

1816 Das Forschungsschiff umsegelt Kap Horn und durchquert nach einem Aufenthalt in Chile den Pazifik. Von Kamtschatka aus startet die Expedition ihre erste Nordfahrt nach Alaska. Dabei entdeckt sie den von ihr benannten Kotzebue-Sund. Über San Francisco fahren sie nach Hawaii.

1817 Auf der zweiten Nordfahrt wird die »Rurik« am 13. April beinahe von einem Orkan zerstört. Eine Nordpolexpedition muss wegen Erkrankung des Kapitäns abgebrochen werden. Wieder zurück durch den Pazifik erreichen sie die Philippinen.

1818 Auf der Heimreise, durch den Indischen Ozean via Kapstadt und St. Helena, ankern sie in Portsmouth. In London lernt Chamisso den Begründer der Paläontologie, Georges de Cuvier (1769–1832), kennen, den führenden Botaniker Englands, Robert Brown (1773–1858), und den Nestor der Forschungsreisenden, Joseph Banks (1743–1820). Am 3. August ankert die »Rurik« in Petersburg vor dem Haus des Grafen Romanzoff, des Ausrüsters der Expedition. Am 17. Oktober trifft Chamisso in Swinemünde ein. Am 31. Oktober kehrt er nach dreijähriger Erdumseglung nach Berlin zurück. Er beginnt mit der Ausarbeitung seiner Beobachtungen. Ein erster Bericht erscheint im Dezember im *Journal des Voyages – Découvertes et Navigations Modernes*.

1819 Am 20. März erhält Chamisso von der Berliner Universität den Ehrendoktor der Philosophie für die Entdeckung des Generationswechsels bei Salpen. Er wird als Mitglied in die Berliner Gesellschaft Naturforschender Freunde und in die ebenfalls renommierte Leopoldinisch-Carolinische Akademie der Naturforscher in Wien aufgenommen. Der Schriftsteller August von Kotzebue (1761–1819), der Vater des »Rurik«-Kapitäns, wird am 23. März ermordet. Im August verschärfen die Karlsbader Beschlüsse die politische Restauration. Anfang Mai verlobt sich Chamisso mit Antonie Piaste, der 19-jährigen Pflegetochter Hitzigs, die er am 25. September heiratet. Freunde vermitteln ihm die Anstellung als Erster Assistent am Botanischen Garten in Schöneberg und als Zweiter Kustos am Königlichen Herbarium, für Chamisso erstmals eine gesicherte, wenn auch bescheidene Existenz. Er schreibt Gelegenheitsgedichte für den Freundeskreis und in der Folge zahlreiche naturwissenschaftliche Schriften. Im Berliner Verlag Dümmler erscheint in lateinischer Sprache seine wissenschaftliche Abhandlung über die Gattung Salpa.

1820 Die Familie bezieht eine Dienstwohnung im Botanischen Garten, wo am 14. September der erste Sohn Ludwig Deodatus, genannt Ernst, geboren wird. Chamisso veröffentlicht in der Folge zahlreiche naturwissenschaftliche Schriften.

1821 Als dritter Band von Otto von Kotzebues *Entdeckungs-Reise in die Süd-See und nach der Berings-Straße [. . .]* erscheinen Chamissos *Bemerkungen und Ansichten auf einer Entdeckungs-Reise.* Zur französischen Ausgabe des *Peter Schlemihl* revidiert Chamisso die Übersetzung seines Bruders Hippolyte und schreibt im September ein Vorwort. Einem Verhältnis mit Marianne Hertz (1792–1844) entstammt vermutlich Wilhelm Ludwig Hertz (1822–1901), der bekannte spätere Berliner Verleger.

1822   Nach dem Brand des Gartenhauses Umzug in die Lindenstraße. Geburt des zweiten Sohnes Max. Chamisso schreibt politische Zeitgedichte. Bekanntschaft mit Heinrich Hoffmann von Fallersleben (1798–1874).

1823   Exkursionen nach Greifswald und Rügen.

1824   Harzwanderung. Chamisso ist Mitglied der von Hitzig gestifteten literarischen »Mittwochsgesellschaft«, der neben Varnhagen und Fouqué u. a. Joseph von Eichendorff (1788–1857), Karl Simrock (1802–1876), Karl Immermann (1796–1840) und Willibald Alexis (1798–1871) angehören.

1825   Chamissos Lustspiel *Die Wunderkur* wird – anonym – von Ludwig Devrient (1784–1832) im Mai uraufgeführt. Im Oktober reist er nach Paris, um sich seinen Anteil an der von der französischen Regierung gewährten Emigrantenentschädigung zu sichern. Er begegnet früheren Freunden und nimmt an politischen Demonstrationen der liberalen Opposition teil.

1827   Im Mai kommt die zweite Ausgabe des *Peter Schlemihl* heraus, vermehrt um einen Anhang mit Chamissos Gedichten. Chamisso wird in der Folge als Lyriker populär; in Zeitungen und Zeitschriften erscheinen bekannte Gedichte wie *Die Sonne bringt es an den Tag*; *Das Schloß Boncourt*. Im Juni Geburt der Tochter Adélaïde. Im Auftrag des Kultusministeriums legt er ein botanisches Lehrbuch für den Schulgebrauch vor: *Uebersicht der nutzbarsten und der schädlichsten Gewächse, welche wild oder angebaut in Norddeutschland vorkommen. Nebst Ansichten von der Pflanzenkunde und dem Pflanzenreiche.*

1828   Chamisso hält zwei Vorträge beim Kongress Deutscher Naturforscher und Ärzte in Berlin und begegnet dem

Kronprinzen, dem späteren König Friedrich Wilhelm IV. (1795–1861).

1829 Im März Geburt der Tochter Johanna. Das Terzinenpoem *Salas y Gomez* entsteht und findet großen Anklang. Die Molière-Bearbeitung *Der Wunder-Doktor* wird am Königstädtischen Theater bei einer Leseprobe vorgestellt, kommt aber nicht zur Aufführung.

1830 Julirevolution in Paris. Im September Vortrag bei der Versammlung der Naturforscher in Hamburg. Dort trifft er mit Heinrich Heine (1797–1856) zusammen. Im Dezember Geburt des dritten Sohnes Adolph. Der – später von Robert Schumann (1810–1856) vertonte – Liederzyklus *Frauen-Liebe und Leben* wird gedruckt und ebenso das Eisenbahngedicht *Das Dampfroß*.

1831 Zu Ostern erscheint die erste Ausgabe seiner gesammelten Gedichte. Eine Choleraepidemie erreicht Berlin, auch Chamisso erkrankt.

1832 Zusammen mit Gustav Schwab (1792–1850) übernimmt Chamisso im Januar die Redaktion des *Deutschen Musenalmanachs* (bis 1839). Im Oktober Geburt des Sohnes Hermann.

1833 Chamisso wird im April als Nachfolger seines Kollegen Schlechtendal zum Ersten Kustos am Königlichen Herbarium ernannt. Er schreibt das Gedicht *Die alte Waschfrau*, das mit seiner genauen Milieuschilderung die soziale Lyrik des 19. Jahrhunderts beeinflusst. Nach einer schweren Grippe wird seine Gesundheit trotz mehrerer Kuraufenthalte nicht mehr wiederhergestellt, ein chronisches Bronchienleiden bleibt zurück.

1834 Die zweite, erweiterte Auflage seiner *Gedichte* erscheint. Chamisso plant eine Werkausgabe und erarbeitet dafür nach alten Aufzeichnungen das »Tagebuch« seiner Weltreise.

1835 Im Januar Geburt des Sohnes Adelbert. Am 7. Mai wird Chamisso, auf Anregung Alexander von Humboldts, zum Mitglied der Berliner Akademie der Wissenschaften gewählt. Abschluss der *Reise um die Welt*. *Peter Schlemihl* erscheint in dritter Auflage.

1836 Konflikt mit Gustav Schwab und Rückzug der schwäbischen Dichter Nikolaus Lenau (1802–1850), Kerner etc. vom *Deutschen Musenalmanach* wegen des Heine-Porträts als Titelkupfer. Chamissos *Gedichte* erscheinen, nochmals erweitert, in dritter Auflage. Seine im Herbst vorgelegten *Werke* enthalten in Band eins und zwei die *Reise um die Welt* in zwei Teilen (*Tagebuch* und *Bemerkungen und Ansichten*), in Band drei und vier die Gedichte, gefolgt von *Adelberts Fabel* und *Peter Schlemihl*.

1837 Am 21. Mai stirbt Ehefrau Antonie, erst 36 Jahre alt. Chamisso veröffentlicht seine Akademieabhandlung *Über die hawaiische Sprache*, eine Grammatik, und arbeitet an einem hawaiischen Wörterbuch. Die vierte Auflage der *Gedichte* erscheint. Eisenbahnfahrt auf der ersten Teilstrecke Leipzig–Dresden und Besuch der Großdruckerei Brockhaus in Leipzig. Franz von Gaudy (1800–1840) ersetzt Gustav Schwab als Mitherausgeber des *Deutschen Musenalmanachs*.

1838 Zusammen mit Franz von Gaudy arbeitet Chamisso im Frühjahr an einer Nachdichtung von Jean Pierre de Bérangers (1780–1857) Chansons, die im Juli herauskommt (*Béranger's Lieder*). Seit 1826 hatte er immer wieder einzelne Gedichte von ihm übersetzt. Am 16. März reicht Chamisso, »durch chronisches Übel geschwächt«, ein Gesuch um Versetzung in den Ruhestand ein. *Zwei Gedichte*, sein altes und ein neu geschriebenes, erscheinen in einem Sonderdruck *Zum Besten der alten Waschfrau*. Für die Neuausgabe der französischen Übersetzung des *Peter Schlemihl* hat Chamisso ein neues Vorwort geschrieben und die Fahnen korrigiert. Im August wird er pensioniert. Er redigiert noch den *Musenalmanach auf das Jahr 1839*, dann bricht eine schwere Bronchialerkrankung aus. Am 20. August besucht Varnhagen den Freund. Chamisso stirbt am 21. August. Er wird am 23. August auf dem Friedhof vor dem Hallischen Tor neben seiner Frau beigesetzt.

1839 Als fünfter und sechster Band von Chamissos *Werken* erscheinen *Leben und Briefe von Adelbert von Chamis-*

so, herausgegeben von Julius Eduard Hitzig. Dieser betreut auch eine stereotypierte Ausgabe des *Peter Schlemihl* mit Holzschnitten nach Adolph Menzel (1815–1905). Diese in hoher Auflage von gegossenen Druckplatten gedruckte Ausgabe hat Chamisso noch mit vorbereitet.

2. Schlemihl, wo ist dein Schatten?

»Dieses wunderliche Märchen, das durch seine pikante Unbestimmtheit sich überall beliebt gemacht«, hat den Lesern von jeher Rätsel aufgegeben. Was soll, was alles kann der Verlust des Schattens bedeuten? Hat er überhaupt etwas zu bedeuten? Generationen von Lesern haben sich ihren Reim darauf gemacht (siehe »Deutungsaspekte«). Diese Unbestimmtheit fasziniert bis heute, und Joseph von Eichendorff (1788–1857) hat damit auf den wichtigsten Aspekt der Erzählung hingewiesen.

Wie fantastisch, wie skandalös etwa ist die Schattenlosigkeit, und was folgert der Leser daraus? »Eben die Unkontrollierbarkeit und Unentscheidbarkeit dieser Frage«, so Thomas Mann (1875–1955), »ist der eigentliche Witz und Einfall des Buches.« Und Franz Kafka (1883–1924) empfahl den Text seiner Verlobten Felice Bauer (1887–1960) für ihren Lektürekurs mit 11- bis 14-jährigen Mädchen, gerade wegen des »Beziehungsreichtums der Geschichte«. Die scheinbar einfache Geschichte bietet in sich vielfache Anknüpfungspunkte, als schicksalhafte Biographie oder als Erzählexperiment zum Verhältnis von Individuum und Gesellschaft.

Viele Merkmale der *Schlemihl*-Handlung legen es nahe, die Geschichte vor dem Hintergrund des goethezeitlichen Bildungsromans zu lesen: Wie dessen Held ist auch Peter Schlemihl jugendlichen Alters, auch ihn hat eine Reise in die Fremde geführt, nach der sich nun sein weiterer Werdegang entscheiden muss: Er ist mittellos und kann nur auf die eigenen Fähigkeiten oder die Hilfe eines Empfehlungsschreibens vertrauen.

In der Übergangsphase zwischen Ausbildung und persönlicher Selbstfindung einerseits und Berufswahl, Familiengründung und damit endgültiger Integration in die Gesellschaft andererseits ist das Subjekt allerlei Abenteuern und Versuchungen ausgesetzt. In dieser Phase entscheidet sich, ob sein Weg, und sei es auf Umwegen, zum erwünschten Ziel oder aber in die Irre führt.

Was Peter Schlemihl uns als seine eigene Geschichte erzählt, klingt wie eine Warnung: »Lieber Freund, wer leichtsinnig nur den Fuß aus der geraden Straße setzt, der wird unversehens in

Goethezeitlicher Bildungsroman

andere Pfade abgeführt, die abwärts und immer abwärts ihn ziehen; er sieht dann umsonst die Leitsterne am Himmel schimmern, ihm bleibt keine Wahl, er muß unaufhaltsam den Abhang hinab, und sich selbst der Nemesis opfern.«

Schlemihl weiß, wovon er spricht: Er hat den normativen goethezeitlichen Lebenslauf auf exemplarische und exzessive Weise verfehlt. Er startet, wie viele, mit schlechten Chancen, als Habenichts und gesellschaftlicher Außenseiter. Denn die Gesellschaft rechnet nach Rang, Stand und – wie es scheint – v. a. nach Geld: »Wer nicht Herr ist wenigstens einer Million«, sagt der reiche Kaufmann, »der ist, man verzeihe mir das Wort, ein Schuft!« Vielleicht ist Schlemihls erster Fehltritt bereits die übereifrige Zustimmung, mit der er sich selbst zum Schuft erklärt, den Maßstab verliert und seine »bescheidenen Hoffnungen« verrät.

Niemand kümmert sich um ihn, schon gar nicht die schöne Fanny, deren durchaus erotisch zu lesende Verletzung den ebenfalls unbeachtet gebliebenen Grauen auf den Plan ruft. Von ihm lässt sich Schlemihl zu einem Tauschhandel verleiten, der ihm neben dem unerschöpflichen Reichtum plötzlich auch »Witz und Verstand« einbringt. Er verfügt nun selbst über die Kunst der Beredsamkeit und übt sich in der Kunst der Verführung.

Doch der Schatten ist weg – und das bedeutet auch, dass Beziehungen zum schönen Geschlecht nicht glücken können. Frauen bemitleiden ihn und wenden sich ab. Die schöne Fanny, mit der er nun tändelt, ist die erste, die in Ohnmacht fällt. Und die Liebe der Försterstochter Mina, die in selbstloser Hingabe sogar zum Verzicht auf ihn bereit ist, kann die doppelte Asymmetrie des Verhältnisses nicht ausgleichen. Der arme Teufel ist jetzt ein reicher Hochstapler, und trotz seines Reichtums bleibt der Schattenlose aus der bürgerlichen Gesellschaft ausgeschlossen. Mina wird ihm entzogen und einem anderen Reichen, der eigentlich ein Schuft ist, zur Frau gegeben.

Eine Junggesellengeschichte also, in der keine glückliche Familie zustande kommt und keine Nachkommen gezeugt werden. Rascal wird der Prozess gemacht und Mina damit zur Witwe. Der treue Bendel bleibt unvermählt. Und für Schlemihl, der mit seinem Pudel Figaro in einer Einsiedlerhöhle lebt, gibt es kein ge-

Junggesellengeschichte

meinsames Wiedersehen, keine Zukunft mit anderen. Im Schlemihlium, gegenüber Bendel und Mina, und dann auch bei seinem intimsten Freund Chamisso gibt er sich nicht zu erkennen.
Dem hinterlässt er nur rasch das Vermächtnis seiner solitären
Existenz – die wundersame, unglaubliche und einzigartige Lebensgeschichte.

Alles, was er hat, verdankt Schlemihl sich selbst: seiner Schwä-
che und seinem Eigensinn. Seinen Selbstwert (»Selbstzufriedenheit«) findet er außerhalb der gesellschaftlichen Konventionen.
Die bürgerliche Solidität hat er verspielt, dem seelenlosen Reichtum hat er sich versagt und sieht sich nun vom Schicksal zum
Naturforscher bestimmt.

Hat Schlemihl, als er sich vom Teufel losgesagt und den Säckel
weggeworfen hat, als Naturwissenschaftler wirklich ein neues
Leben begonnen? Seine fantastische Forschungsanstrengung
wurde erst durch die Wunderstiefel möglich, die er aus den Res-
ten des Zaubergolds erworben hat. Das neue Zaubermittel steht
als letztes in einer Reihe teuflischer Handelsangebote und stiftet
zugleich eine Fortsetzung der sich steigernden Kompensations-
versuche Schlemihls seit dem Schattenverlust.

Zuerst hat er sich den Reichtum spendenden Glückssäckel ein-
gehandelt – und nicht das Wunschhütlein. Mit dem hätte er,
anders als mit den Stiefeln, jeden Ort auf Erden erreichen können. Dann schlägt er die alles verbergende Tarnkappe aus, das
perfekte Angebot für den Schattenlosen, der sich im Förstergarten nicht mehr blicken lassen darf. Das auch unsichtbar machende Vogelnest freilich hat er skrupellos geraubt, um zu sehen,
wie es mit Mina steht, bevor ihn der Graue doch unweigerlich
unter die Tarnkappe zieht. Der berechnende Forstmeister hat
schon die Papiere parat, um Minas Ehe mit dem Ersatzmann
perfekt zu machen. Und der Graue spielt »nachlässig mit dem
bekannten Pergament«. Gleich ist es für Mina zu spät. Ist sie mit
der Unterschrift unter den Teufelspakt zu retten?

Seine Seele verkauft Schlemihl nicht, weil er in Ohnmacht fällt.
Aber er wird auch den Teufel nicht los. Und nachdem er ihm
abgeschworen hat, handelt er sich wie durch ein Wunder die
Siebenmeilenstiefel ein. Wieder ist es nicht überlegter Ent-
schluss, sondern Fügung, die es ihm ermöglicht, seiner inneren

Stimme zu folgen: »Durch frühe Schuld von der menschlichen Gesellschaft ausgeschlossen, ward ich zum Ersatz an die Natur, die ich stets geliebt, gewiesen, die Erde mir zu einem reichen Garten gegeben, das Studium zur Richtung und Kraft meines Lebens, zu ihrem Ziel die Wissenschaft.« Schlemihl wird, wie der Teufel, zu einem besonderen »Gelehrten und Physikus«. Das teuflische Gold reicht auch noch für Instrumente und Fachliteratur und verbreitet in den Händen Bendels und Minas seine segensreiche Wirkung: Das Schlemihlium rettet den Namensgeber der Stiftung und verewigt den Namen Schlemihls in frommen Werken und Gebeten sowie in goldenen Buchstaben auf schwarzem Grund.

Mit Gold und »Erfindsamkeit« gelingt es, »selbst die Zeit zu besiegen«, und mit den Wunderstiefeln holt er den Lauf der Sonne ein. Die mehr als staunenswerte, geniehafte naturwissenschaftliche Arbeit der Sammlung und Verschriftung soll Schlemihls Vermächtnis sein. Als Naturwissenschaftler übernimmt Schlemihl das teuflische Moment der Steigerung und Überbietung. Er folgt ihm auch als Erzähler. Denn die eigentliche Leistung seines Lebens – ist dessen Verwandlung in eine Geschichte. Diese wird als letztes Glied in der Kette dem Freund Chamisso zugespielt. Doch ob sie »zur nützlichen Lehre gereichen« kann, ist fraglich. Die am Ende noch einmal ausgesprochene Moral löst die Unbestimmtheit nicht auf.

Der Beziehungsreichtum liegt in der Erzählsituation begründet. Die Geschichte beginnt und endet im Ungewissen. Die Vorgeschichte von Herkunftsfamilie und Jugend fehlt, vielleicht, weil sie der Adressat Chamisso kennt und seinerseits dem Publikum verschweigt. Der früh ergraute Schlemihl erzählt sein Leben aus der Distanz und greift doch zum Gestus der Unmittelbarkeit, wenn er sich an Chamisso wendet oder einen Brief Minas herbeizitiert, um doch den »lebendigen Geist in der Erinnerung« zu beschwören. Sowohl im Verlauf der Lebensgeschichte als auch in der Abfolge ihrer Erzählung wechseln die Perspektiven.

Einer der Kunstgriffe ist die Einbettung der Figur Chamisso in die dargestellte Welt der Geschichte und ihre Berufung als Ansprechpartner und Vermittlungsinstanz. Ein Kunstgriff, der die Autorschaft Chamissos ebenso tarnt wie er den Autor mit seinem Werk verbindet. Denn als Chamisso die Geschichte schrieb, war er als Autor nahezu unbekannt und konnte so von der Herausgeberschaft des prominenten Schriftstellers Fouqué profitieren.

Ein unbekannter Autor, ein Franzose, der in seiner Muttersprache zählte, fluchte und träumte, der nie die deutsche Rechtschreibung beherrschte und mit einem Schlag Weltliteratur schuf – eine unsterbliche Geschichte in lebendigstem Deutsch. So wurde aus dem sprechenden Namen Schlemihl die weltweit sprichwörtliche Figur. »In Königsberg«, erfährt Chamisso 1820, »ist ein neuer Garten angelegt worden, der viel besucht wird, ob er gleich noch keinen Schatten gewährt. Dieser Schattenlosigkeit wegen ist ihm der Name beigelegt worden: Schlemihl's Garten.« Und vier Jahre später meldet er seinem Bruder Hippolyte nach Frankreich: »Weißt Du, daß die Modelampen, die keinen Schatten haben, hier Lampen à la Schlemihl genannt werden?«

Herausgeber- und Autor- fiktion

Das von den Zeitgenossen durchschaubare und auch durchschaute Herausgeber- und Autor-Fiktionsspiel hat dazu geführt, die Figur Schlemihl mit dem Autor Chamisso zu identifizieren. Die Rezeptionsgeschichte zeigt, dass der Freundeskreis zahlreiche Anspielungen zu erkennen glaubte. Und ist nicht Schlemihls Bekenntnis das Bekenntnis Chamissos? »Tauge ich überhaupt zu irgend etwas, so ist es für die Naturwissenschaften, auf dem Wege der Erfahrung. Die Freunde selbst haben mir nie einreden können, daß ich zum Dichter geboren, und von müßiger Spekulation wend' ich mich mit Überdruß ab.«

Auch Chamissos Äußerungen nach dem Erscheinen der Erzählung wiederholen diese Position: »Ich beschloß, mich dem Studium der Natur zu widmen, sobald ich erkannt hatte, daß ich hier, weil ich ein Fremder bin, dort durch meinen Haß gegen die Tyrannei, vom öffentlichen Leben ausgeschlossen sei. Nach dem Verlust des Vaterlandes der Hoffnung, mir eine Familie zu gründen, beraubt, wußte ich nicht, wie ich ein Leben ertragen sollte, das weniger wert war als der Tod ...«

Doch Chamisso, der sich mit solchen Statements auch von seiner früheren poetischen Produktion distanzierte, hat nichts anderes getan, als sich hinzusetzen und eine Geschichte zu schreiben. Der angehende Naturwissenschaftler verwandelte sich so in einen

Autor. Den privat erhofften Freiheitsraum der Naturwissenschaft hat er sich erweitert um den und in den Raum der Literatur – durch die Erfindung einer Lebensgeschichte. Eine Geschichte, in der die Bekenntnisse und Geständnisse vielfach gebrochen sind. In der sich der Autor in Figuren vervielfacht hat. Das Doppelspiel der Figuren Schlemihl und Chamisso setzt sich in die Herausgeberfiktion fort. Hier wird die als kunstloses Vermächtnis ausgegebene, kunstvoll-künstliche Lebensgeschichte noch einmal getarnt: Chamisso tritt hier nicht als Autor auf, auch nicht als ihr Bearbeiter. Er klagt, »daß es um die Geschichte Schad ist«, und gibt sie nicht heraus – auch deshalb nicht, weil sie nicht »in ihrer ganzen komischen Kraft« dargestellt sei.

Die von außen ins Spiel gebrachte Figur Fouqué freilich muss warme Worte für dieses »grundehrliche Buch« finden, hat sie sich doch eigenmächtig zum Herausgeber aufgeschwungen. Diese ironischen Distanzierungen stehen einer Geschichte voran, die durch ihren Variationsreichtum von Handlungselementen besticht, durch lebendige Schilderung und Reflexion, prosaischen Realismus und Symbolik, doppelsinnige Redensarten und Anspielungen. Ihr Geheimnis liegt dabei klar an der Oberfläche, in der Sprache. Schlemihl, der »fast noch mehr vor den Herren Bedienten als vor den bedienten Herren« sich fürchtet, muss sich redensartlich ein Herz fassen, um Kontakt mit dem Grauen aufzunehmen; das Leitwort »Herz« macht deutlich, dass Schlemihl seit dem Schattenverkauf und dem Golderwerb den »Tod im Herzen« trägt. Und sein frühes Ergrauen weist auf mehr als nur eine Gemeinsamkeit mit dem teuflischen Grauen. Der leitet den Handel damit ein, dass er sich wundert, wie Schlemihl seinen Schatten »mit einer gewissen edlen Verachtung, ohne selbst darauf zu merken, von sich werfen« kann, bis rasch aus einer Redensart eine Tatsache wird, denn der graue Mann ist nach dem Handel »spurlos wie ein Schatten verschwunden«. Und so bleibt Schlemihl »an und für mich schattenlos«.

Unbestimmt ist die Geschichte auch hinsichtlich der zeitgenössischen Gattungen. »Geschichte« ist ohnehin zweideutig – als Biographie oder Erzählung, als Historie oder Fiktion. Als »wundersam« bezeichnet Schlemihl seine Geschichte und gibt ihr damit zugleich den Titel. »Wundersam« ist auch sein Begleiter, der

Gattungsfrage

Graue, und Bendel und Mina ist es wie Schlemihl »wundersam ergangen«. Das Adjektiv bezeichnet eine Ausnahmeerscheinung: erstens etwas Unbegreifliches, sei es religiös ein göttliches Wunder, sei es im Bereich des nicht rational Fassbaren – der Magie, des Märchenhaften, der schicksalhaften Mächte oder im Zusammenhang der Natur; zweitens etwas Erstaunliches im Sinne des Überraschenden und Bemerkenswerten; drittens etwas Seltsames im Sinne des Sonderbaren und Merkwürdigen, sei es etwas Monströses oder in sich Widersprüchliches; und nicht zuletzt, viertens, etwas Ausgezeichnetes, Bewundernswertes. Auch als Gattung lässt sich die »wundersame Geschichte« nicht eindeutig festlegen: Sie ist weder ein Kunstmärchen im Sinne der Romantik noch ein Kindermärchen, als das es sein Autor Chamisso geschrieben haben will, noch eine Novelle, die damals wiederentdeckte und in Mode gekommene Gattung.

Auf die Gattungsfrage fand sich bis heute keine Antwort, weil der Text einzig ist und unvergleichlich blieb. Chamisso jedenfalls hat dieser Unikat-Geschichte keine zweite Erzählung folgen lassen. Einzigartig ist die Erzählung auch darin, dass sie – aus sich selbst heraus – auf einen Schlag ein Motiv der Weltliteratur begründet hat, das in zahlreichen Nachahmungen fortwirkte. Das Motiv der Schattenlosigkeit variierte als Erster E.T.A. Hoffmann in seiner Erzählung *Abentheuer der Silvester-Nacht* (1815), indem er das beziehungsreiche reflexive Element des Schattens durch das des Spiegelbilds ersetzte. Auch hier wird das hinterlassene Manuskript als »wundersame Geschichte« bezeichnet, und in der Rahmenerzählung tritt Peter Schlemihl auf, der seither zur Spielfigur zahlreicher Texte – bis Richard Schaukal (1874–1942) und Ludwig Thoma (1867–1921) und darüber hinaus bis in die Gegenwart – geworden ist. In seinem Roman *Peter Schlemihls Heimkehr* (1843) hat Friedrich Förster (1791–1861) den Helden nach exotischen Abenteuern durch opferbereite Liebe seinen Schatten zurückgewinnen und seine Retterin heiraten lassen. Mit dem Fortwirken des Fluchs dagegen arbeitet Ludwig Bechstein (1801–1860), in dessen Roman *Die Manuskripte des Peter Schlemihl's* (1851) ein jugendlicher Held Peter Schlemihls Leichnam und seine Manuskripte findet und beim Versuch, sie zu veröffentlichen oder zu verkaufen, kein Glück hat und selbst im Elend stirbt.

Motiv und Variationen

Diese zwei Varianten führen zurück auf die Frage nach dem geglückten oder verfehlten Lebenslauf. Schlemihls Lebensgeschichte endet, bevor sein Lebenslauf zu Ende erzählt ist. Die in der Goethezeit verpflichtende Norm zur Ehe und Fortpflanzung hat er verfehlt. Er verstößt auch gegen das makrobiotische Gebot eines gleichmäßigen Durchlaufens der Lebensalter und gegen die mittlere Lebensführung: Er schwankt zwischen Goldrausch und Versteinerung, zwischen Mobilität und Ohnmacht. Schlemihl entzieht sich der Gesellschaft und verzichtet auf sozialen Austausch und auf mitmenschliche Gemeinschaft. Den treuen Bendel hat er durch seinen treuen Figaro ersetzt, einen Pudel, in dem – wie man weiß – der Teufel stecken kann. Der seltsame, rätselhafte, wunderliche, wunderbare graue Mann gibt einer Kultur, die nicht mehr an den Teufel glaubt, mit seiner »fabelhaften Natur« ebenso Rätsel auf wie der Verlust des Schattens. Manches deutet darauf hin, dass die zuerst unbedachte und dann scheinbar erfolgreich abgewehrte Verführung als getarnte Selbstverführung Peter Schlemihls zu lesen ist. Die Merkmalsähnlichkeiten der Figuren sprechen dafür, dass in Schlemihls Entwicklung zum sozialen Abweichler der Graue als Katalysator und Helfer fungiert. Und hat nicht Chamisso Schlemihl schon in der Jugend geraten, der inneren Stimme »auf dem eigenen Wege« zu folgen?

Die Helden in den Abweichlergeschichten der Goethezeit finden auf Umwegen ins Glück oder werden mit Tod oder Wahnsinn bestraft. Auch hier bleibt die Geschichte unbestimmt und ist damit wiederum ein Sonderfall. Der Schattenverlust wird nicht revidiert, die Serie der Verführungen wird unterbrochen – und setzt sich doch fort.

Eine Kompromissgeschichte aus Übersteigerung und Verzicht: Die Mobilität der Siebenmeilenstiefel wird durch häusliche Pantoffeln auf erträgliches Maß reduziert. Was diese Wunderstiefel betrifft, so muss der Erfahrungswissenschaftler Schlemihl den Romantiker Tieck korrigieren, den Maßstäbe setzenden Initiator fantastischen Erzählens. Im Unterschied zu Tieck und Goethe basiert Chamissos märchenhafte Geschichte, sein *Faust*, nicht auf einem übernommenen und bearbeiteten Stoff, sondern auf einem selbst erfundenen, originären Motiv.

Selbstverführung

Kompromissgeschichte

Mit dem vom Grauen hervorgezauberten Fernrohr beginnen die verschobenen Perspektiven. »Über das grüne Labyrinth des Parkes nach dem unermeßlichen Ozean« geht der Blick, hier beginnt der lange Weg Peter Schlemihls. Heraus aus der Gesellschaft, durch wundersame Abenteuer, in seine Höhle und vorbei am Schlemihlium. In der Regie des Grauen und dessen fabelhafter Natur wird Schlemihl zum gewandten Redner, auch zum Lügner und schließlich zum Erzähler. Wie im Vorübergehen stiftet er einen neuen Mythos.

3. Entstehungs- und Textgeschichte

Bei der Erhebung in Preußen gegen die französische Besatzung 1813 griffen auch Studenten und Professoren zu den Waffen, die Universität wurde geschlossen. Auf Anraten seiner Freunde zog sich Chamisso auf das Landgut der Familie Itzenplitz in Kunersdorf im Oderbruch zurück, wo er ein Herbarium anlegte, seine erste botanische Schrift verfasste, den Landsturm exerzierte – und an langen Abenden und herbstlichen Regentagen an seiner Geschichte schrieb. So äußerte sich Chamisso in Briefen an seinen Bruder Hippolyte (27.4.1813 u. 15.4.1814; in: Rogge 1922, Beiheft, S. 3 f. u. 5; vgl. Brief an Louis de la Foye [Mai/Juni 1814], »Ergänzende Texte«, S. 93 f.). Vor einem halben Jahr erst hatte Chamisso seiner poetischen Produktion ade gesagt. Nun arbeitete er – ganz prosaisch – als Botaniker im Hause seiner Gönner: »Sonst sehr gute Leute; nur ist es ganz ein Haus der Prosa: aber die Poesie und die Fabel habe ich ohnedem bis über die Ohren satt. Da fiel es mir dennoch ein, ich weiss nicht wie, ein Buch und zwar ein ganz fabelhaftes, nämlich eine Fabel zu schreiben und ich kriegte es lustig genug zu Stande« (zit. n. Riegel 1934, S. 204 f.). Dem Autor zufolge soll der Text nur zum privaten Vergnügen für Julius Eduard Hitzigs Frau und Kinder geschrieben worden sein.

Chamisso kannte den satirischen »Proceß um des Esels Schatten« in Christoph Martin Wielands (1733–1813) *Geschichte der Abderiten* (1774–1779). Der schwäbische Dichter Ludwig Uhland hat ihm vielleicht von einem Märchen mit dem Motiv des Schattenverlusts erzählt. Er kannte auch Fouqués Teufelspaktgeschichte *Das Galgenmännlein* (1810) und hatte den unerschöpflichen Geldsäckel schon 1806 in seinem dramatischen Gedicht *Fortunati Glück[s]seckel und Wunschhütlein* verarbeitet. Motivvorläufer

Im Rückblick hat sich Chamisso ironisch über die Idee des Motivs geäußert: »Ich hatte auf einer Reise Hut, Mantelsack, Handschuhe, Schnupftuch und mein ganzes bewegliches Gut verloren«, schrieb der Autor am 11. April 1829 an Karl Bernhard von Trinius (1778–1844) und führte weiter aus: »Fouqué frug: ob ich nicht auch meinen Schatten verloren habe? und wir malten uns das Unglück aus. Ein ander Mal ward in einem Buche von Lafontaine (den Titel hab' ich nicht erfahren) geblättert, wo ein sehr gefälliger Mann in einer Gesellschaft allerlei aus der Tasche zog, was eben gefordert wurde – ich meinte, wenn man dem Kerl ein gut Wort gebe, zöge er noch Pferd' und Wagen aus der Tasche. Nun war der Schlemihl fertig, und wie ich einmal auf dem Lande Langeweile und Muße genug hatte, fing ich an zu schreiben« (*Werke*[5], Bd. 6, S. 115).

Seine Version der Anekdote berichtet Fouqué in seinem Brief an Hitzig vom 5./7. Oktober 1839: »Das Aufgehen des Schlemihl gehört nicht nach Kunersdorf, sondern nach Nennhausen. Unweit des Chamisso-Baumes, worin er schon früher seinen Namen eingeschnitten hatte mit gewaltigen Zügen, war es, an der vielleicht Dir noch erinnerlichen Außenseite des Parks, grade dem Wohnhause gegenüber, nach einem Korn-Felde zu. Ich seh' es noch, wie heute. Der Mittags-Sonnen-Schein lag licht um uns her. Wir tändelten keck mit poetischen Gebilden, wie es wohl im Dyalog vel Zwisprach unsre Art zu sein pflegte. Da blieb Adelbert mit Einmal stehn, und sagte: ›Wenn so Eins von uns plötzlich seinen Schatten verlöre, oder Jedes den Seinigen?‹ – – Es ergriff uns Beide wunderlich. – – Das ist die Wurzel Peter Schlemihls. [. . .]« (zit. n. Rogge 1922, Beiheft, S. 8).

Niederschrift Die Niederschrift erfolgte im Sommer, wohl im August 1813. Chamisso schloss den Text Ende September ab, vermutlich jedoch erst nach seiner Rückkehr nach Berlin Ende September, Anfang Oktober.

Es existiert eine eigenhändige Handschrift in lateinischer Schrift mit zahlreichen eigenhändigen Korrekturen, jetzt im Besitz der Staatsbibliothek Preußischer Kulturbesitz, Berlin. Diese aus dem Besitz von Chamissos Freund, dem Botaniker Schlechtendal, stammende Handschrift wurde von Rogge 1922 als »Urschrift« des *Peter Schlemihl* herausgegeben.

Der Titel der Handschrift lautet: *Peter Schlemiels | Schicksale. | mitgetheilt | von | Adelbert von Chamisso. | Cunersdorff. MDCCCXIII.* Hierbei wurde der Name »A. Schlemiel«, dann »W. A. Schlemiel« (was auf August Wilhelm Schlegel anspielt) in »Peter Schlemiel« geändert, statt »Schicksale« stand zuerst

»Abentheuer«, und gestrichen wurde der Untertitel *Als Beitrag zur Lehre des Schlagschattens*. Über die Korrekturen im Titel und über seine Arbeit am Text informiert Chamisso im September 1813 seinen Freund Hitzig (vgl. »Ergänzende Texte«, S. 95).

Daneben existiert im Besitz des Märkischen Museums, Berlin, eine Abschrift von unbekannter Hand mit Zusätzen und Verbesserungen Chamissos und zahlreichen Korrekturen Hitzigs. Sie trägt den Titel: *Peter Schlemiels | Wundersame Geschichte | mitgetheilt | von | Adelbert von Chamisso. | Cunersdorf. MDCCCXIII*. Hier hieß es ursprünglich »Sonderbare«, geändert in »Wundersame Geschichte«.

Beide Handschriften weichen an zahlreichen Stellen vom Erstdruck ab, dienten also nicht als Druckvorlage. Beide Handschriften haben auf einem Vorsatzblatt – wie dann die Erstausgabe – die Widmung an Hitzig. Rogge beobachtet in der »Urschrift« eine deutliche Unterbrechung in Tinte und Duktus im dritten Kapitel nach 31.33 (beim Geständnis gegenüber Bendel). Der Text beider Handschriften ist im zehnten Kapitel ausführlicher und inhaltlich detaillierter. Eine weitere Abschrift, die vermutlich an Fouqué ging und als Druckvorlage diente, ist verloren. Noch am 15. April 1814 schrieb Chamisso an Hippolyte, es sei abgesehen von den zwei privaten Abschriften keine Veröffentlichung der Geschichte vorgesehen (– nachdem er sich schon während der Niederschrift im August 1813 über den Umfang des Textes im Druck erkundigt hatte).

Fouqué aber versuchte nach einem Weihnachtsbesuch Chamissos bereits am ersten Januar Hitzig zum Verlegen der Geschichte zu bewegen (vgl. »Ergänzende Texte«, S. 96 f.). Hitzig jedoch, Fouqués Verleger seit 1808, lehnte wegen familiärer und beruflicher Überlastung ab. Fouqué vermittelte deshalb den Text an seinen Nürnberger Verleger Schrag, wo von ihm zuletzt 1813 *Der Zauberring* erschienen war. In Absprache mit Hitzig und Chamisso fungierte er als Herausgeber und beteiligte sich an der literarischen Fiktion der Herausgeberinstanzen (vgl. seinen Entwurf einer Vorrede im Brief an Julius Eduard Hitzig, 1.1.1814 – »Ergänzende Texte«, S. 96 f.).

Die Erstausgabe des *Peter Schlemihl* erschien dann im Herbst   Erstausgabe

1814 in einer zeitüblichen Auflage von vermutlich 750, höchstens 1500 Exemplaren. Sie trägt vorangestellt die gedruckte Widmung: »Dem Herrn Regierungs-Assessor und Buchhändler J. E. Hitzig, Wohlgeboren, in Berlin«, sie folgt auf Fouqués Widmungsgedicht, dann schließen sich – in zeitlich umgekehrter Reihenfolge – die Vorreden Fouqués und Chamissos an. Diese, als Briefe und Widmungen der Herausgeberinstanzen formulierten Texte begleiten die Geschichte auch in Zukunft – erweitert und in variierter Reihenfolge eröffnen sie unterschiedliche Perspektiven auf den Text. Im Freundeskreis hielt Chamisso die Fiktion aufrecht, *Peter Schlemihl* wäre ohne sein Zutun erschienen – dass er aus dem Manuskript »in die Druckerpresse hineingestiefelt ist, mag auch wohl ein Schlemihlstreich sein«, schreibt er am 1. Oktober 1814 an Rosa Maria Varnhagen (*Werke*[5], Bd. 5, S. 390). Freilich gibt es Anzeichen, dass er an der Drucklegung beteiligt war (vgl. Rath 1919, S. 10 f.).

Als Frontispiz wurde der Erstausgabe ein ›Porträt‹ Schlemihls beigegeben. Der Kupferstich nach einer eigenen Zeichnung von Franz Joseph Leopold (1783–1832) »gehört gewißer maaßen zu einer Originalausgabe des Schlemihls«, wie Chamisso 1837 an seinen Nürnberger Verleger Schrag schreibt (zit. n. Rath 1919, S. 70). Er steht auch den beiden folgenden Ausgaben voran. Die Freunde sahen darin, abgesehen von dem langen Bart, Chamisso porträtiert (vgl. Erl. zu 10,17–18).

Das Titelblatt verzeichnet: *Peter Schlemihl's | wundersame Geschichte | mitgetheilt | von Adelbert von Chamisso | und | herausgegeben | von | Friedrich Baron de la Motte Fouqué. | Mit einem Kupfer. | Nürnberg | bei Johann Leonhard Schrag. | 1814.* Schon diese Angabe allein konnte beim Publikum den Eindruck erwecken, Fouqué sei der Autor des Textes. In Wien etwa erschien 1818 ein Nachdruck des *Peter Schlemihl* unter dem Titel *Der Mann ohne Schatten. Eine wundersame Geschichte [. . .]* unter der Autorschaft Fouqués in einem Sammelband seiner Erzählungen in der *Neuen romantischen Unterhaltungs-Bibliothek für die gebildete und elegante Lesewelt.*

Zeitgenössische Rezeption

Die Geschichte hatte sofort Erfolg. »Mein siebenmeilig gestiefelter Freund geht indessen ganz gut, und hat, was man sagen könnte, ein ausgezeichnetes Glück gemacht. Habeat sibi«, schreibt Chamisso Anfang 1815 an seinen Freund de la Foye (*Werke⁵*, Bd. 5, S. 393). Aber erst 13 Jahre später – Chamisso war inzwischen von seiner Weltreise zurückgekehrt – erschien die zweite Ausgabe, ohne Nennung der Herausgeberschaft Fouqués. Denn Chamisso war inzwischen mit dem *Peter Schlemihl* berühmt geworden und begann sich als Lyriker zu etablieren: *Peter Schlemihl's wundersame Geschichte, mitgetheilt von Adelbert von Chamisso. Zweite mit den Liedern und Balladen des Verfassers vermehrte Ausgabe. Mit sechs Kupfern nach George Cruikshank und einem Titelkupfer. Nürnberg, bei Johann Leonhard Schrag. 1827.* Neben dem Leopold-Kupfer enthält sie die Illustrationen des berühmten Graphikers Cruikshank (1792–1878), nachgestochen nach der englischen Übersetzung von 1824 (vgl. Erl. zu 12,9–11). Die Vorreden sind hier in chronologische Reihenfolge gebracht und um die Brief-Vorrede Hitzigs an Fouqué ergänzt, die das Spiel weiterspielt (vgl. Erl. zu 12,13–19). Auch außerhalb des gedruckten Textes gehen die Widmungen weiter, so übersandte Chamisso ein Widmungsgedicht mit einem Exemplar an Fouqué (abgedruckt bei Rath 1919, S. 17 f.).

Zwischenzeitlich gab es Irritationen mit Schrag, der an *Peter Schlemihl* das Verlagsrecht für Einzelausgaben hielt. Chamisso ist mit seinen Gedichten zur Weidmannschen Buchhandlung von Karl August Reimer (1801–1858) und Salomon Hirzel (1804–1877) nach Leipzig gewechselt und wünschte sich dort eine Gesamtausgabe. Doch man einigte sich, und so erschien zuerst 1835 bei Schrag die dritte Einzelausgabe des *Peter Schlemihl* (in 750 Exemplaren zu 1 1/4 Talern), bevor der Text im Jahr darauf, mit neuen Illustrationen von Adolf Schrödter (1805–1875), im vierten Band der Werkausgabe (zu 4 1/2 Talern) abgedruckt **Werkausgabe** wurde. Der Band vier erschien nicht rechtzeitig zur wichtigen Ostermesse, sondern erst im Herbst, weil der Illustrator im Verzug war. In beiden Ausgaben ist das von Chamisso 1834 geschriebene Gedicht *An meinen alten Freund Peter Schlemihl* an den Anfang gestellt.

Die Werkausgabe von 1836 in der Weidmannschen Buchhandlung war die letzte Ausgabe zu Chamissos Lebzeiten. Eine »wohlfeile« Ausgabe hatte der Autor sich gewünscht, das Erscheinen der Stereotypausgabe zum Preis von einem halben Taler, mit Illustrationen von Adolph Menzel (1815–1905), aber nicht mehr erlebt. Er hatte jedoch an den Vorbereitungen und an den Textkorrekturen noch mitgewirkt. Sie erschien bei Schrag im Herbst 1839, »nach des Dichters Tode neu herausgegeben von Julius Eduard Hitzig«.

Weitere
Ausgaben Im Originalverlag sind im 19. Jahrhundert noch zahlreiche weitere Ausgaben erschienen. 30 Jahre nach des Dichters Tod wurde das Werk gemeinfrei. So wanderte es 1869 in Reclams Universal-Bibliothek; zugleich erschien in Leipzig bei der Dykschen Buchhandlung die erste und einzige kommentierte Einzelausgabe, herausgegeben von Heinrich Dünzer. Philipp Rath, der die Text-, Übersetzungs- und Illustrationsgeschichte nachgezeichnet hat, zählt bis 1919 insgesamt 80 in Deutschland und Österreich erschienene Ausgaben. 1920 brachte Arthur Schurig eine aus allen bisherigen Fassungen und Handschriften kompilierte Ausgabe, nachdem zuvor 1919 Helmuth Rogge die Urschrift des *Peter Schlemihl* der Preußischen Akademie der Wissenschaften vorgestellt hatte, die dann 1922 im Insel Verlag Leipzig als fünfter Druck der Janus-Presse in 335 Exemplaren gedruckt wurde. Den besten Text und Kommentar bot lange die kritisch durchgesehene und erläuterte Ausgabe von Chamissos Werken durch Hermann Tardel (Meyers Klassiker-Ausgaben, Leipzig und Wien 1907/08). Den neuen Standard setzten die 1975 von Volker Hoffmann und Jost Perfahl besorgte Ausgabe der *Sämtlichen Werke* im Winkler Verlag München und die ebenfalls zweibändige, von Werner Feudel und Christel Laufer herausgegebene Edition des Insel Verlags Leipzig 1980 (Lizenzausgabe Hanser, München 1982). Textgrundlage für den *Peter Schlemihl* ist bei beiden (wie schon bei Tardel) der Text der Werkausgabe von 1836.

4. Wirkungsgeschichte

Als Chamisso im Oktober 1818 von seiner naturwissenschaftlichen Forschungsreise nach Berlin zurückkehrte, war er inzwischen, wie er schon während der Reise hat feststellen können, ein berühmter Autor geworden: »Und noch ein Wort von Schlemihl – selten hat ein Buch so eingerissen – man liest es, die Kinder laufen mir nach dem Schatten – in Kopenhagen, Petersburg, Reval ist unberufen Schlemihl da, so bei den Deutschen am Cap – aus Lesebibliotheken wird er regelmäßig gestohlen und keine Zeitung hat ihn je angekündigt oder genannt. Er hilft sich so selber durch. Spaß hat er mir genug gemacht. Übersetzt ist er meines Wissens noch in keine Sprache; geschähe es, hätte ich wohl noch meinen Spaß daran. Ins Französische wollte ihn bereits ein sich mir meldender sonstiger Freund übersetzen (vor meiner Abreise). Er scheint zurückgegangen zu sein. Ich muß mich hüten, meinem Schlemihl einen blasseren Bruder nachzuschicken« (*Werke*[5], Bd. 6, S. 161 f.). Auch Chamissos Freund de la Foye, dem der Brief gilt, beschäftigte sich mit einer Übersetzung, die auch fertig, aber von keinem Verleger angenommen wurde.

Franz. Übersetzung

1821 erarbeitete dann Chamissos Bruder Hippolyte eine weitere Übertragung, an der Chamisso mit Erläuterungen und Überarbeitungen beteiligt war. August de Staël vermittelte sie an den bekannten Verleger Charles Ladvocat, der unschönerweise »kein Honorar zahlte, eigenmächtig damit verfuhr, sie mit einem avant-propos versah und die Sprache glättete« und sie mit zahlreichen Fehlern verschlimmbessern ließ (Brief an Schrag vom 29.11.1837; zit. n. Rath 1919, S. 69). Sie erschien ohne Nennung des Autors auf dem Titel 1822 in Paris, mit einem Vorwort Chamissos, der damals noch nichts von den Eingriffen ahnte (vgl. Erl. zu 88,14–17).

Engl. Übersetzung

Die erste englische Übersetzung erschien 1823 in London und erlebte im folgenden Jahr zwei Nachdrucke sowie einen dritten 1825 in Boston: *Peter Schlemihl. From the German of Lamotte Fouqué*. Der Übersetzer blieb ungenannt (vgl. Erl. zu 89,10–12), stattdessen zierten Fouqué als Autor und ein Shakespeare-Zitat das Titelblatt: »There are more things in heaven and earth, Horatio, Than are dreamt of in your philosophy« (»Es gibt mehr Dinge im Himmel und auf Erden, als eure Schulweisheit sich träumen lässt, Horatio«; *Hamlet* I,5).

Zehn Jahre nach Erscheinen machte Peter Schlemihl europaweit seinen Weg, wie Chamisso seinem Bruder Hippolyte stolz verkündete: »Weißt Du, daß unser Schlemihl ins Englische übersetzt ist? Weißt Du, daß sein Name in den politischen Zeitungen zusammen mit den Neuigkeiten aus Griechenland und Amerika erscheint? Weißt Du, daß die Modelampen, die keinen Schatten haben, hier Lampen à la Schlemihl genannt werden?« Und beim Tod E.T.A. Hoffmanns nahmen Rezensenten und Leser wieder den *Peter Schlemihl* zur Hand und stellten, wie der Autor registrierte, das Original über die Nachahmung, die Hoffmann mit seiner Erzählung *Die Abenteuer der Silvester-Nacht* (1815) geliefert hatte (zit. n. Fulda 1881, S. 135).

Weitere Übersetzungen

Neben weiteren französischen und englischen Übersetzungen erschien der *Peter Schlemihl* zu Lebzeiten Chamissos noch auf Holländisch. Chamisso und Hitzig sprechen von Übersetzungen in weitere Sprachen, die aber bisher nicht nachzuweisen sind (vgl. Erl. zu 12,5–7). Im weiteren Verlauf des 19. Jahrhunderts kamen in zwölf Sprachen weitere Übertragungen heraus, darunter auf Böhmisch, Dänisch, Isländisch, Italienisch, Norwegisch, Polnisch, Russisch, Schwedisch und Spanisch (vgl. Rath 1919). Es gab auch deutschsprachige Ausgaben mit Anmerkungen und Vokabular in England, Amerika und Russland.

Illustrationen von G. Cruikshank und anderen

Zur Popularität des Textes trugen besonders die Illustrationen der englischen Ausgabe bei. Sie stammten von George Cruikshank, der mit seinen Radierungen zu *Peter Schlemihl* (1823) und Grimms Märchen (1824–1826) berühmt wurde. Die acht kongenialen Radierungen gefielen Chamisso sehr. Sie wurden in Nachstichen von Christian Rosée in die zweite deutsche Ausgabe von 1827 übernommen, wobei die Illustrationen Nummer zwei und drei seltsamerweise fehlten. Für die dritte deutsche Ausgabe von 1835 hat sie Peter Carl Geißler (1802–1872) nachgestochen, um zwei Bilder ergänzt und, ebenso wie Franz Joseph Leopolds Schlemihl-Porträt, eigens mit farbig gedruckten Randzeichnungen versehen. In dieser Form, jedoch ohne die hübschen

Umrandungen, gelangten Cruikshanks Illustrationen mit der englischen Neuübersetzung von Emilie de Rouillon (vgl. Erl. zu 89,24–25) nach England zurück. In der vierbändigen deutschen Werkausgabe von 1836 ist der *Peter Schlemihl* dann vom Düsseldorfer Künstler Adolf Schrödter (1805–1875) illustriert worden.

Wie wichtig Chamisso die Illustrationen nahm, geht aus der Meinungsverschiedenheit über Schrödters 1836 als Probe angefertigte erste Radierung hervor. Diese Arbeit zum Motiv des Schattenverkaufs gefiel Chamisso nicht, wohingegen die Freunde Hitzig und Franz Kugler (1808–1858) begeistert waren: »Ich wüßte nicht, wie man beide Figuren besser im Karakter und lebendiger vom Kopf bis zum Fuß wünschen möchte. Jede Fingerbewegung, jede Rockfalte spricht. Bei Cruikshank (wenngleich dessen Blättern immer ihr poetischer Reiz bleiben wird) tritt das diabolische Element doch zu sehr hervor, hier ist es aufs Trefflichste vermenschlicht, und ich erwarte auch in den andern Blättern Schröder's, wie hier, die deutsche Gemütlichkeit zu finden, die ihm bei all' seinen Phantastereien so ganz eigen ist, die ein nothwendiges Ingredienz Deines Buches bildet und die wenigstens den englischen Blättern fehlt.«

Chamisso ließ sich überstimmen, schrieb aber an die Verleger: »Unter uns, mir ist der Cruikshank lieber. Er ist fabelhaft, wo dieser handgreiflich wird. Ich finde seinen grauen Mann äußerlich zu bettelhaft angethan: so kommt man nicht zum Thee bei Herrn John. Der Schatten ist zu dick. Schlemihl sieht wie ein pommerischer Junker aus der sich in der Residenz neu bekleiden lassen.« Und hakte nach, als das Buch erschienen war: »Ich bleibe dabei den Cruikshank dem Schrödter vorzuziehen, besonders was die Auffassung anbetrifft. Ich sollte doch meinen Schlemihl kennen. Namentlich auf der letzten und hübschesten Platte schreit dieser laut und vernehmlich: in drei Teufelsnamen! und schmeißt in blinder Wut das Geld von sich (NB mit der linken Hand, weil der Künstler vernachlässigt hat seinen Entwurf im Spiegel umzukehren) da wo meiner und der Cruikshanks im Namen Gottes den Entsetzlichen beschwört und das Gold nur fahren läßt« (zit. n. Rath 1919, S. 48 f.).

Für die Stereotypausgabe schlug Chamisso seinen Freund, den

Architekten Johann Heinrich Strack (1805–1880), vor. Der hatte 1832 Chamisso eine Radierung gewidmet, die den Dichter als Südseeinsulanerkönig gemeinsam mit Schlemihl und dem grauen Mann zeigt, dem er den linken Fuß auf den Nacken setzt.

A. Menzel Stattdessen übernahm Adolph Menzel die Illustration des Buches, der dabei erstmals die Xylographie anwandte. Menzel zeichnete direkt auf die Holzstöcke, und das Hochdruckverfahren erlaubte es, die Illustration genau an der entsprechenden Textstelle in den Satz einzufügen. Menzels Bilderserie wurde lange Zeit in zahlreichen Ausgaben nachgedruckt. Schrag brachte auch nach Chamissos Tod weiter immer wieder neu illustrierte Ausgaben heraus.

Von den zahlreichen illustrierten Ausgaben, in Deutschland wie in anderen Ländern, haben sich v. a. die Bilder und Vignetten von Emil Preetorius (1883–1973) aus dem Jahre 1907 eingeprägt E. L. Kirchner (vgl. Rath 1919, Willer 1989 und Lehmann 1995). Ernst Ludwig Kirchner (1880–1938) schuf 1915 einen Zyklus von sieben Farbholzschnitten, eine Selbstbefragung des Künstlers im Ersten Weltkrieg, zuletzt wurden 2001 in der Insel Bücherei die Illustrationen von Karl-Georg Hirsch vorgelegt.

Der *Peter Schlemihl* wurde sogleich als literarisches Meisterwerk erkannt und fand auch im Verlauf seiner Ausgaben ein immer stärkeres literarisches Echo. Als der junge schwäbische W. Hauff Dichter Wilhelm Hauff (1802–1827) 1827 die zweite Auflage rezensierte, wies er darauf hin, »daß ein *Franzose* das einzige deutsche Buch geschrieben hat, das ins Französische, Englische, Holländische und Spanische übersetzt wurde, das die Amerikaner den Engländern nachgedruckt haben, und wozu der berühmte Zeichner Cruikshank Bilder entworfen hat, die eines Hogarths würdig wären«. Die deutsche Literatur, so Hauff, wäre im Ausland zu kurz gekommen, aber weder der soeben erst erwachten »Nachsicht unserer Nachbarn gegen unsere barbarische Literatur, noch dem Spekulationsgeist englisch-deutscher Buchhändler, hat Peter Schlemihl seine bewunderungswürdige Verbreitung zu verdanken, sondern seiner inneren Vortrefflichkeit, der sonderbaren Idee, die ihm zugrunde liegt, und der reinmenschlichen Auffassung eines tiefen, herzzerschneidenden Jammers, der natürlichen ungeschmückten Erzählung der abenteuerlichsten Schicksale und Situationen, die dem Verfasser auf bewunderungswürdige Weise gelungen ist« (zit. n. Hauff 1970, Bd. 3, S. 227 f.).

Wenn Joseph Freiherr von Eichendorff in seiner *Geschichte der poetischen Literatur Deutschlands* die Erzählung als repräsentatives Werk würdigt, wird beispielhaft deutlich, dass es schon damals als singuläres Werk eingeschätzt wird, wohl auch weil es sich in die Literatur der Romantik nicht ohne weiteres einfügen lässt: »Im Grunde hat er [Chamisso] in seinem ›Schlemihl‹ nur sein eigenes Dichtergeschick niedergelegt: den ewigen Conflict von Schein und Sein, die er, wiederum französischerweise, in seinen Gedichten so häufig verwechselt. Dieses wunderliche Märchen, das durch seine pikante Unbestimmtheit sich überall beliebt gemacht, gehört zu jenen glücklichen Aperçüs deren Werth und Bedeutung die Poetischen in der Philosophie, die Philosophischen in der Poesie suchen« (Eichendorff ²1861, S. 225 f.). J. v. Eichendorff

Die zahllosen, oft illustrierten Ausgaben des *Peter Schlemihl* zeigen, dass er bei einem breiten Lesepublikum beliebt war. Auch zählte Chamisso zu den beim Bürgertum populärsten Lyrikern des 19. Jahrhunderts. Die Erzählung wurde auch in Schulausgaben und in Bearbeitungen für die Jugend verbreitet, wie etwa der von Elisabeth von Beckendorff (1880), in der Peter Schlemihl ein armer Student ist und einen reichen Onkel hat und Herr John den Geburtstag seiner Tochter Fanny feiert. Schlemihl, der im Original »wie zerschlagen, durstig und hungrig auch noch« auf seinem Goldlager erwacht und das Gold von sich stößt, lässt sich dort erst einmal zu essen bringen: »einen Teller voll Kuchen, Buttersemmeln, gekochte Eier, Schinken und noch eine lange Wurst und dazu eine große Kanne Kaffee« (zit. n. Rath 1919, S. 25 f.). Bearbeitungen für die Jugend

So wurde *Peter Schlemihl* Teil vieler Leserbiographien. Auch wenn sich diese »Dichtung, die man unsterblich nennen darf«, wie Thomas Mann meinte, »nicht sonderlich für Kinder« eignet, hat er seinen Kindern doch ein Exemplar geschenkt. Und er selbst hat sie für sich neu entdeckt und »in einem Zuge, beinahe ohne aufzublicken« wieder gelesen. Nachahmungen und Abwandlungen

Das Motiv des verlorenen Schattens hat zahlreiche Nachahmungen und Abwandlungen erfahren, als Erstes durch E.T.A. Hoffmann in seiner oben genannten Erzählung von 1815, wo der Verlust des Schattens durch den Verlust des Spiegelbilds ersetzt ist und Peter Schlemihl in der Rahmenerzählung auftritt. Der Verlust mündet über das Spiegelbildmotiv in die Motivtradition des Doppelgängers, an der Chamisso mit seinem Kapitel zum Gemeinschaftsroman *Die Versuche und Hindernisse Karl's* (1809) ebenfalls beteiligt war. Der mit Chamisso befreundete Hans Christian Andersen (1805–1875) spielt in seinem Doppelgängermärchen *Der Schatten* (1847) mit dem Vorwurf der Nachahmung des *Peter Schlemihl*. In *Georg Venlo. Eine Novelle in Arabesken* (1831) von Julius Mosen (1803–1867) wandert der faustische Held mit Tarnkappe und Siebenmeilenstiefeln durch die Welt, um zuletzt allem Streben zu entsagen.

›Fortsetzung‹ von F. Förster Eine ›Fortsetzung‹ von Peter Schlemihls Lebensgeschichte liefert Friedrich Förster mit seinem humorvollen, von Theodor Hosemann (1807–1875) illustrierten Roman *Peter Schlemihls Heimkehr* (1843). Schlemihl erlebt hier allerlei exotische Abenteuer, bis er durch die Liebe der Mameluckentochter Adele erlöst wird. Sie setzt ihr Spiegelbild ein, damit Schlemihl seinen Schatten zurückgewinnt, den der Graue im Bergwerk hat arbeiten lassen. Schließlich gibt es ein Happy End. *Die Manuscripte Peter Schlemihl's* (1851) von Ludwig Bechstein dagegen setzt die Geschichte auf andere Weise fort. Ein junger Deutscher sucht den Mann ohne Schatten, doch er findet nur Schlemihls Leichnam – und seine Manuskripte. Deren Veröffentlichung und Verkauf misslingen, der Held stirbt im Elend.

Motivtradition   Die Motivtradition reicht bis in die unmittelbare Gegenwart, wenn auch in vielfältiger Form, oft nur mehr lose an Chamissos Text zurückgebunden. Sei es, dass an die Figur Peter Schlemihl direkt angeknüpft wird oder mit ihm merkmalsähnliche Protagonisten agieren, sei es, dass der Schatten oder aber ein anderer Wert verkauft wird oder verloren geht, sei es, dass einzelne andere Handlungselemente aufgegriffen werden. Schlemihls Schatten ist beispielsweise »einer der wertvollsten Gegenstände« in Nathaniel Hawthornes (1804–1864) *Sammlung eines Virtuosen* (1846, in *Mosses from an Old Manse*). Und Peter Schlemihl fungiert auch als komische oder jüdische Figur, etwa bei Leopold Komperts (1822–1886) *Schlemiel* (1848, in *Aus dem Ghetto. Geschichten*). Eine eigene Tradition des Stoffes stellt Schlemihl als Pechvogel in den Vordergrund, so speziell in der jiddischen Literatur, etwa in den Kindergeschichten von Isaac Bashevis Singer (*Als Schlemihl nach Warschau ging*, dt. 1978), wobei die Schattenlosigkeit keine oder kaum eine Rolle spielt. Auf die jüdische Deutung des Namens greift auch Heinrich Heine in seinem Gedicht *Jehuda ben Halevy* im dritten Buch des *Romanzero* (1851) zurück, wo auf komische Weise der Herkunft des Wortes nachgeforscht wird und Heine Chamisso als »Dekan der Schlemihle« würdigt.

I. B. Singer

Die literarische Auseinandersetzungen mit dem Text, dem Motiv oder der Figur, hat Wilpert (1978) zusammenfassend behandelt. Doch die Wirkkraft des Textes reicht noch weiter, sei es, dass man auf die von ihm gebildete Tradition zurückgreifen kann, sei es, dass er immer wieder neu individuell aktualisiert wird. Es genügt, den Namen Schlemihls mit seinen Assoziationen herbeizuzitieren, was seinerseits literarische Wirkungen entfalten kann. So evoziert Ernst Jünger (1895–1998) in seinem Tagebuch *Strahlungen* (1949) aus dem Bild des Schlemihl seine Gedanken über Verlustängste und Solipsismus der Schriftstellerexistenz. »Die wir dem Schatten *Wesen* sonst verliehen, / Sehn Wesen jetzt als *Schatten* sich verziehen« – diese Verse aus Chamissos Widmungsgedicht von 1834 stellte Wilhelm Raabe (1831–1910) seinem Roman *Die Akten des Vogelsangs* (1896) voran. Zur Jahrhundertwende stellt Richard von Schaukal den Typus des Lebensunfähigen unter den Sammeltitel *Schlemihle. Drei Novellen* (1908), und Ludwig Thoma wählte den Namen Peter Schlemihl als Pseudonym für seine satirischen Gedichte im *Simplizissimus*. Andere Darstellungen des Schattenverlustes, die mehr mit den Umständen spielen, gehen auf Motive aus Märchen und Volksglauben zurück oder unterlegen ihm eine eindeutige und fest umrissene Bedeutung, so etwa Unfruchtbarkeit im Fall der »Frau ohne Schatten«. Auch wenn der Schattenverlust nur metaphorisch als Bild eines Verlustes, etwa für die Vergangenheit, eingesetzt wird, hat er mit dem *Peter Schlemihl* nichts zu tun. Die Gestalt des Peter Pan bei James Matthew Barrie (1860–1937) hingegen weist deutliche Parallelen zum *Peter Schlemihl* auf,

Individuelle Aktualisierungen

auch wenn sich direkte Bezüge des Schauspiels nicht nachweisen lassen.

Jedenfalls hält die Auseinandersetzung mit *Peter Schlemihl* auch im 20. Jahrhundert unvermindert an, in Erzählungen, Gedichten, auf der Bühne und im Film. So sind der Außenseiter und Weltwanderer Peter Schlemihl und sein Autor als Emigrant zwischen zwei Nationen und Dichter zwischen zwei Sprachen immer wieder Gegenstand der Identifikation und Auseinandersetzung. Hans Natonek (1892–1963), ein Pragerdeutscher Schriftsteller jüdischer Herkunft, floh 1933 aus Deutschland und schrieb eine den Autor mit Schlemihl identifizierende Chamisso-Biographie. Sie erschien 1936 im Exilverlag Allert de Lange mit der Widmung »Allen Heimatlosen dieser Welt«.

Schlemihls Spuren führen bis in die Gegenwart. Ein Schattensammler ist der Ich-Erzähler in Christoph Meckels (*1935) *Die Schatten* (1962), die das Motiv des verselbständigten Schattens auf den Kopf stellt – der Schattenhandel ist Mode geworden – und damit das poetologische Potential der Geschichte aktiviert. *Einige Schatten*, so lautet der Titel der Gedichtsammlung, mit der Cyrus Atabay (1929–1996) als deutscher Dichter in Deutschland debütierte. Der in Teheran geborene und zwischen zwei Sprachen aufgewachsene Autor zählt zu den Trägern des 1985 in München gestifteten Adelbert-von-Chamisso-Preises. Mit diesem Preis werden Autoren nichtdeutscher Herkunft und Muttersprache ausgezeichnet, die – wie ihr Pate Chamisso – auf Deutsch schreiben und zur deutschen Literatur gehören, darunter Aras Ören (1985), Libuše Moníková (1991), Galsan Tschinag (1992), Rafik Schami (1993) und zuletzt Said (2002), von 2000 bis 2002 Präsident des deutschen P.E.N.

5. Deutungsaspekte

Dieses »seltsame Ding von Chamisso«, so Jean Paul (1763– Jean Paul
1825) in einem Brief nach der Lektüre (um 1814/15), wurde im
Freundeskreis des Autors autobiographisch gelesen: »Unser
Freund Doktor Adelbert von Chamisso hat es in diesem Büchlein, das bekanntlich hier in der Mark und in gutem Deutsch
geschrieben worden, nicht an örtlichen und persönlichen Lebensbeziehungen fehlen lassen, er hat Wahrheit darin verarbeitet: die Personen, die hier vorkommen, haben wir zum Theil
gekannt; in den Schilderungen entdecken sich täglich neue Züge
und Winke, die auf das wirkliche Leben anspielen«, notiert Karl
August Varnhagen rückblickend, »[...] begünstigt durch persönliche Bekanntschaft mit dem Verfasser konnten wir in viele
Geheimnisse dringen, die der gewöhnlichen Lesewelt verborgen
bleiben«.

Von Anfang an wurden Übereinstimmungen zwischen der Person des Autors Chamisso und seiner Figur Peter Schlemihl ange-
führt, die eine autobiographische Deutung legitimieren sollten. Autobiogra-
Solche aus Ähnlichkeiten und Anspielungen kurzgeschlossenen phische
Identifikationen übersehen die dabei immer zugleich vom Text Deutungsan-
gesetzten Widersprüche und in ihm begründeten logischen Un- sätze
vereinbarkeiten. Denn in welcher Figur hätte der Autor sich dargestellt: in Schlemihl, von dem ihn auch vieles unterscheidet,
oder in dessen Freund Chamisso? Im Text sind verschiedene
Chamissos dargestellt: der Chamisso in den Träumen, der Chamisso als Freund einer gemeinsamen Vergangenheit und schließlich der als Ansprechpartner und Adressat des Manuskripts.
Hinzu kommt, dass der Empfänger und Vermittler des Manuskripts nicht Autor sein will. Und die Erzählstrategie, Chamisso
als Figur in den Text hineinzuspielen, macht die Grenze zwischen Realität und Fiktion deutlich.

Chamisso, der Schöpfer der rätselhaften Geschichte, hat für sich
die Position der Absichtslosigkeit in Anspruch genommen:
»Wenn ich selber eine Absicht gehabt habe, glaube ich es dem
Dinge nachher anzusehen, es wird dürr, es wird nicht Leben, –
und es ist, meine ich, nur das Leben, was wieder das Leben er-

greifen kann« (vgl. »Ergänzende Texte«, S. 102). Mit diesem kunstideologischen Topos wendet er sich gegen Kunstmanier und setzt ein gleichsam naturhaftes Produzieren gegen oberflächliche Artifizialität. Entsprechend getarnt – im Sinne der Kategorien des Natürlichen, des Passiven oder Unwillkürlichen, des Harmlosen, Prosaischen und Einfachen – ist denn auch die höchst kunstvoll gefügte ›künstliche‹ Lebensgeschichte. Chamisso selbst hat zunächst keine Deutungen geliefert und die Deutungen anderer nicht kommentiert; in seiner Vorrede zur französischen Ausgabe von 1822 antwortet er dann auf die bisherigen »curiose[n] Hypothesen« zur Schattenfrage mit eigenen gelehrten Untersuchungen – indem er einfach aus einem Physikbuch zitiert.

Gattungsfrage Auch hinsichtlich der Gattungsfrage ließ sich der Text nicht festlegen. Er ist ebenso wenig ein Kindermärchen wie romantisches Kunstmärchen, kuriose Geschichte, Allegorie, Fabel, Erzählung oder Novelle. Thomas Mann hat den Begriff der »phantastischen Novelle« vorgeschlagen; auch »Novellen-Märchen« hat die Literaturwissenschaft noch angeboten.

Die Deutungsansätze reichen von der biographischen Deutung über verschiedene Auslegungen des Schattenverlusts bis hin zur These der Undeutbarkeit – und haben sich schließlich der Erzähltechnik und Textstruktur zugewandt. »Inwiefern ist dieses kleine Werk ein Bekenntnis«, fragte Thomas Mann 1911 in seinem Vorwort zu *Peter Schlemihl*, »und was bedeutet die Schattenlosigkeit?« Diese zwei Fragen klingen berechtigt, dennoch gehen sie auch fehl, weil sie sich vom Text aus kaum beantworten lassen, sondern eher den Interessen der Deuter unterliegen.

Bis heute andauernde Konjunktur haben Versuche, den Schatten bzw. Schattenverlust mit einer bestimmten Bedeutung zu identifizieren, beispielsweise den Schatten mit dem Vaterland: Wilpert (1978) gibt einen Überblick über die vielen Deutungen und Entschlüsselungen und stellt dabei fest, dass sie sich mit der Wertorientierung einer Gesellschaft, den jeweiligen Spitzenwerten der Kultur, berühren. In historischer Abfolge etwa Ehre, Vaterland, Sozialverhalten und eigene Identität.

Soziologische Deutungen Mehr soziologische Lesarten interpretieren die Schattenlosigkeit als gesellschaftlichen Mangel, wie es der Text nahe legt: sei es als Volkstum, Stand, Ehre, Ruf und bürgerliche Beglaubigung oder als Weltläufigkeit, Kontaktfähigkeit, Mitgefühl und Akzeptanz. Wenn Thomas Mann in seinem Essay von 1911 erklärt: »Der Schatten ist im ›Peter Schlemihl‹ zum Symbol aller bürgerlichen Solidität und menschlichen Zugehörigkeit geworden«, so liefert er damit eine zweifache Deutung, die von Chamissos ironischer und doppeldeutiger Erklärung des Schattens als »le solide« ausgeht (vgl. »Ergänzende Texte«, S. 88 u. 105) – und letztlich eine verdeckte Selbstaussage zu seinem eigenen Künstlertum in der bürgerlichen Welt. In einer gesellschaftskritischen Deutung vertritt der Schatten nicht die positiven Normen, sondern die Scheinwerte der Gesellschaft.

Dass der Schatten nicht wie im Volksglauben mit der Seele gleichzusetzen ist, macht der Text selbst schon klar. Bei den sonstigen Deutungsangeboten und auch bei eigenen Interpretationen wäre darauf zu achten, inwieweit sie sich auf den Text stützen können. Symbolische Lesarten mit einer Vielzahl nicht auflösbarer Bezüge geraten leicht in die Gefahr der Unschärfe. Eine allegorische Lesart arbeitet mit der Ersetzung durch einen anderen Begriff und legt sich damit fest (etwa wenn der Schattenlose als das revolutionäre Frankreich nach Abwurf der ›schattenwerfenden‹ Monarchie gedeutet wird). *Symbolische Lesarten*

Zu fragen ist, welcher Perspektive man folgt: der der Hauptfigur, der der dargestellten Gesellschaft oder der des Erzählers. Ethisch-moralische Deutungen können so oder so ausfallen: Der Verlust des Schattens als moralischer Wert wird als schuldhaft, unmoralisch gewertet, oder so, dass Schlemihl durch ihn zu seinem »besseren Selbst« hingeführt wird. Ein theologisch-christlicher Deutungsansatz liest den Schattenverlust als metaphysisches Defizit: Schlemihl wird sich seiner Seele bewusst. Aber: Wenn im Verlauf der Handlung von Gott die Rede ist, lässt sich dies zunächst redensartlich, dann christlich interpretieren. Einmal aber spricht der Erzähler von seinem persönlichen Genius und bekennt sich zu einem stoisch-schicksalhaften, selbstbezogenen Weltbild. Der Text setzt also verschiedene Wertsysteme, die sich überschneiden. *Ethisch-moralische Deutungen*

Es gibt auch psychologische Deutungen, die – nach Sigmund *Psychologische Deutungen*

Freud (1856–1939) – den Schattenverlust mit dem Verlust der Virilität gleichsetzen, die – nach Carl Gustav Jung (1875–1962) – den Schatten als das individuelle Unbewusste identifizieren oder – nach Alfred Adler (1870–1937) – den Schattenverkauf als Minderwertigkeitskomplex und Beginn einer Psychoneurose interpretieren. Solche Interpretationen liegen falsch, weil sie nur vorgefasste Kategorien auf den literarischen Text applizieren.

Wörtliche Lesart

Neben den genannten Ansätzen, die dem Schatten eine übertragene Bedeutung zuordnen, gibt es auch eine quasi wörtliche Lesart, die den Schatten als natürliches physikalisches Phänomen nimmt. Im Text wird mit dem »leibhaftigen« Schatten hantiert, die Ablösung des Schattens – die in der realen Welt physikalisch nicht möglich ist – wird in der dargestellten Welt des Textes nicht als unmögliches fantastisches Ereignis bestaunt, sondern als mögliches Faktum zur Kenntnis genommen.

Da die verschiedenen Figuren in ihren verschiedenen Reaktionen zur Bedeutung dieses Ereignisses keine Erklärung liefern, bleibt diese im Text Nullposition, d. h. wird weder charakterisiert noch motiviert. Auf solche Weise fordert der Text Erklärungsversuche heraus und bleibt zugleich reizvoll unbestimmt. Anstatt Nullpositionen mit dem nächstliegenden oder einem beliebigen Wert aufzufüllen, kann man nur ihren Funktionen und den Zusammenhängen innerhalb der Textwelt nachgehen. Zu unterscheiden wären dabei wieder Ursachen und Folgen einer Handlung, Begleitumstände und elementare Merkmale, eigentliche und uneigentliche Rede im Text. Auch können die Wertordnungen perspektivisch differieren, etwa im Gegensatz zwischen Neureichtum à la Ancien Régime, biederem Bürgertum und Volk, zwischen Geld und Moral – wenn etwa Verdienst und Tugend unterhalb des Goldes, der Schatten aber über dem Gold rangieren.

Die vielfachen Bezüge im Text lassen es eher fraglich erscheinen, ob man ihm mit einer einfachen Deutung gerecht wird, etwa wenn man ihn als kapitalismuskritisches Lehrstück sieht: »Der Pakt mit dem Grauen, der Sündenfall des Menschen vor dem kapitalistischen Prinzip, bedeutet schwere menschliche Schuld, zugleich aber vermag er auch die Augen zu öffnen für den wahren inneren Reichtum« (Freund 1998). Die Erzählung operiert

Kapitalismus-kritisches Lehrstück

auch mit dem Topos der verkehrten Welt, in der ein Bankrotteur mit blassem Schatten und ein Verbrecher wie Rascal geduldet werden und der seelenlose Kaufmann mit dem breiten Schatten höchstes Ansehen genießt. Eine Lesart als gesellschaftliche Satire liegt hier nahe, lässt sich aber nicht für den ganzen Text durchhalten.

Gesellschaftliche Satire

So wie der Text mit Situationen, mit der Zahl und den Qualitäten des Schattens experimentiert, so spielt er auch mit seinem Helden (anti)gesellschaftliche Experimente durch. Auf den Schatten als Abbild und auf die Verbindungen und Ähnlichkeiten innerhalb der Figurencharakteristik stützen sich Interpretationen unter dem Aspekt des Doppelgängers oder der gespaltenen Identität. Bendel borgt Schlemihl seinen Schatten, und der graue Schattenbesitzer sagt: »Ich handle bloß, wie Sie denken.« Der Schatten kann sowohl für die Beziehung zur Außenwelt als auch für die Selbstbeziehung stehen. Das und die Uneindeutigkeit des Textes haben zur Kombination von Deutungselementen und zur Betonung der Ambivalenz geführt, etwa in sozialpsychologischer Interpretation. Neuere Deutungen haben den Aspekt der Persönlichkeit, den Verlust der persönlichen Identität, den Aspekt der Leiblichkeit betont oder etwa das Außenseitertum Schlemihls als Homosexualität gelesen. Der »sonderbare Liebhaber«, so nennt Thomas Mann den Grauen, soll sich in mehr als nur Schlemihls Schatten verliebt haben. Mattenklott (1986) bezeichnet die Erzählung »als die ironisch verschlüsselte Darstellung der Biographie eines Homosexuellen im 19. Jahrhundert«.

Ambivalenz

Eine wichtige neuere Hypothese ist die der Undeutbarkeit des Schattens. Der Schatten ist etwas Instabiles und Unsubstanzielles. Die Sprachwissenschaft nun unterscheidet zwischen dem Bezeichnenden (Signifikant) und dem Bezeichneten (Signifikat). In ihrem linguistisch-semiotischen Ansatz weist Kuzniar (1985) darauf hin, dass der Schatten als Phänomen keine verbindliche Bedeutung hat: »Der Schatten ist ein verschobener Signifikant, der sich dauernd jeglichem Signifikat entzieht.« Statt dem Schatten eine Bedeutung zuzuweisen, betont Kuzniar die narrative Verkettung und Verschiebung. Dem Rezipienten geht es wie Peter Schlemihl, der seinen Schatten nicht wieder zu fassen kriegt und dessen Forschungen Fragment bleiben müssen.

Undeutbarkeit des Schattens

Auch Link (1998) verabschiedet die hermeneutischen Bemühungen um die »Erschließung« des Schattensymbols. Er sieht im Text eine aus der Goethezeit herausfallende »Symbolik bereits gänzlich ohne ›symbolische Tiefe‹, rein suggestiv-deskriptiv und narrativ-funktional wie später Kafka«. Die Siebenmeilenstiefel betrachtet Link im Zusammenhang mit der Kollektivsymbolik der Zeit als Hochgeschwindigkeitsvehikel. Der »reine, absolute Symbolisant des Schattens« fungiert für ihn rein kombinatorisch als narratives Konstellationselement ohne »Tiefen-Sinn«, die Schattenlosigkeit fungiert als Zeichen der Nichtnormalität.

Neuere Forschungsansätze So hat sich die Forschung verstärkt dem erzählerischen Kalkül und der erzählerischen Präsentation sowie dem kulturellen Kontext zugewandt. Ein ertragreiches und weiterhin Ertrag versprechendes Feld ist die Erzählstruktur. Darüber hinaus werden Peter Schlemihl und sein Schatten im Kontext verschiedener Zeichensysteme interpretiert. Renners Aufsatz »Schrift der Natur und Zeichen des Selbst« (1991) untersucht den Schattenverlust als psychologisch, erkenntnis- und zeichentheoretisch deutbares Paradigma. Für ihn fungieren Verlust und Selbstgewinn im *Peter Schlemihl* vor dem Hintergrund einer zeittypischen erkenntnistheoretischen Konstellation, der Spannungsbeziehung zwischen Schrift und Natur.

Brüggemann (1999) liest den Initiationsprozess Schlemihls als eine Geschichte der Wahrnehmung und dessen kultureller Codierung. Schlemihl wird als enthusiastisch Sehender charakterisiert, der Schatten als gesteigertes Objekt der Aufmerksamkeit interpretiert. Die Initiation führt heraus aus der gesellschaftlichen Bühne in die Motorik des Naturwissenschaftlers und in die Ästhetik des Traumtexts.

Spezifische Modernität Solche Ansätze schreiben Chamissos Text, einer Erzählung zwischen Romantik und Realismus, eine spezifische Modernität zu. Seine literaturgeschichtliche Einordnung wurde von jeher diskutiert. Er ist kein romantisches Kunstmärchen und trotz seiner prosaischen Haltung keine Erzählung des Realismus. Er wurde als »*Faust* des Biedermeier« etikettiert, doch ist seine Haltung der Aufklärung verpflichtet. Jedenfalls lässt er sich sinnvoll nur vor dem Hintergrund der zeitgenössischen kulturellen und literarischen Standards und Normen befragen.

Hoffmann (1991, 1993) analysiert die Geschichte im Kontext des goethezeitlichen Literatursystems: als Beispiel einer negativen Bildungsgeschichte und als eigenständige Fortschreibung der Teufelspaktgeschichten seit Goethes *Faust* (1808). Schlemihl wird verführt – weg von der heterosexuellen Partnerschaft und der Integration in die bürgerliche Gesellschaft hin zu einer männlichen, künstlichen Ersatz-Produktion in Konkurrenz zur natürlichen Fortpflanzung und zur bestehenden Natur- und Gesellschaftsordnung. Diese Verführungskette mit ihren Helferinstanzen rekonstruiert er als getarnte Selbstverführung Schlemihls. So ist diese Lebensgeschichte poetologisch zu lesen als eine Geschichte zwischen Natur und Kunst.

6. Literaturhinweise

6.1 *Peter Schlemihls wundersame Geschichte* und Werkausgaben

Peter Schlemihl's wundersame Geschichte mitgetheilt von Adelbert von Chamisso und herausgegeben von Friedrich Baron de la Motte-Fouqué. Mit einem Kupfer [von Fr. Leopold], Nürnberg, bei Johann Leonhard Schrag. 1814

Peter Schlemihl's wundersame Geschichte, mitgetheilt von Adelbert von Chamisso. Zweite mit den Liedern und Balladen des Verfassers vermehrte Ausgabe. Mit sechs Kupfern nach George Cruikshank und einem Titelkupfer [von Fr. Leopold], Nürnberg, bei Johann Leonhard Schrag. 1827

Peter Schlemihl's wundersame Geschichte mitgetheilt von Adelbert von Chamisso. Dritte Auflage. Mit neun Kupfertafeln [1 nach Leopold, 6 nach Cruikshank, 2 neue Kupfer von Peter Carl Geißler], Nürnberg bei Johann Leonhard Schrag. 1835

Peter Schlemihl's wundersame Geschichte. [In:] *Adelbert von Chamisso's Werke.* Vierter Band [...], Leipzig, Weidmannsche Buchhandlung 1836, S. 225–327 [mit 4 Kupfern von Adolf Schrödter]

Peter Schlemihl's wundersame Geschichte mitgetheilt von Adelbert von Chamisso. Nach des Dichters Tode neu herausgegeben von Julius Eduard Hitzig. Stereotypausgabe mit [16] Holzschnitten [gezeichnet von Adolph Menzel, geschnitten von Unzelmann], Nürnberg, bei Johann Leonhard Schrag [ohne Jahr, Herbst 1839] [Sigle Schlst]

Adelbert von Chamisso's Werke. Fünfter und sechster Band. (= *Leben und Briefe von Adelbert von Chamisso.* Herausgegeben durch Julius Eduard Hitzig), Leipzig, Weidmannsche Buchhandlung 1839

Adelbert von Chamisso's Werke. Fünfte vermehrte (und berichtigte) Auflage [besorgt von Friedrich Palm]. Erster bis sechster Band, Berlin, Weidmannsche Buchhandlung 1864 [Sigle *Werke*^{5}]

Chamissos Werke. Herausgegeben von Dr. Hermann Tardel. Kritisch durchgesehene und erläuterte Ausgabe, Erster bis dritter Band, Leipzig, Wien [ohne Jahr, 1907–1908]

Peter Schlemihls wundersame Geschichte von Adelbert von Chamisso. Illustriert von Emil Preetorius, München 1907

Rogge, Helmuth (Hg.): *Peter Schlemiels Schicksale.* [Erstmalige Veröffentlichung der Urschrift des *Peter Schlemihl*], (Beiheft:) H. Rogge: *Peter Schlemiels Schicksale. Die Urschrift des Peter Schlemihl*, Leipzig 1922 (= Janus-Presse 5)

Adelbert von Chamisso: *Sämtliche Werke in zwei Bänden.* Nach dem Text der Ausgaben letzter Hand und den Handschriften. Textredaktion: Jost Perfahl, Bibliographie und Anmerkungen von Volker Hoffmann, München 1975

Adelbert von Chamisso: *Werke in zwei Bänden* [Erster Band: *Gedichte, Dramatisches*; Zweiter Band: *Prosa*]. Herausgegeben von Werner Feudel und Christel Laufer. Kommentar, Nachwort, Zeittafel: Werner Feudel. Textherstellung: Christel Laufer, Leipzig 1980 – Lizenzausgabe unter dem Titel *Sämtliche Werke in zwei Bänden*, München 1982

Adelbert von Chamisso: *Peter Schlemihls wundersame Geschichte.* Nachwort von Thomas Mann. Illustriert von Emil Preetorius, Frankfurt/M. 1973 (= insel taschenbuch 27)

Adelbert von Chamisso: *Peter Schlemihls wundersame Geschichte.* Mit Farbholzschnitten von Ernst Ludwig Kirchner. [Nachworte von Lothar Lang und Werner Feudel], Leipzig 1974

Adelbert von Chamisso: *Peter Schlemihls wundersame Geschichte.* Mit einem Nachwort, einer Zeittafel zu Chamisso, Erläuterungen und einer Bibliographie von Karla Müller, München 1994 (Goldmanns Klassiker 7639)

6.2 Quellen, Bibliographien und Forschungsberichte zu Adelbert von Chamisso

Brockhagen, Dörte: »Adelbert von Chamisso« [Forschungsbericht], in: *Literatur in der sozialen Bewegung. Aufsätze und Forschungsberichte zum 19. Jahrhundert*, in Verbindung mit Günter Häntzschel und Georg Jäger hg. von Alberto Martino, Tübingen 1977, S. 373–423

Fulda, Karl: *Chamisso und seine Zeit.* Mit dem Porträt Adelbert's v. Chamisso, Leipzig 1881. (= Adelbert von Chamisso. Festschrift zur Säkular-Feier seiner Geburt) [27 Briefe aus dem Zeitraum 1819–1830, vor allem an Chamissos Bruder Hippolyte, teils Textfälschungen]

[Hitzig, Julius Eduard:] *Aus Hoffmann's Leben und Nachlaß. Herausgegeben von dem Verfasser des Lebens-Abrißes Friedrich Ludwig Zacharias Werners.* 2 Teile. Berlin 1823

Hitzig, Julius Eduard (Hg.): *Gelehrtes Berlin im Jahre 1825 [. . .]. Verzeichniß im Jahre 1825 in Berlin lebender Schriftsteller und ihrer Werke. Aus den von ihnen selbst entworfenen oder revidirten Artikeln zusammengestellt und zu einem milden Zwecke herausgegeben*, Berlin 1826, S. 44–46 – *Biographische und literarische Nachrichten von den in Berlin lebenden Schriftstellern und Schriftstellerinnen.* 1. Heft [fortgesetzt von Karl Büchner], Berlin 1836, S. 10 (Nachdruck Leipzig 1973)

Kossmann, Ernst Ferdinand: *Der Deutsche Musenalmanach 1833–1839*, Haag 1909 [Redaktionskorrespondenz und bibliographische Angaben]

Rath, Philipp: *Bibliotheca Schlemihliana. Ein Verzeichnis der Ausgaben und Übersetzungen des Peter Schlemihl.* Nebst neun unveröffentlichten Briefen Chamissos und einer Einleitung von Philipp Rath, Berlin 1919 (= Bibliographien und Studien 1)

Riegel, René (Hg.): *Correspondance d'Adelbert von Chamisso. Fragments inédits. (Lettres de Chamisso, Louis de la Foye, Helmina von Chézy, Varnhagen von Ense, Wilhelm Neumann, J. A. W. Neander) suivis de* Das stille Julchen *par Helmina von Chézy,* Paris 1934

Schmid, Günther: *Chamisso als Naturforscher.* Eine Bibliographie, Leipzig 1942

Willer, Ute: »Adelbert von Chamissos *Schlemihl* – ein ›dankbarer Stoff‹ für die Buchkünstler? Bibliographie der illustrierten deutschsprachigen Schlemihl-Ausgaben (1814–1988 Erstausgaben)«, in: *Marginalien* (1989), H. 115, S. 33–46

6.3 Sekundärliteratur

Brüggemann, Heinz: »Peter Schlemihls wundersame Geschichte der Wahrnehmung. Über Adelbert von Chamissos literarische Analyse visueller Modernität«, in: Gerhard Neumann, Günter Oesterle (Hg.), *Bild und Schrift in der Romantik,* Würzburg 1999, S. 143–188

Eichendorff, Joseph Freiherr von: *Geschichte der poetischen Literatur* [VII. Die neuere Romantik], Paderborn ²1861

Feudel, Werner: *Adelbert von Chamisso. Leben und Werk,* Leipzig 1971, 2. überarbeitete Auflage 1980 (= Reclams Universal-Bibliothek 490)

Freund, Winfried: *Adelbert von Chamisso. Peter Schlemihl. Geld und Geist. Ein bürgerlicher Bewußtseinsspiegel. Entstehung – Struktur – Rezeption – Didaktik,* Paderborn u. a. 1980 (= Modellanalysen Literatur 2)

Friedrich, Heinz (Hg.): *Chamissos Enkel. Zur Literatur von Ausländern in Deutschland,* München 1986 (= dtv 10533)

Gille, Klaus F.: »Der Schatten des Peter Schlemihl«, in: *Der Deutschunterricht* 39 (1987), H. 1, S. 74–83

Hagestedt, Lutz: »Kein Licht ohne Schatten. Bemerkungen zum optisch Wahrscheinlichen in der Goethezeit«, in: *Weltentwürfe in Literatur und Medien. Phantastische Wirklichkeiten – realistische Imaginationen. Festschrift für Marianne Wünsch,* hg. von Hans Krah und Claus-Michael Ort, Kiel 2002, S. 95–114

Handwörterbuch des deutschen Aberglaubens. Herausgegeben von Hanns Bächtold-Stäubli unter Mitwirkung von Eduard Hoffmann-Krayer. Band 1–10, Berlin 1927–1942. Reprint Berlin, New York 1987

Hildebrandt, Alexandra: *Die Poesie des Fremden. Neue Einblicke in Adelbert von Chamissos* Peter Schlemihls wundersame Geschichte. *Mit einem unveränderten Nachdruck von A. v. Chamisso:* Peter Schlemihls wundersame Geschichte *der Ausgabe:* Chamissos Werke. Zweiter Band. Hg. von Dr. Hermann Tardel, Bibliographisches Institut. Leipzig und Wien 1907/1908, Eschborn bei Frankfurt/M. 1998

Hildenbrock, Aglaja: *Das andere Ich. Künstlicher Mensch und Doppelgänger in der deutsch- und englischsprachigen Literatur,* Tübingen 1986 (= Stauffenburg Colloquium 3)

Hörisch, Jochen: »Schlemihls Schatten . . . Schatten Nietzsches. Eine romantische Apologie des Sekundären«, in: *Athenäum. Jahrbuch für Romantik* 5 (1995), S. 11–42

Hoffmann, Ernst Fedor: »Spiegelbild und Schatten. Zur Behandlung ähnlicher Motive bei Brentano, Hoffmann und Chamisso«, in: *Lebendige Form. Interpretationen zur deutschen Literatur. Festschrift für Heinrich Edmund Karl Henel*, hg. von Jeffrey L. Sammons u. Ernst Schürer, München 1970, S. 167–188

Hoffmann, Volker: »Nachwort«, in: Adelbert von Chamisso: *Sämtliche Werke in zwei Bänden. Nach dem Text der Ausgaben letzter Hand und den Handschriften. Textredaktion: Jost Perfahl, Bibliographie und Anmerkungen von Volker Hoffmann*, Band 2, München 1975, S. 665–699

Hoffmann, Volker: »Strukturwandel in den ›Teufelspaktgeschichten‹ des 19. Jahrhunderts«, in: *Modelle des literarischen Strukturwandels*, hg. von Michael Titzmann, Tübingen 1991, S. 117–127

Hoffmann, Volker: »Peter Schlemihl und der Graue. Fremdverführung als teuflische Selbstverführung«, in: *Der gefundene Schatten. Chamisso-Reden 1985–1993*, hg. von Dietrich Krusche, München 1993, S. 46–64

Jüdisches Lexikon. Ein enzyklopädisches Handbuch des jüdischen Wissens in vier Bänden. Begründet von Georg Herlitz und Bruno Kirschner, Frankfurt/M. 1987. [Nachdruck der ersten Auflage Berlin 1927]

Kroner, Albert Peter: *Adelbert von Chamisso. Sein Verhältnis zur Romantik, Biedermeier und romantischem Erbe. Eine geistesgeschichtliche Untersuchung*, Diss. Erlangen 1941

Krusche, Dietrich (Hg.): *Der gefundene Schatten. Chamisso-Reden 1985 bis 1993. Hilde Domin, Werner Feudel, Ludwig Harig, Harald Hartung, Volker Hoffmann, Dietrich Krusche, Christoph Meckel, Els Oksaar, Werner Ross, Harald Weinrich*, München 1993

Kuzniar, Alice A.: »›Spurlos . . . verschwunden‹: *Peter Schlemihl* und sein Schatten als der verschobene Signifikant«, in: *Aurora* 45 (1985), S. 189–204

Lehmann, Ruth: *Der Mann ohne Schatten in Wort und Bild. Illustrationen zu Chamissos »Peter Schlemihl« im 19. und 20. Jahrhundert*, Frankfurt/M. u. a. 1995 (= Europäische Hochschulschriften. Reihe I. Deutsche Sprache und Literatur Bd. 1487)

Link, Jürgen: *Versuch über den Normalismus. Wie Normalität produziert wird*, Opladen 1998 (= Reihe Historische Diskursanalyse der Literatur)

Loeb, Ernst: »Symbol und Wirklichkeit des Schattens in Chamissos *Peter Schlemihl*«, in: *Germanisch-Romanische Monatsschrift.* N. F. 15 (1965), H. 4, S. 398–408 (Bd. 46 der Gesamtreihe)

Ludwig, Albert: »Schlemihle. Eine Studie zum Fortleben des Chamissoschen Märchens in Deutschland und England«, in: *Archiv für das Studium der neueren Sprachen und Literaturen.* Jg. 74 (1920), Bd. 140

(N. F. Bd. 40), Deutsches Sonderheft, S. 95–135 – Nachträge in Jg. 75 (1921), Bd. 142 (N. F. Bd. 42), S. 124 ff.

Mann, Thomas: »Peter Schlemihl«, in: Berliner Tageblatt, 25.12.1910; »Chamisso«, in: Neue Rundschau 22, 1911, H. 10, S. 1438–1453; u.d.T. »Einleitung« in der Pantheon-Ausgabe von Peter Schlemihls wundersame Geschichte, Berlin [1911], S. VII–XVIII – Beide Texte auch in: Thomas Mann: Essays I. 1893–1914, hg. [. . .] von Heinrich Detering [. . .], Frankfurt/M. 2002 (= Große kommentierte Frankfurter Ausgabe, Bd. 14.1), S. 277–286 bzw. 305–330

Mattenklott, Gert: Blindgänger. Physiognomische Essays, Frankfurt/M. 1986 (= suhrkamp taschenbuch 1343)

Nettesheim, Josefine: »Adalbert von Chamissos botanisch-exotische Studien, Peter Schlemihl und die Lieder von ›armen Leuten‹«, in: J. N.: Poeta doctus oder die Poetisierung der Wissenschaft von Musäus bis Benn, Berlin 1975, S. 57–76

Neubauer, Wolfgang: »Zum Schatten-Problem bei Adelbert von Chamisso oder zur Nicht-Interpretierbarkeit von Peter Schlemihls wundersamer Geschichte«, in: Literatur für Leser 1 (1986), S. 24–34

Renner, Rolf Günter: »Schrift und Natur und Zeichen des Selbst. Peter Schlemihls wundersame Geschichte im Zusammenhang von Chamissos Texten«, in: Deutsche Vierteljahresschrift für Literaturwissenschaft und Geistesgeschichte 65 (1991), H. 4, S. 653–673

Rogge, Helmuth: »Die Urschrift von Adelbert von Chamissos Peter Schlemihl«, in: Sitzungsberichte der Preußischen Akademie der Wissenschaften 1919, S. 439–450

Schulz, Franz: »Die erzählerische Funktion des Motivs vom verlorenen Schatten. In Chamissos Peter Schlemihl«, in: The German Quarterly 45 (1972), H. 3, S. 429–442

Schwann, Jürgen: Vom Faust zum Peter Schlemihl: Kohärenz und Kontinuität im Werk Adelbert von Chamissos, Tübingen 1984 (= Mannheimer Beiträge zur Sprach- und Literaturwissenschaft 5)

Treichel, Hans-Ulrich: »Der Schatten des Verschwindens. Adelbert von Chamisso: Peter Schlemihls wundersame Geschichte (1814)«, in: Deutsche Novellen, hg. von Winfried Freund, München 1993 (= UTB 1753), S. 37–45

Viele Kulturen – Eine Sprache. Die Preisträgerinnen und Preisträger des Adelbert-von-Chamisso-Preises der Robert-Bosch-Stiftung 1985–2001, Stuttgart 2001

Wackermann, Erwin: »Der Mann ohne Schatten. Die Geschichte der Illustrierung einer romantischen Novelle«, in: Illustration 63 (1975), H. 12, S. 51–84

Walach, Dagmar: »Adelbert von Chamisso: Peter Schlemihls wundersame Geschichte (1814)«, in: Romane und Erzählungen der deutschen Romantik. Neue Interpretationen, hg. von Paul Michael Lützeler, Stuttgart 1980, S. 285–301

Walach, Dagmar: Adelbert von Chamisso: Peter Schlemihls wundersame Geschichte, München 1982 (Modellanalysen)

Walach, Dagmar: »Adelbert von Chamisso: *Peter Schlemihls wundersame Geschichte*«, in: *Interpretationen. Erzählungen und Novellen des 19. Jahrhunderts.* Bd. 1, Stuttgart 1988 [1992], S. 221–251 (= Reclams Universal-Bibliothek 8431)

Walach, Dagmar: *Adelbert von Chamisso. Peter Schlemihls wundersame Geschichte*, Stuttgart 1982 [1994] (= Erläuterungen und Dokumente. Reclams Universal-Bibliothek 8158)

Weinrich, Harald: »Chamissos Gedächtnis«, in: *Der gefundene Schatten. Chamisso-Reden 1985–1993*, hg. von Dietrich Krusche, München 1993, S. 127–146

Wilpert, Gero von: *Der verlorene Schatten. Varianten eines literarischen Motivs*, Stuttgart 1978 (= Kröner Themata 701)

Wührl, Paul-Wolfgang: »*Peter Schlemihl*: Der romantische Wanderer wider Willen (Grundriß zu einer Textanalyse auf der Sekundarstufe I)«, in: *Die Realschule* 12 (1980), S. 730–741

7. Wort- und Sacherläuterungen

9.1   *Julius Eduard Hitzig*: Bis 1799 Isaak Elias Itzig; Jurist, Schriftsteller und Verleger (1780–1849); Biograph Chamissos und E.T.A. Hoffmanns (vgl. Erl. zu 12,27 u. 12,32–13,1). Die Erstausgabe trägt – wie auch die beiden *Schlemihl*-Handschriften – die Widmung an seinen engsten Freund: »Dem Herrn Regierungs-Assessor und Buchhändler J. E. Hitzig, Wohlgeboren, in Berlin.« Die Vorreden ebenso wie der Text spielen mit der Fiktion, dass die Figur Schlemihl real und ihre Lebensgeschichte authentisch sei.

9.2–3   **gewissen Peter Schlemihls**: Je nach Transkription Schlemihl, Schlemiel oder Schelumiel usw.; hebr. Name. Den Ausdruck hat Chamisso vermutlich im Kreis der Rahel Levin kennengelernt. Peter Schlemihl ist somit gemischt aus einem christlichen Vornamen und einem sprechenden jüdischen Namen. Bezeichnung für jemanden, der ungeschickt oder von Pech verfolgt ist: She-lo-mo-il bzw. She-lu-nu-el, »der nichts taugt«. Der Name steht etymologisch in Zusammenhang mit Schlimazel (vgl. Schlammassel), einer Zusammensetzung aus »schlimm« und »Glück« (hebr. »mazal«, jidd. »masol«, rotwelsch »massel«). Chamisso erwähnt in seinen Erläuterungen an den Bruder Hippolyte (vgl. »Ergänzende Texte«, S. 97–99) die Talmud-Überlieferung vom versehentlich Ermordeten.
Eine komische Deutung des Begriffs von Schlemihl liefert Heinrich Heine in seinem Gedicht *Jehuda ben Halevy* im dritten Buch des *Romanzero* (1851).
In der Herausgeberfiktion wird Schlemihl als reale Person gesetzt, die nicht nur Chamisso, sondern auch Hitzig bekannt ist.

9.8   **in unserer grünen Zeit durch die Sonette lief**: »Grün« verweist allgemein auf die Zeit der ersten unreifen Anfänge und spielt speziell auf die Jahre 1803–1805 an, als Chamisso mit Karl August Varnhagen den *Musenalmanach* herausgab, der wegen seiner Einbandfarbe »der Grüne« oder »Grünling« genannt wurde. Schlemihl soll also im Freundeskreis beim Gedichtemachen dabei gewesen sein oder sogar den Gegenstand von Gedichten abgegeben haben.

schwarzen Kurtka: (russ.) Jacke; ein knielanger mit (Pelz und) 9.13
Brustschnüren besetzter Rock. Ende des 18. Jh.s russ.-poln.
Waffenrock, der in Berlin in Mode kam, als der Hof nach der
Niederlage von 1806 Zuflucht in der Provinz Ostpreußen nehmen musste. Noch 1809 gehörte sie zum Erscheinungsbild des
modisch gekleideten Berliners. Dem Zeugnis seiner Freunde zufolge trug Chamisso in seiner Jugend und auch später eine solche
»unsterbliche« Kurtka. Im Text hat Schlemihl die Kurtka von
Anfang an im Reisegepäck, er hat das schwarze Kleidungsstück
ebenso wenig wie seine Seele eingebüßt, als er sich dann allein
auf seinen Weg macht (71,2–3; vgl. 10,9; 80,35).

Fouqué: Friedrich Heinrich Karl Baron de la Motte Fouqué 9.23
(1777–1843), Romancier, Erzähler, Lyriker, Dramatiker; zen-
trale Figur des literarischen Lebens. Fouqué war mit Chamisso
seit 1806 eng befreundet, vermittelte den Text an seinen Verleger
Schrag und fungierte als Herausgeber von *Peter Schlemihls wundersame Geschichte* (vgl. »Entstehungs- und Textgeschichte«).
Vgl. auch Erl. zu 11,3–4.

in einem Dichterwerke an den Pranger geheftet: Der öffentli- 9.28–29
chen Verachtung preisgegeben. Die Publikation als literarisches
Werk macht die ›private‹ Lebensgeschichte öffentlich und über-
antwortet sie der Kritik. Mit der Kritik hat der Autor Chamisso
schon schlechte Erfahrungen gesammelt (vgl. Erl. zu 25,5–6).
Die Zurückhaltung vor der Veröffentlichung von Schlemihls
»Geschichte« ist Teil des Rollenspiels, das die Autorschaft Chamissos verschleiert. In Wirklichkeit hatte sich der Autor im August 1813 – noch während der Entstehung – erkundigt, wie viel
Druckbogen das Manuskript ausmachen werde (vgl. »Ergänzende Texte«, S. 94).

Jean Paul: Eigtl. Jean Paul Friedrich Richter (1763–1825), Pro- 10.2
sadichter; von seinen humoristischen Romanen schätzte Chamisso besonders die *Flegeljahre* (1804/05). Fouqué schickte ein
Exemplar des *Peter Schlemihl* an Jean Paul.

mögen hier manche [. . .] die noch leben: Den im Text postulier- 10.3–4
ten Wirklichkeitsbezug heben auch die Zeitgenossen in ihren
Erinnerungen hervor. Varnhagen zufolge hat Chamisso es
»nicht an örtlichen und persönlichen Lebensbeziehungen fehlen
lassen, er hat Wahrheit darin verarbeitet: die Personen, die hier

vorkommen, haben wir zum Theil gekannt; in den Schilderungen entdecken sich täglich neue Züge und Winke, die auf das wirkliche Leben anspielen« (zit. nach Walach 1994, S. 6 f.).

10.8–12 **ein wunderlicher Mann [. . .] über seine Stiefel**: Der Text spielt mit der Fortsetzung der (fiktiven) Realität Schlemihls in die Vorreden, die ihrerseits fingiert sind, sowie mit dem Handlungselement der zu spät erkannten bzw. vermiedenen Begegnung (vgl. 30,1–3; 64,35–65,2; 79,26; 80,24–25).

10.15 **Kunersdorf, den 27. Sept. 1813.**: Dorf und Schlossgut bei Wriezen im Oderbruch, wohin sich Chamisso 1813 während der preuß. Erhebung gegen Napoleon aus Berlin zurückgezogen hatte. Hier verfasste Chamisso im August und September 1813 den *Peter Schlemihl* (vgl. »Entstehungs- und Textgeschichte«). Diese Vorrede hat in der Erstausgabe keine Überschrift und bleibt anonym, d. h. ist nicht mit dem Namen Chamissos gezeichnet. Sie steht dort zwischen dem »Vorwort« Fouqués und der Erzählung.

10.17–18 **der kunstreiche Leopold**: Franz Joseph Leopold (1783–1832), Porträtmaler, Zeichner, Radierer und Lithograph. Von ihm stammt das Frontispiz der Erstausgabe 1814. Der Inschrift zufolge ist dieses ›Porträt‹ Schlemihls nach der Natur gezeichnet. (Die erst 1927 veröffentlichte Originalzeichnung trägt die Notiz »Peter Schlemiel [!], wie er Sonnabend, den 26. September in Cunersdorf gesehen worden ist und nach dem Leben gezeichnet von Fr. Lpd.«) Es gibt Schlemihl ein Gesicht und spielt dabei mit gemeinsamen Merkmalen von Figur und Autor. Der Kupferstich »gehört gewißer maaßen zu einer Originalausgabe des Schlemihls«, wie Chamisso 1837 an seinen Nürnberger Verleger Johann Leonhard Schrag schreibt. Deshalb ist er auch in der zweiten und dritten Ausgabe (1827 bzw. 1835) wieder mit abgedruckt.

11.3–4 **ich lasse die ganze Geschichte drucken**: Die eigenmächtige Herausgabe der Geschichte durch Fouqué dient ebenso wie die fiktive Manuskriptübergabe zur Tarnung von Chamissos Autorschaft, der tatsächlich an der Publikation seiner Geschichte interessiert war und auch von der Drucklegung Kenntnis hatte. Das Titelblatt der Erstausgabe lautet: *Peter Schlemihl's wundersame Geschichte mitgetheilt von Adelbert von Chamisso und herausgegeben von Friedrich Baron de la Motte Fouqué* (vgl. »Entstehungs- und Textgeschichte«).

Balsamtropfen in die heiße [. . .] lieben, der Tod: Hitzigs Frau   11.15–16
Eugenie, geb. Barckenstein (gesch. Meyer), war am 22.5.1814
gestorben. Balsam: pflanzliches Linderungsmittel.

Nennhausen, Ende Mai 1814.: Fouqué lebte hier bis 1833, auf   11.29
dem Schlossgut der Familie von Briest bei Rathenow (vgl. »Ent-
stehungs- und Textgeschichte«). Diese Vorrede hat in der Erstausgabe die Überschrift *Vorwort. An Freund Eduard* und steht
dort undatiert (nach dem Widmungsgedicht und der Widmung
an Hitzig) an erster Stelle.

Franzosen und Engländer [. . .] den Engländern nachge-   12.5–7
druckt: Die erste franz. Übersetzung erschien 1822, die erste
engl. 1823, der amerik. Nachdruck 1825. Der Druck einer niederl. und einer span. Übersetzung ist bis 1826 nicht nachgewie-
sen (vgl. Hitzigs Vorrede von 1839, S. 88 f.).

gelehrten Berlin: Gemeint ist der Artikel zu Chamisso auf S. 44–   12.7–8
46 in *Gelehrtes Berlin im Jahre 1825 [. . .]. Verzeichniß im Jahre
1825 in Berlin lebender Schriftsteller und ihrer Werke. Aus den
von ihnen selbst entworfenen oder revidirten Artikeln zusammengestellt und zu einem milden Zwecke herausgegeben* [von
Julius Eduard Hitzig]. Berlin 1826. (Nachdruck Leipzig 1973).

für unser liebes Deutschland eine neue Ausgabe: Hitzig ver-   12.9
weist hier auf die zweite Ausgabe des *Peter Schlemihl* von 1827,
in der diese Vorrede zum ersten Mal erscheint (vgl. »Entstehungs-
und Textgeschichte«, S. 136).

mit den Zeichnungen [. . .] entworfen, veranstaltet wird: Geor-   12.9–11
ge Cruikshank (1792–1878), engl. Zeichner, Radierer und Ma-
ler, stattete die engl. Ausgabe des *Peter Schlemihl* (1823) mit
acht Kupfern aus. Davon wurden sechs, nachgestochen von dem
Nürnberger Christian Rosée, in die zweite dt. Ausgabe von 1827
übernommen. Cruikshanks Bebilderung, ein Meisterwerk der
Buchillustration, trug in England wie in Deutschland zur Popularität des Buches bei.

Dein eigenmächtiges Verfahren [. . .] des Manuskripts ge-   12.13–15
sagt): Jetzt meldet sich, 13 Jahre später, auch der angespro-
chene Hitzig zu Wort. Er spielt das Spiel weiter, dass die Geschichte ein Vermächtnis Schlemihls und von Fouqué gegen den
Willen der Beteiligten herausgegeben worden sei (vgl. Erl. zu
11,3–4). Die Rolle Chamissos charakterisiert er doppeldeutig:

einerseits als »Historiographen des berühmten Peter Schlemihl« (13,17–18), also als Geschichtsschreiber; andererseits bezeichnet er ihn als den »Erzähler« und »Dichter« der »wundersamen Historie« (13,3; 12,30; 13,1–2).

12.16–17 **Weltumsegelei [. . .] 1815 bis 1818**: Als Naturforscher nahm Chamisso an der russ. Pazifik- und Arktisexpedition unter Kapitän Otto von Kotzebue (1787–1846) teil (vgl. »Zeittafel«).

12.18–19 **dem seligen Tameiameia auf O-Wahu**: Kamehameha I., der Große, gestorben 1819. Chamisso hat den König von Hawaii auf seiner Weltreise kennen gelernt.

12.27 **Hoffmann**: E[rnst] T[heodor] A[madeus] Hoffmann (1776–1822); Chamisso und der romantische Schriftsteller E.T.A. Hoffmann lernten sich 1807 durch Hitzig kennen, begegneten sich mehrfach ab September 1814 und dann wieder nach Chamissos Rückkehr von seiner Weltreise (vgl. auch »Zeittafel«, 1814 und 1815).

12.32–13.1 **die Idee des verlornen [. . .] unglücklich zu variieren**: 1815 erschien im vierten Teil der *Fantasiestücke in Callots Manier* Hoffmanns Erzählung *Die Abenteuer der Silvester-Nacht*. In der Geschichte verliert eine Figur ihr Spiegelbild, auch tritt hier der schattenlose Peter Schlemihl auf. Sie hatte bei der Kritik weniger Erfolg als Chamissos Erzählung. Hoffmann verdankt Chamisso auch die Namen und Schauplätze seiner Erzählung *Haimatochare* (1819) sowie die Idee für seine Erzählung *Datura fastuosa* (1822). Hitzig veröffentlichte 1823 *Aus Hoffmann's Leben und Nachlaß*.

13.10–14 **Peter Schlemihl! [. . .] Kurtka von 1814**: Hier wird zuerst der Autor Chamisso mit der Figur Peter Schlemihl identifiziert und dann das Buch (und seine Ausstattung) mit der Figur rhetorisch gleichgesetzt (vgl. Erl. zu 12,9 u. 12,9–11).

13.19–20 **malayische oder litauische Weisen**: Die zweite Ausgabe des *Peter Schlemihl* enthält im Anhang Lieder und Balladen Chamissos. Unter den 39 Gedichten finden sich in der Abteilung »Übersetzungen und Nachbildungen« auch drei Gedichte »in malaiischer Form« und zwei litauische Volksweisen.

13.26 **Berlin, im Januar 1827.**: In der Ausgabe von 1827 folgt der Brief auf die Vorreden von Chamisso und Fouqué und wurde in alle weiteren Ausgaben (außer der Stereotypausgabe) übernommen (vgl. »Entstehungs- und Textgeschichte«).

Die zweite Ausgabe [. . .] sich dies bezog.: Diese Anmerkung   13.30–31
Hitzigs hatte Chamisso seinem Verleger Schrag am 26.8.1834
übermittelt (Rath 1919, S. 67); erstmals in der 3. Auflage 1835
gedruckt.

An meinen alten Freund Peter Schlemihl: Das Gedicht erschien   14.1
als Vorwort zur dritten Auflage von 1835. Dort stand es an erster Stelle vor den übrigen Vorreden. Chamissos Brief an seinen
Verleger Schrag vom 27.7.1834 enthält eine Bemerkung zu diesem Gedicht, »das ich einer Schlaflosen Nacht verdanke; es hat
die Censur meiner Freunde paßirt und ihre Billigung erhalten;
also möge es denn in Gottes Namen unsern Schlemihl bei seinem
dritten Wieder Erscheinen einleiten, und lohne uns unser schat-
tenloser Freund die Liebe mit der er ausgestattet wird« (zit. n.
nach Rath 1919, S. 66).

Ein Gedicht auf Peter Schlemihl hatte 1827 schon Fouqué ge-
schrieben und Chamisso damit für die Übersendung der zweiten
Auflage gedankt: »Mein Schlemihl, mein oft Beweinter, /
Manchmal froh belachter auch, [. . .]« (zit. n. Walach 1994,
S. 12).

Ein prominentes Beispiel für ein solches Widmungsgedicht auf
eine literarische Figur – im Rückblick auf ein erfolgreiches Werk
– ist Goethes Gedicht *An Werther* (»Noch einmal wagst du viel-
beweinter Schatten, / Hervor dich an das Tages Licht [. . .]«), das
1825 in der Jubiläumsausgabe des *Werther* und 1826 in Goethes
Werkausgabe letzter Hand erschien.

Ob wir einander denn so ähnlich sind?! –: Nein, denn Chamisso   14.20
hat seinen Schatten noch, und ja, denn er wurde behandelt wie
Schlemihl, ist nun auch grau geworden. Er antwortet Schlemihl
auf dessen »Manuskript«, Anrede und »Rat« (vgl. 82,17–18)
und erneuert dabei seinen Ratschlag schon in der Jugend (vgl.
64,14–16), dem eigenen Weg zu folgen, es »mit uns [sich] selbst
zu halten«.

Und was ist denn der Schatten?: Vgl. Chamissos ironische Ant-   14.26
wort auf die Frage, »was denn wohl der Schatten bedeute«, in
seiner Vorrede zur zweiten Auflage der franz. Übersetzung
(1838), die Hitzig in seiner Vorrede von 1839 zitiert (siehe S. 86–
88 u. 107 f.).

Berlin, August 1834.: Chamisso schrieb dieses Gedicht für die   15.11

dritte Ausgabe von 1835. Dort wurde es an die erste Stelle, vor Chamissos Vorrede von 1813 gesetzt. So auch in den Werkausgaben. In der Stereotypausgabe steht es am Ende der Vorreden vor dem Text (vgl. »Entstehungs- und Textgeschichte«).

17.1 **wundersame Geschichte**: Als »wundersam« bezeichnet Schlemihl seine Geschichte und gibt ihr damit zugleich den Titel. »Wundersam« ist auch sein Begleiter, der Graue, und Bendel und Mina ist es wie Schlemihl »wundersam ergangen« (80,12). Das Adjektiv »wundersam« wird – wie »wunderbar« – ab 1800 zum Modewort. Es bezeichnet eine Ausnahmeerscheinung, erstens etwas Unbegreifliches, sei es religiös ein göttliches Wunder, sei es im Bereich des nicht rational Fassbaren – der Magie, der schicksalhaften Mächte oder des Märchenhaften – oder im großen Zusammenhang des Kosmos; zweitens etwas Erstaunliches im Sinne des Überraschenden und Bemerkenswerten; drittens etwas Seltsames im Sinne des Sonderbaren und Merkwürdigen, sei es etwas Monströses oder in sich Widersprüchliches; und nicht zuletzt etwas Ausgezeichnetes, Bewundernswertes. »Wunderlich« sind sowohl Schlemihl (10,8) als auch der »graue Unbekannte« (52,6–7).

17.12 **Thomas John**: Der Nachname John entspricht dem engl. Nationalvornamen. Diese fiktive Figur wird mit vollständigem Namen eingeführt: Ein Bürgerlicher mit einem Allerweltsnamen, der es zu großem Reichtum gebracht hat. Andere Figuren haben im Text nur den Vornamen oder nur den Nachnamen.

17.12 **Nordertor**: Wie Walach (1982) ermittelt hat, gab es in Hamburg, das der Autor 1807 und 1810 besuchte, zu Chamissos Zeiten zwar eine Breitestraße (24,32), aber kein Nordertor und keine Norderstraße (17,21). Der Ort der Teufelspakthandlung ist damit – trotz mancher Anspielung – nicht mit Hamburg identifizierbar, sondern eine fiktive Stadt. Auch die übrigen Ortschaften und Räume sind namentlich nicht charakterisiert, mit Ausnahme von Berlin in der Vorgeschichte (vgl. 71,3) und den geographischen Namen der Weltwanderung (Kapitel X und XI). Die Himmelsrichtung Norden wird in der Folge für Schlemihl eine schicksalhafte Rolle spielen und auf der Wortebene variierend ins Spiel gebracht (vgl. auch 17,21 u. 77,30 und Erl. zu 25,25–26; 72,26).

neu gewandten schwarzen Rock: Lange, über die Hüfte rei- 17.16–17
chende Jacke; die abgetragene Außenseite ist nach innen, die
Innenseite nach außen gewendet.

Staub von meinen Füßen: Erste der zahlreichen Redensarten 17.23–24
und Anspielungen. Vgl. Matthäus 10,14: »Und wenn euch jemand nicht aufnehmen wird noch eure Rede hören, so geht heraus von jenem Hause oder jener Stadt und schüttelt den Staub
von euren Füßen.«

zog in Gottes Namen die Klingel: Der Name Gottes wird hier 17.25–26
entweder im religiösen Sinne angerufen oder profan als Redensart gebraucht. Er zieht sich durch den ganzen Text (vgl. 20,2;
21,11; 22,16; 24,28; 32,15; 42,18; 51,1–2; 57,16–17; 69,15;
69,23).

ich hatte die Ehre: Die Zulassung zur Gesellschaft erhält Schle- 17.28
mihl – entsprechend seinem Stand und seiner Armut – nur aus-
nahmsweise.

Selbstzufriedenheit: Die Zufriedenheit mit sich selbst; auch, im 17.31
übertriebenen Maße, Hoffahrt, Gefallsucht, Überheblichkeit.

Er brach das Siegel auf und das Gespräch nicht ab: Zeugma, 18.7–8
rhetorische Figur, in der das gleiche Wort in zwei unterschied-
lichen Bedeutungen auf zwei Satzteile bezogen wird.

von leichtsinnigen Dingen [. . .] wichtigen öfters leichtsin- 18.23–24
nig: Chiasmus, Überkreuzstellung syntaktischer und gedankli-
cher Elemente.

gemächlich erging besonders der Witz: Gemächlich: allmäh- 18.24–25
lich, mühelos, behaglich. Erging: erfolgte, wurde ausgesprochen. Witz: geistreicher, schlagfertiger Einfall, Spaß, Spott.

schöne Fanny:: Vorname, der im 18. Jh. durch engl. Romane 18.29
populär wurde. In der Sekundärliteratur interpretiert als Anspielung auf Fanny Hertz (geb. Bacher, 1777–1829), die mit
Chamisso befreundete Gattin des Bankiers Jacob Moses Hertz,
in deren Haus K. A. Varnhagen 1804/05 Lehrer und Gesell-
schafter war. 1813 wurde das bedeutende Hamburger Bank-
haus Moses Hertz Söhne liquidiert. Gedeutet auch als Anspielung auf Chamissos Jugendliebe Cérès Duvernay.

altfränkischen, grautaffentnen Rockes: Altmodische, aus grau- 19.3–4
em Taft (Taffet), einem Seidengewebe, gewebte lange Jacke.

wußte nicht, wie [. . .] aufgefallen zu sein: Chamisso überstei- 19.23–26

gert hier die zeittypische Redensart »aus der Tasche spielen« (für
betrügerische Tricks); auch soll er von einem Unterhaltungsro-
man August Heinrich Lafontaines (1758–1831) angeregt worden sein (vgl. »Entstehungs- und Textgeschichte«, S. 102). Dieses und die folgenden fantastischen, von dem in der Realität
Möglichen abweichenden Ereignisse, werden von den anderen
Figuren für selbstverständlich genommen; einziger Klassifikator
der Realitätsinkompatibilität und damit Zeuge des Fantastischen ist also die Erzählerfigur.

19.29–30 **Herr John machte die Honneurs:** Von franz. »honneurs«, »Eh-
renbezeugung«. Hier etwa: John hieß die Gäste willkommen,
bewirtete und unterhielt sie.

20.5 **Mann im grauen Rock:** Der Graurock ist im Volksmund der
Teufel. Vgl. 19,15 (»der graue Mann«) und 65,18–19. »Grau ist
die Farbe der Geister wie Schwarz und Weiß, Licht und Dunkel,
zwischen denen es die Mitte hält wie der Schatten, weshalb es
zur Bezeichnung des schattenhaften Wesens der Geister besonders geeignet ist. [. . .] Auch der Teufel liebt einen grauen Rock.«
Grau gilt als Farbe böser Vorbedeutung (vgl. *Handwörterbuch*,
Bd. 3 [1931], Sp. 1123 f.). Grau ist die diffuse Farbe des Schattens und vermittelnde Mischfarbe (Rot und Weiß sind die Farben bei John, weiß ist Mina gekleidet, schwarz ist Schlemihls
Kurtka). Zu den vielen Wortspielen zählt auch die Verbindung
mit »graulich« (21,7) und »Grauen« (27,16).

21.16–18 **Wenn ich Dir [. . .] gewiß nicht glauben. –:** Die unvermittelte
Anrede richtet sich an einen nicht spezifizierten, quasi als bekannt vorausgesetzten Adressaten. Sie gilt nicht dem Leser;
Adressat ist, wie aus 25,30–31 hervorgeht, Chamisso (vgl.
25,30–26,17; 27,26; 34,1–4; 35,27; 36,28; 41,5–7; 42,11–12;
42,34–35; 59,4–28; 64,8–16; 70,14; 76,3–4; 81,19; 82,11–18).
Der Gestus tendiert zur Mündlichkeit und setzt ein vertrautes
Verhältnis voraus. In dieser Sprechsituation wird zugleich die
Unwahrscheinlichkeit, Unglaubhaftigkeit betont und die Wahr-
haftigkeit beteuert. Die Fantastik der dargestellten Handlung
setzt sich in die Erzählsituation und die Herausgeberfiktion der
Vorreden fort, die Erzählperspektive wird zum poetologischen
Spiel mit dem Fantastischen.

21.21 **blasse Erscheinung:** Blässe gilt als Zeichen der Vornehmheit wie

auch des Ungesunden, des Todes und des Geisterreichs. Eine
bleiche Hautfarbe kennzeichnet auch das Genie, weil es im Zeichen des Saturn, der Melancholie steht. Die »Erscheinung« (vgl.
28,25) erfolgt im Sonnenschein, er hat, wie es scheint, viel zu
bieten. Vgl. auch 53,5.

Wäre es mir nur so zu entkommen geglückt!: An diesem Punkt   21.29–30
scheitert Schlemihls Integration in die Gesellschaft; stattdessen
erfolgt der direkte Kontakt mit dem Grauen.

verneigte sich so [. . .] mir getan hatte: Auf Schlemihls Unter-   22.3–4
ordnung unter Herren und Diener und die sich überbietenden
Taschenspielerkünste des Grauen folgt die spiegelbildlich ex-
treme Unterwürfigkeit des Grauen gegenüber Schlemihl.

Mühlrad im Kopfe herum: Anspielung auf die Schülerszene in   22.30–31
Goethes *Faust. Eine Tragödie* (1808): »Mir wird von alle dem so
dumm / Als ging’ mir ein Mühlrad im Kopf herum« (*Faust I*,
Verse 1946–1947). Vgl. auch Erl. zu 23,27; 24,1 u. 26,14–15.

Schatten abzukaufen: Der Schattenhandel wird von Schlemihl   22.32
als Unmöglichkeit eingeschätzt (vgl. 21,16–18). Der Schattenverkauf ist ein Teufelspaktmotiv. Schon 1803 hatte Chamisso in
seinem dramatischen Gedicht *Faust. Ein dramatischer Versuch*
den Faust-Stoff gestaltet. Er übernahm dieses erste Jugendge-
dicht später in seine Gedicht- und Werkausgaben. In der
Schwankliteratur wird der Teufel durch die Überlassung des
wertlosen Schattens (anstelle der Seele) geprellt.

Dero: »Ihre«, »Eure«. Veraltete Höflichkeitsform. Die unter-   23.14
würfige Anrede im Gespräch mit dem Grauen schwankt zwischen der distanzierten 3. Person Singular und den Höflichkeits-
formen der 2. Person.

ächte Springwurzel [. . .] Galgenmännlein: In einem Brief an   23.19–21
seinen Bruder Hippolyte (vgl. »Ergänzende Texte«, S. 99) erläutert Chamisso die Springwurzel (»öffnet alle Thüren und sprengt
alle Schlösser«), die Alraunwurzel (»sie gibt ein besonderes Geschick, um sich Schätze zu verschaffen«), den Wechselpfennig
(»Kupfermünzen, die jedesmal, wenn man sie umdreht, ein
Goldstück hervorbringen«), den Raubtaler (»ein Thaler, der jedesmal zu seinem Herrn zurückkehrt und alle Geldstücke, die er
berührt, mit zurückbringt«), das Tellertuch (»ein Tischtuch, das
sich mit allen Gerichten, die man verlangt, bedeckt«) und das

Galgenmännlein (»ein Teufel in einer Flasche, der alles thut, was man will und gibt was man verlangt. Man kauft ihn für Geld, man kann ihn aber nur für einen geringeren Preis, als man selbst gegeben, wieder verkaufen. Sein Recht ist[,] de[n] letzten Besitzer, der ihn nicht mehr los werden kann, da der Preis zu gering geworden, als sein Eigenthum mitzunehmen.«). Diese Zaubermittel liefern Reichtum, und sei es durch Raub und Betrug. Das, und dass man den Teufel nur schwer wieder loswerden kann, hat Schlemihl bedenkenlos in Kauf genommen. Alraune und Galgenmännlein finden sich bei Hans Jakob Christoph von Grimmelshausen (1622–1676) und auch in zeitgenössischen Texten von Fouqué (*Das Galgenmännlein*, 1810) und Achim von Arnim (1781–1831; *Isabella von Ägypten*, 1812).
Roland ist eine Figur der mittelalterlichen Heldendichtung, legendärer Neffe Karls des Großen (742–814). Knappe bezeichnet den noch nicht zum Ritter geschlagenen Begleiter.

23.22–24 **Fortunati Wünschhütlein [...] auch ein Glücksseckel**: Beide Zauberutensilien, Glückssäckel (der mit Goldstücken gefüllt ist und sich niemals leert) wie Wunschhütlein (das seinen Besitzer an jeden beliebigen Ort bringt), hat Chamisso aus seinem dramatischen »Spiel« *Fortunati Glückseckel und Wunschhütlein* übernommen. Dieser »Probierstein« für Chamissos Dichterberuf entstand 1806, blieb Fragment und wurde erst posthum von Ernst Ferdinand Koßmann herausgegeben (Stuttgart 1895). Als Quelle benutzte Chamisso einen Jahrmarktsdruck des 1509 in Augsburg erschienenen *Fortunatus*-Volksbuchs.

23.27 **Ich bekam einen Schwindel**: »Mir wurde schwindlig.« Diese körperliche Reaktion markiert auf der Wortspielebene (Schwindel als betrügerische Täuschung) bereits die existenzielle Bedeutung des Schattenhandels (vgl. 66,2 und Erl. zu 60,16–17).

24.1 **Topp!**: Ausruf der Bekräftigung; Schlemihl bietet eilig (vgl. *Faust I*, Verse 1698–1700).

24.11 **in mir war noch keine Besinnung**: »Ich war noch nicht zum Bewusstsein meiner Lage gekommen.« Besinnung steht körperlich auch im Gegensatz zu Ohnmacht (vgl. 47,31; 58,30–31; 60,16–18).

24.22–23 **Sie haben Ihren Schatten verloren**: In der Realität der dargestellten Welt halten es die Figuren für möglich, dass man seinen

Schatten verlieren kann. Sie befragen und bewerten die Umstände, aber nicht die prinzipielle Möglichkeit eines solchen fantastischen Ereignisses. Sprachlich spielt der Text damit, Verben aus dem Bedeutungsfeld des Besitzes und Geldes auch auf den Schatten anzuwenden: »von sich werfen« (22,26), einstecken, leihen etc.

Breitestraße: Mögliche Anspielung auf Hamburg. Walach (1994) zufolge wohnte Chamisso bei seinem Aufenthalt im Hause der Familie Varnhagen, das in der Nähe der Breiten Straße und zweier Schulen lag (vgl. Erl. zu 17,12).   24.32

verdammter buckeliger Schlingel: Im Aberglauben verheißt die Begegnung mit einem Buckligen, einem von Gott Gezeichneten, Unheil. Mit einem Buckel wird im Märchen und Kunstmärchen der Zeit auch der Wechselbalg dargestellt, nach dem Volksglauben ein hässliches, missgestaltetes Kind, das von Zwergen oder Geistern abstammt.   25.2–3

literarischen Straßenjugend [. . .] mich zu rezensieren: Ironischer Vergleich der frechen Straßenjugend mit Literaturkritikern. Als Autor und Mitherausgeber des so genannten »Grünen« *Musenalmanachs* (1804, 1805, 1806) hatte Chamisso schlechte Erfahrungen mit Rezensenten gemacht.   25.5–6

Das Haus war gegen Norden gelegen: Eine unwahrscheinliche Konstruktion innerhalb der Fiktion: Auch ohne direkte Sonneneinstrahlung wirft ein vom Fenster oder von künstlichen Lichtquellen beleuchteter Körper einen Schatten (vgl. 38,17–18 u. Erl. zu 17,12).   25.25–26

Da träumt' es [. . .] Du warst tot.: In der Traumerzählung erfolgt die zweite intime Annäherung Schlemihls an Chamisso. Beide verbinden gemeinsame Interessen – die Naturwissenschaft als Studium und Arbeitsgebiet und, auf dem »Sofa«, die Poesie. Der Autor des Textes lässt sich von seiner Figur charakterisieren und wird von ihr überlebt.   26.9–17

Haller: Albrecht von Haller (1708–1777), schweizer. Dichter, Arzt und Naturwissenschaftler. Bekannt wurden sein Lehrgedicht *Die Alpen* (1729) und seine poetische Theodizee *Ueber den Ursprung des Uebels* (1734). Vgl. Erl. zu 82,1–8. Gründete als Universitätsprofessor in Göttingen (1736–1753) die dortige Anatomie und den Botanischen Garten. Neben Schriften zur ex-   26.13

perimentellen Physiologie verfasste er eine *Bibliotheca botanica* (1771–1772).

26.13 **Humboldt**: Friedrich Heinrich Alexander von Humboldt (1769–1859), Naturforscher und Geograph. Berühmt war er für seine Forschungsreise nach Südamerika (1799–1804), auf der er ca. 60 000 Pflanzen sammelte. Seit 1805 erschienen seine Reiseberichte (in *Reise in die Äquinoktialgegenden des neuen Kontinents*), 1808 seine populären *Ansichten der Natur*. Er ist Begründer der Pflanzengeographie, der Klimatologie und der modernen Länderkunde. 1810 hat Chamisso ihn in Paris kennengelernt. Sein Bruder, der Philologe Karl Wilhelm von Humboldt (1767–1835), war seit 1809 Kulturminister in Berlin und Gründer der dortigen Universität, an der Chamisso von 1812 bis 1814 studierte.

26.13 **Linné**: Linnaeus Carolus (1707–1778), schwed. Naturforscher, Arzt und Schriftsteller. In der Schrift *Systema naturae* (1737, dt. 1788–1793) begründete er das Linné'sche System, das Pflanzen binär nach der Gattung und der Art klassifiziert. Es dient der botanischen und zoologischen Systematik und ist noch heute gültig (vgl. auch Erl. zu 82,1–8).

26.14–15 **ein Band Goethe und der ›Zauberring‹**: Johann Wolfgang Goethe (1749–1832). Gilt als größter Dichter dt. Sprache. Neben dem *Faust* (vgl. 22,30–31) schätzte Chamisso v. a. seine Gedichte. Goethe betrieb auch naturwissenschaftliche Studien. – *Der Zauberring, ein Ritterroman* von Friedrich de la Motte Fouqué (1777–1843), erschien 1813, im Jahr der Entstehung der Schlemihl-Geschichte. Fouqué vermittelte *Peter Schlemihl* an seinen Verleger Schrag und fungierte als Herausgeber. Fouqué entlehnte viele seiner Stoffe der germ.-dt. Frühzeit und nord. Sagenwelt. Sein Ritterroman ist eines der meistgelesenen Bücher der Zeit; Chamisso erwähnt es in einem Brief (Anfang 1819) an Louis de la Foye: »*Der Zauberring* von Fouqué ist ein vollendetes Werk, [...] ein Dichterwerk und ein deutsches mit vielen Liedern und Gedichten« (*Werke*⁵, Bd. 6, S. 163).

27.1 **Bendel**: Sprechender Name (»Bändel«, »kleines Band«). Bendel »bindet« sein Schicksal an das seines Herrn (vgl. 63,4–6). Bendel hieß Chamissos Bursche in seiner Leutnantszeit: »Bendel ist ein sehr guter Kerl, – was er gethan und gewollt, werde ich Euch einmal sagen, und Ihr sollt ihn ehren.« (Brief Chamissos an Neumann vom 5.11.1806. *Werke*[5], Bd. 5, S. 181).

treue und verständige Physiognomie: Die zeitgenössische Phy- 27.1–2
siognomik versuchte, aus der Physiognomie, der Gesichtsbildung und dem Körperausdruck, auf den Charakter einer Person zu schließen. – »Verständig« heißt hier: »klug, von wacher Auffassungsgabe«.

Schicksal: Die gesellschaftliche Anerkennung bestimmt in der 27.24–25
dargestellten Welt den Lebenswert und die Lebensform. Über die anfangs ›normale‹ gesellschaftliche Außenseiterposition Schlemihls hinaus macht der Schattenverlust die defizitäre Situation zur existenziellen Grenzüberschreitung, zu der sich Schlemihl hat verleiten lassen. In der Folge reagiert er überwiegend passiv (vgl. Erl. zu 60,3–6 u. 60,16–17).

mit durchschnittenem Herzen: Herz, als das Organ des Lebens, 28.5
figürlich Sitz der Seele und der Empfindungen, ist ein Leitwort des Textes. Erst charakterisiert sich Schlemihl im Kontakt mit dem Gold als »törichtes Herz« (26,22). Nun gebraucht er für die Konfliktsituation eine drastische Metapher: Es ist ein erster Kontakt mit einer potentiellen erotischen und familialen Partnerin. Die Abweichung vom gesellschaftlich normierten Lebenslauf fungiert als Todesäquivalent (vgl. 30,20–22).

Peter Schlemihl: Zum ersten Mal innerhalb der Erzählung wird 29.22
hier der sprechende Name verwendet (vgl. Erl. zu 9,2–3). Während Schlemihl nichts über den Grauen weiß, verfügt dieser über seinen Namen (vgl. 49,26–33 u. 39,33–35).

Jahr und Tag: Alte Rechtsformel, im Mittelalter die Verjäh- 29.25
rungsfrist von einem Jahr, sechs Wochen und drei Tagen. Später ein volles Jahr und die Zugabe von einem ganzen Tag. Als Redensart »über Jahr und Tag« auch für »nach geraumer Zeit« gebraucht. Schlemihl nimmt die Zeitvorgabe des Grauen zwar wörtlich, verrechnet sich aber dabei (vgl. 33,11–13; 41,30–32; 45,3–19 u. 49,6–9).

Verblendeter, Blödsinniger: Im Denksystem der Goethezeit ist 30.2
Erkenntnis vorwiegend optisch kodiert. Wörtlich bedeutet »verblendet« am Sehen gehindert, blind gemacht; »blödsinnig« bedeutet von schwachem Verstand, wobei »blöd« sich auch auf schwache Augen bezieht. Die Teufelsgestalt hat insofern Verfügungsmacht, als sie sich der Wahrnehmung entziehen kann.

30.3 **meinen Herrn verraten:** Der treue Bendel verrät seinen Herrn unfreiwillig, anders als mehrfach Rascal (vgl. 37,29 u. 49,5).

30.13–14 **spurlos wie ein Schatten verschwunden:** Die Redensart erklärt den Schatten zu etwas Unwichtigem, Wesenlosem. Das aber trifft für Schlemihl, dem tatsächlich sein Schatten mit dem Grauen verschwunden ist, gerade nicht zu.

30.18 **wie Faffner bei seinem Hort:** In seinem Brief an den Bruder Hippolyte erläutert Chamisso: »Name des Drachens, der den Schatz (Hort) der Nibelungen bewacht und den Sigurd, Siegfried, Sigefroid tötet – eine der berühmtesten Geschichten unserer alten Dichtung, Überlieferung der Edda, Gegenstand der alten deutschen Dichtung ›Das Lied der Nibelungen‹ und der Dichtung von Fouqué ›Der Held des Nordens‹ usw.« (zit. nach Feudel, *Werke* 1980, Bd. 2, S. 698).

31.14 **Schlagschatten:** Fachbegriff der Malerei; scharf umrissener Schatten, den ein hell beleuchteter Körper auf eine Fläche wirft.

33.35–36 **Rausch aus dem Kopf ins Herz zwingen:** Das Verhältnis zu Fanny, in das Schlemihl sich hineingesteigert hat, entspricht nicht seiner natürlichen Neigung.

34.5–6 **eigens gedichtete Katastrophe:** Fortsetzung der Theatermetaphorik (Rolle, Probe halten). Vgl. auch 35,18–24. – Eigens: speziell, auch eigenartig. – Katastrophe: entscheidende Wendung zum Schlimmen als Schlusshandlung im (antiken) Drama. Die Verführung wird durch die Theatermetaphorik überhöht und zugleich ironisiert. Denn der Erzähler Schlemihl wertet seine Rolle als jugendlicher Liebhaber im Nachhinein ab, obwohl es sich um seine vielleicht erste Beziehung handelt – eine prickelnde, auch aufgrund seiner Schattenlosigkeit riskante Mesalliance (ungleiche Verbindung). Die vorher unerreichbare Fanny wäre nun verfügbar, doch Schlemihl wird ewig Junggeselle bleiben. Interessant ist auch, dass die eigentlich erwartbare Entdeckung der Schattenlosigkeit als unerwartete Wendung gewertet wird. Als Folge des Schattenverlusts entwickeln sich die dramatischen und fantastischen Situationen von Schlemihls einmaliger Lebensgeschichte.

34.28 **Rascal:** Sprechender Name. In seinem Brief vom 17.3.1821 an seinen Bruder Hippolyte schreibt Chamisso: »Raskal englisches Wort – Taugenichts, Schuft« (vgl. »Ergänzende Texte«; vgl. auch 45,32).

Meilen: Eine preuß. Meile entspricht etwa 7,5 km; die Länge   34.31
der Meilen variiert in den verschiedenen Ländern.

da schlag ich vergebens an einen Felsen: Bibelanspielung. Im   35.15
2. Buch Mose 17,6 sagt Gott zu Moses: »Da sollst du an den Fels
schlagen, so wird Wasser herauslaufen, daß das Volk trinke.«

der Gott ist von mir gewichen: Der bestimmte Artikel deutet   35.16–17
darauf hin, dass es sich an dieser Stelle nicht um eine christliche
Gottesvorstellung handelt, sondern eher um den persönlichen
Genius (»der Gott der menschlichen Natur, der mit uns geboren
wird und stirbt« Horaz, *Briefe*, II. Buch, 2. Brief).

Mina: Erste Erwähnung der »Geliebten«. Variante von Minna,   35.27
verselbständigte Kurzform von Wilhelmine, im Gegensatz zu
Fanny ein typisch dt. Name. Möglicherweise Anspielung auf
Chamissos Geliebte Helmina von Chézy. Mina wird angespro-
chen und damit in der Sprechsituation des Erzählers präsent gemacht, obwohl Schlemihl sie doch zweimal verloren hat – einmal als Partnerin und »auch in mir« (35,28).

Champagner Elfe: Champagner des außergewöhnlichen Wein-   35.33
jahrgangs 1811, des Jahrs des Großen Kometen.

aus Lorbeer, Ölzweigen und Rosen geflochtenen Kranz: Aus   36.20–21
Lorbeerzweigen flicht man den Sieges- und Ruhmeskranz, der
Ölzweig fungiert als Friedenssymbol, die Rose ist ein Sinnbild
der Liebe. Mit dieser Symbolik gilt die außergewöhnliche Eh-
rung einem Herrscher.

Deputationen: (lat.) Abordnungen, Abgeordnete von Körper-   37.12
schaften und Vereinen.

der gute König von Preußen: Friedrich Wilhelm III. (1797–   37.26–27
1840) und Königin Luise waren aufgrund ihrer Einfachheit,
Volkstümlichkeit und Sparsamkeit besonders beliebt. Nach der
Niederlage gegen Napoleon galt der König als Inbegriff des gütigen Landesvaters.

Es ward die Majestät nicht mehr berührt: Das Inkognito der   38.21
vermeintlichen Hoheit wird respektiert.

die die Krone war und trug: Rhetorische Figur des (semanti-   38.26
schen) Zeugmas. Eigentliche und uneigentliche Bedeutung von
Krone sind hier kombiniert: Die schöne Jungfrau ist Trägerin der
diamantenen Krone (37,2–9) und zugleich die Krönung ihres
Geschlechts.

41.2 **Argusaugen**: »Mit gespannter Wachsamkeit«. Argos (lat. Argus) hieß der 100-äugige Wächter der Göttin Io.

42.10 **Es fällt mir ein Brief in die Hand**: In seiner Erzählung geht Schlemihl schnell über die Zeit seiner Liebe hinweg. Ihr »lebendiger Geist« ist ihm »verloschen« und verloren (vgl. 35,10–12). Trotzdem lässt sie sich erzählerisch durch die Anrufung Minas (35,27) wiederbeleben, ebenso durch ihren hier wörtlich zitierten Brief. Den hat Schlemihl als schriftliches Vermächtnis bei sich bewahrt. Er ist gerade dann zur Hand, als es gilt, die Beziehung und die Gefühle zu charakterisieren. Gefühle werden direkt und intim nur aus der Perspektive der Frau ausgesprochen. Wie Chamisso nimmt hier der Leser scheinbar unmittelbar teil an der Niederschrift der Erzählung.

47.16–17 **meine Ahnung**: Das Wissen, das Mina in sich verborgen hat, stammt möglicherweise schon von einer ersten Begegnung mit Schlemihl (vgl. 27,32–28,3).

47.22 **Arethusa**: Nymphe der griech. Sagenwelt; sie wurde auf der Flucht vor dem verliebten Flussgott Alpheios von Artemis in eine Quelle verwandelt.

48.14–15 **drei Tage Frist**: Am Ersten des Monats läuft, Schlemihl glaubt am Vortag, die Frist des Grauen ab, und zugleich ist es der Tag seines Heiratsantrages (vgl. 43,31–33). Wieder bekommt Schlemihl eine Frist gesetzt, die den Zeitraum bis zur letzten Entscheidung verlängert. In dieser Frist hat der Graue verstärkt Gelegenheit, für sein »Geschäft« zu werben (vgl. 29,25–27; 51,11–17 u. 56,35–57,7), erhöht sich der Druck auf Schlemihl, seine Seele zu verkaufen.

49.23 **einen Tropfen Bluts**: Teufelspakte werden mit Eigenblut unterschrieben (vgl. 59,1).
Das Blut und der Dornenriss verbinden die Situation des Teufelspaktes mit der Anfangssituation Schlemihls in der reichen Gesellschaft und der ersten Begegnung mit dem Grauen (vgl. 18,31–19,2 u. 24,8).

49.27–28 **Ein armer Teufel**: Nirgends in der dargestellten Welt wird der Graue direkt als Teufel bezeichnet. Hier nennt er sich selbst – aber nur redensartlich – einen armen Teufel, was auf den betrogenen Teufel verweist und »bedauernswerter Mensch« bedeutet. Als armer Teufel wird auch Mephistopheles in Goethes

174

Faust bezeichnet (vgl. *Faust I*, Verse 1675 u. 565). Wieder sind Schlemihl und der Graue durch dieselben Eigenschaften charakterisiert: Armut, Außenseitertum, Naturwissenschaft (vgl. 17,32 u. 65,18–19).

was ist denn [. . .] Ihre Seele? : Die Seele gilt in der Goethezeit als   50.4–5 das den organischen Körper belebende Prinzip. Dem christlichen Glauben zufolge ist sie unsterblich.

galvanischen Kraft oder polarisierenden Wirksamkeit : Mit Er-   50.8–9 sterem ist elektrochemisch erzeugter Strom gemeint, benannt nach Luigi Galvani (1737–1798), und mit Letzterem eine gegensätzlich wirkende Kraft, etwa Elektrizität.

Tarnkappe : Unsichtbar machende Kopfbedeckung, ursprüng-   50.17 lich Kapuzenmantel, wie sie in der Nibelungensage Siegfried dem Zwergenkönig Alberich raubt. »Tarnkappe ou Nebelkappe – bonnet de nuage connue de tous les conteurs depuis Virgilius Maro [Vergil]«, so Chamisso an seinen Bruder Hippolyte (zit. n. *Werke* 1980, Bd. 2, S. 699).

Monsieur Schlemihl : Der Graue spricht mit übertriebener Höf-   51.11 lichkeit in devotem Ton in einer altertümlich-zeremoniell-höfischen Sprache. Das Franz. ist die Sprache der Gebildeten, des Adels und der Höflichkeit.

Kreuzdornknüttel : Knotenstock, Knüppel aus dem harten Holz   52.14–15 des Kreuzdorns.

Ich nährte still [. . .] mit seiner Verzweiflung. : Rhetorisch-bild-   53.25–26 haft für »Mein Herz war voll der Verzweiflung«. Im Bild der Nahrungszuführung gegenläufige Entsprechung zu »Verzweiflung fraß mir am Herzen« (vgl. 30,27).

kehrte sich nach mir um : Seltsam, dass der Schatten die Um-   54.13–14 wendung des Trägers so deutlich anzeigt. Der Schatten selbst kann ja normalerweise die Richtung nicht wechseln.

ein Mensch [. . .] erst sichtbar erschien : Im Literatursystem der   54.22–24 Goethezeit tendieren die Texte dazu, Figuren nicht unidentifiziert zu lassen: Man begegnet ihnen wieder, es werden Beziehungen hergestellt (vgl. Mina: 27,32–28,3 u. 47,16–17). Das Vogelnest stammt vom Grauen; entweder er selbst oder einer seiner Agenten (vgl. Rascal: 49,4 f. u. 62,20–27) raufen sich hier die Haare. Schlemihl hat vielleicht noch einmal einen Zusammenstoß mit dem unsichtbaren Grauen (78,21–23). Aufgrund ihrer Merkmalsüberschneidungen und Funktionen für die Handlung lassen sich mehrere Figuren – je nach Perspektive – auch als Kollektivfigur beschreiben, etwa Grauer–John–Rascal etc. oder Schlemihl–Grauer–Bendel.

54.26 **unsichtbare Vogelnest**: Das Motiv des den Körper, nicht aber dessen Schatten unsichtbar machenden Vogelnests findet sich in Grimmelshausens *Der seltszame Springinsfeld* (1670) und *Das wunderbarliche Vogel-Nest. Der Springinsfeldischen Leyrerin [. . .]* (1672). Das liefert eine magisch-fantastische, aber keine natürlich-naturwissenschaftliche Erklärung

55.2 **an und für mich**: Anspielung auf die philosophischen Kategorien des »Dinges an sich« und »für sich«, etwa bei Immanuel Kant (1724–1804). In den von der Perspektive des Betrachters unabhängigen Kategorien liegt die Wahrheit, das Wesen des Dinges begründet. Peter Schlemihl freilich täuscht sich an dieser Stelle in seinen Beobachtungen und Schlussfolgerungen (vgl. 56,22–26).

58.15 **Pudel**: Im Rokoko und Klassizismus beliebte Hunderasse des Adels und der bürgerlichen Oberschicht. Im Volksaberglauben ein Geistertier; zugleich mit 77,23; 81,7–13 Anspielung auf Goethes *Faust*, wo der Teufel die Gestalt eines Pudels annimmt.

59.16 **Nemesis**: Griech. Göttin des Maßes, der ausgleichenden Gerechtigkeit und Vergeltung für Freveltaten.

59.18 **frevelnd**: Verbrecherisch; Verstoß gegen die göttliche oder menschliche Ordnung aus bewusster Missachtung oder aus Übermut.

60.3–6 **Notwendigkeit als eine weise [. . .] treibende Räder eingreifen**: In der griech. Philosophie ist die Notwendigkeit (griech. *anángke*) das Weltgesetz, in das man sich durch Mitwollen (*synthélein*) einzufügen hat, um zur wahren Freiheit zu gelangen. Der Berliner Kirchenhistoriker August Neander vermittelte diesen Gedanken Epiktets (~ 50–~ 138 n.Chr.) an Chamisso, der ihn schon 1806 in *Adelberts Fabel* verarbeitete.

60.16–17 **es befiel mich [. . .] eine tiefe Ohnmacht**: Beim Schattenhandel und bei den Hochzeitsverhandlungen hat Schlemihl die geistige »Besinnung« verloren, öfter ergreift ihn ein »Schwindel« (vgl. 24,11; 47,31 u. 66,2), und er durchlebt körperlich-psychische Schwächezustände. Höhepunkt in dieser Reihe ist die Ohnmacht, die ihn wie zuvor Fanny und Mina befällt (vgl. 34,20; 58,30–31). Diese quasi natürliche, körperliche Reaktion ist ein Zeichen schwacher Nerven (61,7) wie von Schlemihls innerer Stimme (vgl. 64,15). Sie tritt an die Stelle von Schlemihls bewusster Entscheidung und bestimmt die weitere Folge der Ereignisse; sie ist das »Ereignis«, das von Schlemihl als Schicksalsfügung interpretiert wird.

mir war aber [. . .] ganz grau geworden: Im Volksglauben wird 62.3
solch abruptes, vorzeitiges Ergrauen durch eine heftige seelische Erschütterung bewirkt; vgl. 71,26.

Dieser Bösewicht [. . .] jetzt verschmähen konnte.: An dieser 62.20–27
Stelle stellen die Figuren Bendel und Schlemihl, ebenso wie Schlemihl als Erzähler, keine Verbindung Rascals zum Grauen her (vgl. die Agenten-Figur John; 69,14–20).

mein entblößtes Haupt: Das Abnehmen des Hutes ist ein Zei- 63.2
chen der Ehrerbietung (vgl. 22,2; 65,30–31) und kann in dieser figürlichen Wendung auch auf den Angeklagten oder Büßer verweisen.

unstät: Unstet, ruhelos. Schlemihl teilt sein Schicksal mit Kain, 63.9
dem Bruder Abels: »Unstet und flüchtig sollst du sein auf Erden« (1. Mose 4,12), sowie mit Ahasver, dem ›Ewigen Juden‹ (vgl. 79,14).

Metaphysik: Lehre von den letzten Gründen des Seins; goe- 64.4
thezeitlich Wissenschaft von der übersinnlichen Erkenntnis, rein spekulative Philosophie.

das Wort aufzufinden [. . .] Rätsel Lösung sei: Wie es scheint, 64.5–6
hat auch der Teufel des Rätsels Lösung nicht. Er wird ironisch als Philosoph vorgeführt, dessen »Spekulation« Schlemihl nicht mehr erreichen kann.

philosophischen Spekulation: Hypothetisches, über die erfahr- 64.10
bare Wirklichkeit hinausgehendes Denken; in seinem letzten Brief an de la Foye vom 9.6.1838 (*Werke⁵*, Bd. 6, S. 251) be- zeichnet Chamisso den Anfang dieses Kapitels als sein Glaubensbekenntnis. Schon vor der Entstehung des *Schlemihl* hat Chamisso seine Entscheidung für die Naturwissenschaften als Wendung von »müßiger Spekulation« hin zum »Wege der Erfahrung« beschrieben (*Werke⁵*, Bd. 5, S. 377 f.).

geraden Sinn: Ähnliches schreibt Chamisso in einem Brief an 64.14

Fouqué vom 17.11.1812: »und ich dünke mich in dauernde Eintracht mit mir selber gekommen zu sein, – gar viele Fragen laß ich ferner an mich gar nicht mehr ergehen. ›Ich folge meines Auges gradem Blick‹, das soll vor der Hand meine Ethik, meine Theosophie, meine Philosophie sein; hab' ich fromm der Wahrheit gedient, was frommten Worte mehr?« (*Werke⁵*, Bd. 5, S. 375). Zur Interpretation des Textes freilich dürfen methodisch Aussagen des Autors nicht direkt auf den Text bezogen werden.

65.18–19 **Der Teufel ist nicht so schwarz**: Im Gegensatz zum Weiß der Unschuld wird der Teufel bildlich als schwarz dargestellt. Die Redensart »jemanden schwarz malen oder machen« bedeutet, seine schlechten Eigenschaften hervorheben. Die gesteigerte Wendung – »einen so schwarz malen wie der Teufel« – bedeutet, nichts Gutes an ihm lassen, ihn als böse hinstellen. In einem Gespräch mit Arthur Schopenhauer (um 1830) soll Chamisso gefordert haben, »den Teufel nicht zu schwarz zu malen; ein gutes Grau sei ausreichend« (Arthur Schopenhauer: *Gespräche*. Hg. von Arthur Hübscher. Neue, stark erw. Ausg. Stuttgart 1971, S. 60–61). Hier im Text gibt sich der Graue mit dieser Redensart wiederum nicht eindeutig als Teufel zu erkennen (vgl. 49,27–28).

69.19–20 **»Justo judicio Dei [. . .] Dei condemnatus sum.«**: (lat.) »Durch das gerechte Gericht Gottes bin ich gerichtet; durch das gerechte Gericht Gottes bin ich verdammt.« Anspielung auf Joh 7,24 in der Vulgata. Andererseits hat Peter Schlemihl selbst »strenges Gericht« über sich gehalten (vgl. 59,6).

70.10–20 **Mina, einen Blumenkranz [. . .] festhalten noch deuten**: Unter den verschiedenen kultischen Bedeutungen des Kranzes gibt es auch die Verbindung mit dem Tod: Im Volksglauben bedeutet es einen Todesfall, wenn man im Traum Kränze sieht. Entsprechend dem Kranz (und der Palme) als Siegeszeichen in der Antike wurde der Totenkranz im christlichen Sinn zur Krone des ewigen Lebens umgedeutet. Chamisso tritt auch in diesem zweiten Traum wieder auf.

70.15–16 **es hatte aber keiner einen Schatten**: Schattenlosigkeit und abnehmender Schatten wird im Volksglauben als Todeszeichen interpretiert. Eine positive Lesart dieses gleichsam paradiesischen

Traumes wäre, dass Schlemihl in seiner Schattenlosigkeit nicht mehr isoliert, sondern mit den gleichermaßen schattenlosen Mina, Bendel und Chamisso wieder verbunden ist.

Ich wählte und handelte [. . .] den Weg wünschte.: Hier handelt   72.19–25
und verhandelt Schlemihl – anders als beim Schattenhandel – mit reiflicher Überlegung und Abwägung. Erzwungene Bescheidenheit und überhöhter Preis, rational-praktisches Denken und wunderbarer Zufall bringen ihn in den Besitz der zauberischen Siebenmeilenstiefel, die er sich mit dem Rest des teuflischen Goldes einhandelt (vgl. 45,6; 70,2–4 u. 77,6). Schönheit und Freundlichkeit lassen diesen Handel im positiven Licht erscheinen.

nördlich gelegenen Tor: Durch die folgende Handlung werden   72.26
die Himmelsrichtung und der Raum des Nordens mit der Wissenschaft korreliert. Wichtig sind dem Naturforscher seine »nordischen Flechten« (80,34–35). Im Zeichen des die Richtung anzeigenden Polarsterns fanden sich Chamissos Berliner Freunde um 1804 zum »Nordsternbund« zusammen. Varnhagen schreibt darüber an Hitzig: »Schon längst hatte uns die Deutung der Himmelsgegenden auf geistige Regionen gefallen, wie sie nach Baaders pythagoräischem Quadrat auch W. Schlegel in seinen Vorlesungen mitgeteilt hatte. Der Norden als Region der Wissenschaften war unser erwähltes allgemeines Gebiet, der Polarstern Zeichen dieser Richtung und zugleich der Unwandelbarkeit [. . .]« (zit. n. Feudel 1980, S. 34 f.). Auch auf dem Titelblatt von Chamissos *Bemerkungen und Ansichten* (1821) ist »Der Polarstern« (Τὸ του πόλου ἄστρον) verzeichnet.

Steinbrucharten: Die artenreichen Steinbrechgewächse (Sa-   73.2–3
xifraga) finden sich überwiegend in den gemäßigten und kalten Zonen der Nordhalbkugel, meist im Gebirge. Den Druckfehler »Steinbrucharten« korrigiert Chamisso in einem Brief an seinen Verleger Schrag vom 26.8.1834 (Rath 1919, S. 67).

Siebenmeilenstiefel: Das Motiv kommt erstmals in Charles Per-   74.4–5
raults (1628–1703) Sammlung *Contes de ma mère l'oye* (1697) vor. Chamisso kannte es auch aus Ludwig Tiecks Märchenspiel *Leben und Thaten des kleinen Thomas, genannt Däumchen* (1812 im zweiten Band des *Phantasus* gedruckt): »der liebenswürdige Däumling, den einer unserer Dichter, Tieck, in einer

dramatischen Dichtung voller Geist und Laune behandelt hat, und wo er die Siebenmeilenstiefel zu ihrem großen Schaden hat neu besohlen lassen« (an Hippolyte, 17.3.1821; zit. n. *Werke* 1980, Bd. 2, S. 700). Uhland verwendet es im selben Jahr in seiner *Romanze vom kleinen Däumling*.

74.8–14 **denn klar stand [. . .] Ziel die Wissenschaft.**: Eine Parallele zwischen der Lebensgeschichte Schlemihls und der Biographie des Autors liegt in der Entscheidung zum Naturstudium, die Chamisso in seinen Briefen im November 1812 öfter bekundetet hat: »Ich bin einmal mit mir und der Welt in Eintracht, und aus der Lüge heraus. Ich habe verständig gewählt und ausgeführt, und bin einmal was ich heiße, und heiße, was ich bin – das ist studiosus medicinae der Universität Berlin. [. . .] Ich habe fast aller schönen Geselligkeit entsagt, und lebe nur mit dem prächtigen guldigen Hitzig. [. . .] Mir ist das müßige Konstruiren a priori und Deduziren und Wissenschaft aufstellen von jedem Quark und Haarspalten, zum Ekel worden; leben will ich meiner Ethik – folge ich meiner Nase nach und bin fromm und gut, wird mir schon Gott die vielen Worte schenken und sich mit mir erbarmen. – Der Wissenschaft will ich durch Beobachtung und Erfahrung, Sammeln und Vergleichen mich nähern. – Vergessen habe ich schon, daß ich je ein Sonett geschrieben – Gott verzeihe mir meine Sünden« (an de la Foye; *Werke*[5], Bd. 5, S. 375 f.).

74.30 **hunderttorigen Theben**: Theben, Hauptstadt von Oberägypten, das nach ihr auch Thebais genannt wurde (vgl. 76,21; 77,23).

74.30–31 **christliche Einsiedler**: Zur Zeit der Christenverfolgung lebten in Thebais die so genannten Anachoreten (griech.: »die Zurückgezogenen«).

75.4 **Herkules-Säulen**: Die Säulen, welche Herkules der Sage nach auf den Felsen Kalpe und Abyla zu beiden Seiten der Straße von Gibraltar errichtet haben soll.

75.17 **Eliasberg**: Der Mount St. Elias an der Grenze von Alaska und Kanada.

75.18–76.14 **Ich verfolgte dessen [. . .] Neuholland nicht gewesen**: Von Lombok aus nach Borneo, nach Tasmanien und weiter zu den Südseeinseln kann Schlemihl die Entfernung nicht mit seinen Siebenmeilenstiefeln überbrücken. Viele Orte der genannten Regionen hat Chamisso später auf seiner Reise um die Welt besucht, so auch die Zoophyten-Inseln mit ihren Pflanzentieren, den Korallenpolypen.

Sumatra, Java, Bali [. . .] Inseln dieses Archipelagus: Die ge- 75.23–27
nannten Inseln sind Teil von Indonesien. Lombok gehört wie
Bali zu den kleinen Sundainseln.

Land van Diemen: Tasmanien, Insel im Südosten Australiens; 76.7
benannt nach dem Generalgouverneur von Niederländisch-In-
dien Anton van Diemen (~ 1594–1645).

Rest meines Zaubergoldes: Das teuflische Zaubergold liefert 77.6
die Basis für Schlemihls naturwissenschaftliche Betätigung (vgl.
Erl. zu 72,19–25).

als Surrogat die Nicotiana: In Kants *Anthropologie* (1798) 77.21
wird in Paragraph 21 der Tabakgenuss als eine »Art der Unterhaltung des Menschen mit sich selbst« charakterisiert, welche
»die Stelle einer Gesellschaft« vertritt. Chamisso war im Freundeskreis als starker Raucher verschrien.

Pudels: In Goethes *Faust* plagt sich der Pudel »auf der Spur des 77.23
Herrn«, bis sich dann Mephistopheles als »des Pudels Kern«
entpuppt (Verse 1150–1323); vgl. 58,15; 81,7.

Noch wollte das Unglück [. . .] einen starken Stoß: Möglicher- 78.21–23
weise ist dieser namenlose Unbekannte, ungesehen über den
Haufen Gerannte der Graue, von dem Schlemihl schon einmal
»unsichtbar die die unerhörtesten Rippenstöße« (54,17–18) erhalten hat. Denn Schlemihl hat die Verbindung durch das Fort-
werfen des Säckels aufgekündigt, der Graue hat aber immer
noch den Schatten und damit Schlemihl (vgl. 61,10–15), der hier
ein drittes Mal die Besinnung verliert.

Sie nannten mich aber Numero Zwölf: Patient oder Bett Num- 78.30–31
mer Zwölf. Die Zwölf ist im Christentum eine hl. Zahl. – In der
Erstausgabe und den zeitgenössischen Ausgaben sind die Per-
sonennamen generell typographisch ausgezeichnet.

langen Bartes wegen für einen Juden: Nach der Thora ist den 79.13–14
Juden das Abnehmen des Bartes untersagt.

SCHLEMIHLIUM: Latinisierter Name der Stiftung, mit dem 79.21
möglichen Doppelsinn: von Schlemihl gestiftet, für Schlemihle
eingerichtet (vgl. Loeb 1965, S. 408).

Überrest meines sonst nicht gesegneten Goldes: Trotz ihrer se- 79.27–28 gensreichen Wirkung basiert auch diese Stiftung, in der Schlemihl in Form von guten Werken fortlebt, auf dem teuflischen Zaubergold. Für Schlemihl wird gebetet; sein Name freilich ist eingraviert in schwarzen Marmor und vergoldet.

80.5–6 **seit ich meinen langen Traum ausgeträumt habe:** Womöglich Anspielung auf Pedro Calderón de la Barcas Versdrama (1600– 1681) *La vida es sueño* (*Das Leben ist ein Traum*), entstanden 1631/32, 1812 von August Wilhelm Schlegel übersetzt, wo es u. a. heißt: »Was ist Leben? Raserei! Was ist Leben? Hohler Schaum! Ein Gedicht, ein Schatten kaum! Wenig kann das Glück nur geben: Denn ein Traum ist alles Leben und die Träume selbst ein Traum.«

81.6 **Figaro:** (ital.) Friseur. Bekannt durch Komödien von Pierre-Augustin Caron de Beaumarchais (1732–1799) und die darauf basierende Oper *Le nozze di Figaro* (1786) von Wolfgang Amadeus Mozart (1756–1791). Figaro hieß auch Chamissos Pudel, den er 1805 beim Vormarsch seines Regimentes verloren und wiedergefunden hatte (vgl. *Werke*[5], Bd. 5, S. 101, 104, 111).

81.21 **Tieckius, ›De rebus gestis Pollicilli‹:** In Tiecks Däumlings-Märchen (vgl. Erl. zu 74,4–5) verlieren die Siebenmeilenstiefel jedes Mal an Kraft, wenn sie besohlt oder geflickt werden. Tieck wird hier durch die Latinisierung zum Gelehrten stilisiert, sein Märchen zum Geschichtsbuch.

82.1–8 **Meine ›Historia stirpium [. . .] an meiner Fauna.:** (lat.) »Entwicklungsgeschichte der Pflanzen beider Erdkreise«. Mit dem Anspruch dieses Titels überbietet Schlemihl bei weitem die Werke anderer Botaniker, die sich auf einzelne Arten oder auf einen überschaubaren Bereich beschränken. Vgl. Albrecht von Hallers Werk *Historia stirpium indigenarum Helvetiae inchoata* (1768), d. h. »Angefangene Geschichte der einheimischen Wurzeln und Pflanzen der Schweiz« (vgl. Erl. zu 26,13). Schlemihls Entdeckungen erweitern drastisch den Gegenstandsbereich innerhalb des grundlegenden Linné'schen Systems. Im Gestus der Bescheidenheit beansprucht er sogar, in seinem *Systema naturae* (vgl. Erl. zu 26,13) neue Standards gesetzt zu haben. Die Pflanzengeographie ist ein neues, von Alexander von Humboldt begründetes Forschungsgebiet. Sein mit Zauberkraft gesteigerter Erkenntnisgewinn in der Naturwissenschaft ist kaum zu bremsen:

Die Botanik hat er abgeschlossen, nun entwickelt er sein System der Zoologie. Totale Erkenntnis freilich bleibt ihm – durch die geographische Beschränkung und das fehlende Verbindungsglied zwischen der Pflanzen- und der Tierwelt – prinzipiell versagt (vgl. 75,32–76,3).

müßig: Frei von Geschäften, in meiner freien Zeit; so in der 82.5
Handschrift und der 2. (1827) bis 4. Ausgabe (1836). In der
Erstausgabe (1814) und der Stereotypausgabe (1839) steht
»mäßig«: nicht sehr bedeutend; hier also »um nicht viel mehr als
ein Drittel vermehrt«. – Beides bescheidene Untertreibungen einer fantastischen Leistung.

Berliner Universität: Ab Oktober 1812 hat Chamisso an der 82.10
1810 von Wilhelm von Humboldt gegründeten Universität studiert. Später vermachte er der Universität seine Bibliothek und
den zoologischen, mineralogischen und sprachwissenschaftlichen Teil seiner Sammlungen.

Bewahrer meiner wundersamen Geschichte: Schlemihls einzig- 82.11–12
artige naturwissenschaftliche Schriften bleiben zunächst unbekannt. Seine fantastische Lebensgeschichte dagegen vertraut er
schon zu Lebzeiten seinem intimen Freund Chamisso an und
macht seine moralische Wirkungsabsicht deutlich. Innerhalb
der Fiktion wird damit ein literarisches Vermittlungsspiel in
Gang gesetzt, auf das sich der Bewahrer Chamisso, der das
»Geheimnis« im Freundeskreis verbreitet, und die anderen Herausgeberfiguren, die es gedruckt unter die Leute bringen, berufen können. Zugleich liefert hier der »linkische« Schlemihl in
seinem »albernen« Manuskript die mehrdeutige Gattungsangabe und den Titel seiner sowohl biographisch wie literarisch
einzigartigen Geschichte.

Explicit.: Schlussformel mittelalterlicher Handschriften: »Ex- 82.19
plicitus est liber« (»Das Buch ist zu Ende«).

1813. Fouqué.: Fouqué hat dieses Gedicht im Juni 1807 für 82.29–30
Chamissos Stammbuch verfasst. Im Zuge der Druckvorbereitung des *Peter Schlemihl* hat Fouqué diese Widmung »erneu[er]t
am 1. Januar 1814« (Rath 1919, Beilage 1). Die Jahreszahl 1813
in der Herausgeberfiktion verweist auf das Entstehungs- und
Kriegsjahr. Das Freundschaftsgedicht stand in der Erstausgabe
1814 auf der Rückseite des Titelblatts. In der zweiten Auflage

1827 stand es am Ende des Buches, am Schluss des lyrischen Anhangs. Seit der dritten Auflage 1835 folgt es auf die Erzählung.

85.1 **Vorrede des Herausgebers**: Die von Hitzig 1839 posthum herausgegebene Stereotypausgabe hat Chamisso noch mit vorbereitet. Hitzigs Vorrede ist ein Dokument der europ. Rezeptionsgeschichte. Hitzig hat sie den bisherigen Vorreden vorangestellt und dabei seine alte Vorrede von 1827 weggelassen; Chamissos Widmungsgedicht rückte an den Schluss der Vorreden.

85.3–4 **verhängnißvolle Jahr 1813**: Ausbruch der so genannten Befreiungskriege, in denen sich Preußen mit Russland verbündete und gegen die franz. Besatzung erhob.

85.15–16 **»Die Zeit hat [. . .] für mich keins;«**: Schon 1806 schrieb Chamisso an Neumann: »Für mich ist in diesem Jahrhundert kein Degen gewachsen« (*Werke*⁵, Bd. 5, S. 180), denn er wollte als preuß. Offizier und gebürtiger Franzose nicht gegen Frankreich kämpfen (vgl. »Zeittafel«).

85.23 **Wohlmeindende Freunde**: Sein Freund Hitzig und v. a. sein Universitätslehrer, der Zoologe Martin Heinrich Carl Lichtenstein (1780–1857), vermittelten Chamisso die Einladung der Familie Itzenplitz.

85.26 **Gräflich Itzenplitzsche Familie**: Peter Alexander von Itzenplitz (1768–1834) wurde 1815 in den Grafenstand erhoben.

85.34–86.2 **Die Briefe aus [. . .] Unterzeichneten herausgegebener Biographie**: Bezieht sich auf *Leben und Briefe von Adelbert von Chamisso*, herausgegeben von J. E. Hitzig als Bd. 5 (und 6) der Werkausgabe (1839); vgl. »Entstehungs- und Textgeschichte«.

86.4 **27. Mai 1813**: Irrtum; die Widmung datiert vom 27. September 1813 (vgl. 10,15).

86.8 **eine merkwürdige Vorahnung**: »Es gibt eine ganze Reihe literarischer Texte, die biographische Ereignisse vorwegzunehmen scheinen. Das erklärt sich daraus, daß literarische Texte weniger auf punktuelle Begebenheiten als vielmehr auf ein relativ abstraktes biographisches Gesamtschema bezogen sind, in das die Ahnungen, Wünsche und Befürchtungen des Autors ebenso wie seine Erinnerungen eingehen. Der *Schlemihl* ist ein besonders schönes Beispiel für eine solche Vorwegnahme, denn in vielen Details gleicht Chamissos Reise um die Welt 1815 bis 1818 den

Erdumwanderungen, die er zwei Jahre zuvor den Helden seiner Erzählung tun läßt« (Volker Hoffmann im Nachwort der *Sämtlichen Werke* 1975, Bd. II, S. 683 f.).

schrieb er an [. . .] Hand daran gelegt: Der Brief ist vollständig abgedruckt in *Leben und Briefe von Adelbert von Chamisso. Herausgegeben durch Julius Eduard Hitzig*, in Bd. 5 (1839) und in den folgenden Auflagen der Werkausgabe (vgl. »Ergänzende Texte«, S. 94). 86.19–20

Vorrede zu der [. . .] neuen französischen Uebersetzung: Es handelt sich hierbei nur um eine Neubearbeitung der franz. Übersetzung von 1822 (Chamissos Vorrede vgl. »Ergänzende Texte«, S. 103–108). 86.29–30

Haüy Traité élémentaire de physique: Ein in Frankreich damals gebräuchliches Unterrichtswerk. »Die Idee mit dem Citat aus Haüy ist unbezahlbar«, vermerkt Hitzig (zit. n. Rath 1919, S. 71). 87.26

So weit Chamisso.: Chamisso selbst hatte vorgeschlagen, einer dt. Neuauflage diesen Ausschnitt aus dem franz. Vorwort beizugeben (vgl. Brief an Schrag vom 29.11.1837; abgedruckt bei Rath 1919, S. 70). 88.7

Uebersetzungen: Die Übersetzungen des *Peter Schlemihl* verzeichnet und kommentiert Rath 1919, S. 26–43 u. 87–96. 88.8

Von einer holländischen [. . .] Exemplare nicht vor.: Niederl. Übersetzung: *De wonderbare geschiedenis van Peter Schlemihl* vert. door D. Bomhoff. Hzoon. Zutphen: W. C. Wonsleven 1831. Eine span. und russ. Übersetzung zu Chamissos Lebzeiten ist nicht nachzuweisen. 88.9–11

Pierre Schlémihl [. . .] Ladvocat willkürlich verändert.: Die Übersetzung seines Bruders Hippolyte hat Chamisso mit Anmerkungen und Ratschlägen unterstützt. Das von Chamisso nochmals durchgegangene und überarbeitete Manuskript gelangte über August de Staël an den Verleger Ladvocat. Die zahlreichen Eingriffe hat nicht der Verleger, sondern der ungenannt gebliebene Redakteur Amédée Pichot vorgenommen. 88.14–17

N. Martin: Nicolas Martin (1814–1877), Schriftsteller und Übersetzer, Neffe des Märchenforschers Karl Simrock, der zu Chamissos Freundeskreis gehörte. 88.19

»Das Leben ist eines Schattens Traum,«: »Eines Schattens 88.23

Traum sind die Menschen«, heißt es in den *Pythischen Oden*
(8.136) des griech. Dichters Pindar (522/518--446 v. Chr.).

88.35–89.2 **Enrichie d'une savante [...] c'est que l'ombre.**: (franz.) Vermehrt um ein gelehrtes Vorwort, worin die Neugierigen werden
erfahren können, was der Schatten ist. – Abweichend von Hitzigs Angabe heißt es im Originaltitel weiter: »Par Adelbert de
Chamisso. Edition originale avec [9] figures. Paris: Brockhaus &
Avenarius. Leipzig: Même maison. Nuremberg: J. L. Schrag
1838«. Alleiniger Verleger war Schrag; die Firma Brockhaus &
Avenarius wurde, auf Hitzigs Vorschlag, zur besseren Verbreitung im Titel genannt (vgl. Rath 1919, S. 71).

89.3–4 **Cruickshankschen Bildern [...] farbigen Randverzierungen
derselben**: Die von Peter Carl Geißler (1802–1872) mit Randzeichnungen versehenen Kupferstiche Cruikshanks. (Hitzig
schreibt dessen Namen stets mit ck.) Von Geißler stammen auch
die beiden neuen Kupfer (vgl. Erl. zu 12,9–11).

89.5 **Uebersetzung ist von Chamisso selbst besorgt**: Trotz der Ein-
wände, die Chamisso aufgrund der vielen Fehler in der ersten
franz. Übersetzung (vgl. Erl. zu 88,14–17) geltend gemacht hatte, erstellte er keine neue Übersetzung, sondern brachte lediglich
geringfügige Verbesserungen an.

89.10–12 **Peter Schlemihl [...] Freunde Wangner zugeeignet.**: Der Titel
lautet genau: *Peter Schlemihl: From the German of Lamotte
Fouqué* [sic!]. *With [8] plates by G. Cruikshank*. London: G.
und W. B. Whittaker, Ave-Maria Lane. 1823. Zweite Auflage
1824. Der zunächst ungenannte Übersetzer ist Sir John Bowring
(1792–1872), wie aus dessen Vorwort zur dritten Auflage
(1861) hervorgeht. Das Widmungsgedicht »To my friend Wangner« beginnt mit den Worten »Come to the land of shadows for
awhile, / And seek for truth and wisdom!« (zit. n. Rath 1919,
S. 39).

89.13 **Adelung**: Vmtl. der Sprach- und Geschichtsforscher Friedrich
von Adelung (1768–1843), Neffe des bekannten Sprachfor-
schers Johann Christoph Adelung (1732–1806), seit 1801 Di-
rektor des dt. Theaters in Petersburg.

89.24–25 **Emilie de Rouillon**: Verfasserin sprach- und literaturkundlicher
Schriften.

89.26–28 **Wahrscheinlich aus der [...] ältern Uebersetzung übertra-**

gen.: Hier irrt Hitzig. Die eigenständige, vorzügliche Übersetzung basiert auf der dt. Ausgabe von 1835. Ihr folgt weitgehend die dritte engl. Übersetzung (um 1843), die anonym in dem Sammelband *Romantic Fiction. Selected tales from German* erschienen ist und auf der die meisten der folgenden engl. und amerik. Ausgaben beruhen.

Der Herausgeber [. . .] Verfasser des Buches.: Das Vorwort 90.9–14
richtet sich »An die freundlichen Damen« (»Alle signore gentili«); in der – gekürzten – Übersetzung wird Chamisso weder als Verfasser angegeben, noch wird sein Name in der Geschichte genannt (vgl. Kossmann 1909, S. 221).

»Der Puzlivizli oder [. . .] von Ferdinand Rosenau.«: Vitzliputz- 90.20–23
li: Teufel, Kinderschreck. Das Stück, mit der Musik von Franz Gläser (1798–1861), wurde am 30. Januar 1819 aufgeführt; in Chamissos Nachlass findet sich ein Theaterzettel vom 2. Februar 1819. Der Schauspieler und Theaterdichter Ferdinand Rosenau (1789–1841) leitete von 1818 bis 1821 das Theater in der Wiener Josephstadt. Die irrtümliche Zuschreibung an Fouqué beruht vermutlich auf dem Wiener Druck von 1818, wo der *Peter Schlemihl* in einem Sammelband *Neue kleine Romane, Mährchen und Erzählungen von Fried. Baron de la Motte-Fouqué* erschien (vgl. Rath 1919, S. 76, Nr. 2).

Krönung Wilhelms IV.: William, König von England, Irland 90.31
und Hannover (1830–1837). Er folgte seinem am 26.6.1830 verstorbenen Bruder Georg IV. auf den Thron (bei Hitzig falsches Datum 1819).

Bruder des neuen Königs: Die Karikatur bezieht sich auf Ernst 90.34
August (1771–1851), Herzog von Cumberland, den späteren König von Hannover (1837–1851).

stereotypirt: Revolutionierendes Druckverfahren; anders als 91.25
beim bisherigen Druck mit beweglichen Lettern wird hier von Platten gedruckt, die aus einer Gussform gewonnen sind. Die Vorteile waren erhebliche Kostenersparnis und größere Druckqualität. Höhere Auflagen konnten damit leichter und schneller hergestellt werden.

Stammbaum in grader [. . .] dem Jahre 1305: Als ältester ver- 91.32–92.1
bürgter Ahnherr ist Gérard de Chamissot in einem Kaufkontrakt aus dem Jahre 1305 verzeichnet (vgl. *Chamissos Werke* 1907–1908, Bd. 2, S. 290).

93.3 **Louis de la Foye**: Freund, Garnisonskamerad und langjähriger Korrespondenzpartner (~ 1780–1847). Er lehrte Mathematik und Physik und beeinflusste Chamissos Wendung zur Naturwissenschaft.

95.6 **Schlegel kann ich auswendig – A. W. Schlemihl**: In der Handschrift hieß es zuerst: »A. Schlemiels«, dann: »W. A. Schlemiels Abentheuer«; Letzteres spielt auf August Wilhelm Schlegel (1767–1845) an, den Schriftsteller, Berater und Reisebegleiter der Madame de Staël (vgl. »Entstehungs- und Textgeschichte«, S. 132, und »Zeittafel« 1803 u. 1810).

95.23 **Ich kritzle immer an meinem Schlagschatten**: Der Untertitel der Handschrift lautet »Als Beitrag zur Lehre des Schlagschattens«. Mit [24.] 27.9.1813 ist in der Handschrift Chamissos Brief-Vorrede datiert.

97.20 **Hippolyte**: Charles Louis Marie Hippolyte de Chamisso[t]. Nachdem eine erste, von de la Foye angefertigte Übersetzung ohne Verleger blieb, erstellte Hippolyte 1821 eine von Chamisso begleitete und überarbeitete Übersetzung, deren Manuskript im Nachlass Chamissos (in der Deutschen Staatsbibliothek Berlin) erhalten ist (vgl. Erl. zu 88,14–17). – Die Briefausgabe von Fulda ist nicht zuverlässig, arbeitet z.T. mit Textfälschungen; eine Teil-übersetzung der Erläuterungen dieses franz. Briefes aus dem Nachlass findet sich in den Anmerkungen Feudels, *Werke* 1980, Bd. 2, S. 697 ff.

98.4–5 **Louis de la Foye [. . .] Verlegern angeboten.**: Chamisso schrieb Anfang 1815 an de la Foye über den Erfolg seines *Peter Schlemihl* (vgl. »Entstehungs- und Textgeschichte«, S. 134 f.): »Wird er wohl einmal zu den Franzosen übersetzt? Ich glaube nicht, er kommt wenigstens nur mit den Stiefeln hin, nicht mit dem Herzen« (*Werke⁵*, Bd. 5, S. 393). – Am 20.11.1820 meldet de la Foye an Chamisso: »Vorigen Winter hatte ich für meine Frau Schlemihl übersetzt; da es nun einmal da war, habe ich ihn nach Paris geschickt, um dort sein Glück zu versuchen; er ist überall gut aufgenommen worden, aber die Herren Buchdrucker finden ihn zu dünn; ausserdem wird die Schattenlosigkeit bei uns nicht geliebt und anstatt ringsum beleuchtet zu sein, hättest du ihn in eine finstere Wolke eingehüllt, so würde er uns vielleicht mehr anstehen« (Riegel 1934, S. 221).

August v. Staël: Auguste Louis, Baron von Staël-Holstein 98.17
(1790–1827), Sohn der Madame de Staël. Unter seiner Anlei-
tung beginnt Chamisso (auf Anraten de la Foyes) im Mai 1812
sich mit Botanik zu beschäftigen.

Schlemihl, dessen Name [...] und wird getödtet.: Der im 99.1–5
4. Buch Mose 1,6, 2,12 und 10,19 genannte She-lû-mi-el
(S[ch]elumiel; Schlumiel) wird dem *Talmud* zufolge irrtümlich
anstelle des Simri ben Salu nach dessen unzüchtiger Handlung
vom Priester Pinchas erstochen (vgl. *Jüdisches Lexikon*,
Bd. IV/2: Sp. 227, Stichwort »Schlimmassel«).

Avertissement de l'auteur/Vorrede des Autors: Ende September 100.4/101.1
1821 für die erste franz. Ausgabe 1822 entstanden (vgl. 88,14–
17 u. Erl. zu 97,20). Sie folgt dort auf die Vorrede des Verlegers
Ladvocat, »Avant-propos de l'éditeur«, abgedruckt bei Rath
1919, S. 28 f.

le roi midas/der König Midas: Der König von Phrygien ent- 100.12/101.10
scheidet sich bei einem musikalischen Wettstreit für Pan und
gegen Apollon, der ihm deshalb Eselohren wachsen lässt.

Les contre-facteurs/Die Raubdrucker: Es ist nur ein Wiener 100.15/101.13
Nachdruck von 1818 bekannt.

en proverbe/Sprichwort geworden: Ein Beispiel: das jüd. 100.17/101.16
Sprichwort »Das is e Schlemihl vun Suntik« (Das ist ein Sonn-
tagspechvogel); vgl. Wander: *Deutsches Sprichwörterlexikon* IV
(1876), Sp. 236. Den jüd. Namens-Begriff hat Chamisso vermutlich im Kreis um Rahel Levin (1771–1833) kennen gelernt
(Harald Weinrich: *Chamissos Gedächtnis*, in: Krusche 1993,
S. 138 f.). Das Sprichwörtlichwerden der Figur als Wirkung bereits der ersten Ausgabe hat Chamisso in Briefen 1818 und 1820
vermeldet.

trois différentes versions en manuscrit/drei verschiedene Ma- 100.23–24/101.22
nuskriptfassungen: Gemeint ist hier vermutlich neben der
Übersetzung von de la Foye und der von Chamisso korrigierten
seines Bruders Hippolyte die Bearbeitung durch den Redakteur
Amédée Pichot (1796–1877), die Druckvorlage des franz. Tex-
tes, der an 225 Stellen vom Original abweicht (vgl. Rath 1919,
S. 30, und Jean Lecutier in *Études germaniques* 25, 1970,
S. 494 f.).

Karl Bernhard von Trinius: Mediziner und Botaniker (1778– 102.1

1844), Leibarzt der Herzogin von Württemberg am Zarenhof in St. Petersburg, auch literarisch tätiger Freund und Korrespondenzpartner Chamissos.

103.1/105.20 **Préface/Vorwort:** Im November 1837 für die franz. Ausgabe bei Schrag 1838 geschrieben (vgl. Erl. zu 88,35–89,2). Hitzig folgte Chamissos Plan, der dt. Stereotypausgabe einen Teil der Vorrede voranzustellen, indem er ihn in sein eigenes Vorwort übernahm (86,32–88,7).

103.4–5/
105.23–24 **les traductions, les imitations, les contrefactions/Übersetzungen, Nachahmungen, Raubdrucke:** Vgl. »Entstehungs- und Textgeschichte« S. 134 f., und »Wirkungsgeschichte« S. 137 f.

103.14/106.3 **mon style tant soit peu germanique/meinen Stil [. . .] deutsch sein mag:** Vgl. den Brief an Fouqué vom 13.1.1838 (*Werke* 1907–1908, S. 464 f.).

105.15–16/
108.17 **songez au solide/Denkt an das Solide.:** Im Lat. bedeutet »solidus« als Adjektiv »dicht«, »fest«, »gediegen«, »wesentlich«, als Substantiv bezeichnet es »Kapital« bzw. eine Goldmünze.

LiteraMedia von Suhrkamp und Cornelsen
Literatur rundum erleben

LiteraMedia ist das ideale Arbeitsmittel für literarisch Interessierte, Lehrer, Schüler und Studenten. In dieser Reihe erscheinen bedeutende Werke der Weltliteratur jeweils in drei Medien: als Buchausgabe in der Suhrkamp BasisBibliothek, als Audio Book und als CD-ROM im Cornelsen Verlag.

»Hörbücher und CD-ROMs, wie es sie noch nicht gegeben hat. Hier kann auch noch der Lehrer etwas lernen. Denn zu all den Titeln der Suhrkamp BasisBibliothek gibt es jetzt Hörkassetten – nicht ›nur‹ Lesungen der alt-neuen Texte mit besten Darstellern, sondern auch Stimmen von Autoren. Die zweite Kassette jeder Edition bringt in einem 90-Minuten-Feature Informationen zu Leben, Werk und Wirkungsgeschichte des Autors. Hier profitiert nicht nur der Schüler, der für eine Prüfung büffeln muß, sondern auch der interessierte Leser, der sich nicht in jedem Fall Biographie oder Sekundärliteratur eines Autors beschaffen kann oder will. Ganz neu in dieser Nische der Literatur sind die multimedialen CD-ROMs: Jetzt wird Literatur zur Show, etwa durch Originalaufnahmen bedeutender Theateraufführungen – inklusive Entstehungsgeschichte des Werks, Erklärungen und Interpretation. Ein tolles Angebot.« *Die Zeit*

NF 338/1/1.02